22th

1998-2019

太阳鸟文学年选

2019
中国最佳
散文

主　编｜王　蒙

分卷主编｜王必胜

潘凯雄

辽宁人民出版社

© 王必胜　潘凯雄　2020

图书在版编目（CIP）数据

2019中国最佳散文 / 王必胜，潘凯雄分卷主编 . 一沈
阳：辽宁人民出版社，2020.1
（太阳鸟文学年选 / 王蒙主编）
ISBN 978-7-205-09784-4

Ⅰ . ①2… Ⅱ . ①王… ②潘… Ⅲ . ①散文集—中
国—当代 Ⅳ . ①I267

中国版本图书馆CIP数据核字（2019）第278577号

出版发行：辽宁人民出版社
　　　　　地址：沈阳市和平区十一纬路25号　邮编：110003
　　　　　电话：024-23284321（邮　购）　024-23284324（发行部）
　　　　　传真：024-23284191（发行部）　024-23284304（办公室）
　　　　　http://www.lnpph.com.cn
印　　刷：辽宁新华印务有限公司
幅面尺寸：170mm×240mm
印　　张：15
字　　数：240千字
出版时间：2020年1月第1版
印刷时间：2020年1月第1次印刷
责任编辑：赵维宁
装帧设计：丁末末
责任校对：耿　珺　郑　佳
书　　号：ISBN 978-7-205-09784-4

定　　价：58.00元

"却顾所来径　苍苍横翠微"

王必胜

共和国成立七十周年庆典刚刚落幕，散文年选正当其时，于是，离不开这个时代的散文如何、这七十年的散文如何的话题。有幸编了一本七十年散文选，并为之作序，说及当代散文状貌，以太白之句题之，权当本年选代序。

——题记

散文走过当代文学七十年历程，虽风雨兼程，却也鲜花满眼，春色如许。所以，回首来路，散文的山阴道上，姚黄魏紫，苍苍莽莽，不免感慨喟然。

关于散文的定义、界说、实绩和走向，虽没有太多的专家论述，但从来是众说纷纭，歧见不断，随着散文一段时间的热闹，其纷争时有发生。时下论说散文，多自说自话，没有多大反响。记得上世纪60年代初，《人民日报》发起"笔谈散文"，产生了"形散神不散"之说，评说散文，多从艺术风格和文体特色上，其标准和价值取向比较统一，影响长远。如今，一些创作和研究者，多是"我注六经"，命名盛行。这个"口号"、那个"主义"，这个"新"、那个"场"的归纳、诠释，虽有对散文现象的诠释，但不乏作惊人之语的秀场，所以，应者寥寥，圈子里热闹。有人说，如今的散文，成了文学门类中最不安分的一个，不无道理。

其实说来，散文是没有标准、无边界的，文体的不确定性，非驴非马，难有明确共识。散文是什么？散文何时生成？人言言殊，莫衷一是。"江畔何人初见月，江月何年初照人？"说古已有之，直追《史记》，说是舶来品，源自英伦随笔。究竟是老古体，还是现代文，抑或是洋货，没成定说。人们说散文，多在与其他文学的比较中界定，比如除了小说、戏剧、诗歌外，语言类文学，惟散文是也。更多时候，散文是大杂烩，有时随笔杂文一锅煮，有时小品漫笔一家亲，有时公文时评一筐收，等等。散文的不确定性、不专门性，似乎成了特点，没有统一标准，谁都可以弄出一个定义。所以，时下命名好事者众，所谓新散文、大散文、文化散文云云，概念爆炸，旗号挥舞，自娱自乐，应者寥寥。没有相应的作品支撑，口号标签是难以服众的。何况，标新立异，有意无意地否定或贬抑了前此的散文实绩。

我不守旧，对散文现状，没有冬烘到无视其新的存在、新的面貌的地步。取法乎上，成就于新。若无创新，不能代雄。这是老祖宗说的，也是文学的规律。但是，从梳理和检视一种文体的历史成就的角度，应看重她的整体性，及与社会历史的联系。往大处说，她对于时代、生活、生命的意义，有描绘有担当。换言之，散文的人生情怀、生命体验、情感表达，是文学中最直接和充分的，曾带给我们无限的阅读兴奋。所以，看一个时期的文学实绩，我以为，反映时代生活的足迹，再现社会历史和人文脉向，展示一个阶段的审美趋势，散文功不可没。

这就说到了散文的社会性。文学是什么？功能何在？文学可以净化心灵，表达情感。文学者，大可以载道，家国情怀，小可以自娱，生命体验，"兴、观、群、怨"，见微知著，激扬文字，"笔端常带感情"……无一不可视为文学之道，也是散文创作之道。回望过往，不难看出，文学对于历史和时代的再现，对于社会生活的描绘，对于个体生命、人生情感的激励和浸润，历历在目，时时刻刻。当然，散文有多样写法，有不同的分类，较为一统的是，有叙事、说理和抒情"老三样"。这样的标准，虽难以细化和量化，但也可看出，散文之于社会人生，可写大事，也可抒私情，既有长篇，也有短制，厚实凝重与轻盈飘逸，铜琶铁板与小桥流水，相得益彰，相辅相成。

这也是散文有那么多读者，历久不衰，有那么多的作者，好为善为的缘由。

回望七十年散文，一个鲜明的特色是，与社会历史、与个体人生的联系——再现了社会生活的变化，记录了人的思想情感。风雨七十年，共和国历程，注定了散文（也是文学）的艰难前行。荦荦大端者，芥豆之微者，无不在文学的殿堂里反映。散文也是共和国文学宏大建筑中的一个截面，较为快捷地反映了社会历史的发展变化。反过来看，风雨征程的社会历史，促生了文学的多彩多姿的面貌。

具体而言，散文在当代文学历程中，经历了几个阶段。

共和国初始，除旧布新，激浊扬清，社会角色的转变，思想教育的升华，诸多作家的笔下，记录新生活，感悟新时代，书写生活中的昂扬奋进，描绘共和国山川风物，记录新生活的特别事件。后一时期在"双百"方针的指引下，探索创新，思路活跃，有了随笔杂感式的新文字。可以说，中华人民共和国成立后第一个十年，是当代散文的发轫阶段，这一时期，多是从现代文学中走过来的名人大家，担任文坛的重要角色，引领文学风尚，着眼于大视野，从新旧不同对比中，书写新时代感怀，记录新的人生历程。尔后，历经社会变动，上世纪50年代末60年代初，及至"文化大革命"，小十年的文学整体沉寂，创作歉收，即使偶有作品，也多平淡应景之作。除了少有的几位思考者外，作品的成色和内蕴大打折扣，即使如前所提及的，60年代初关于散文的讨论，影响较大，也有作品跟进，但那一时期的创作，多为思想随笔，或者小品文类的杂文随感。这与当时由报纸发起讨论有关，而且，这之前，曾经的《三家村札记》、"马铁丁杂文"、《长短录》栏目，都是作为杂文随笔风行于世的。到了"文化大革命"十年，散文阵地荒芜沉寂，因文废人，有的作家因为作品而蒙冤受屈，以致生命戕殁。

新时期的到来，是散文高光期。党的十一届三中全会，开启了新时期思想解放之路。文学禁锢打开，创作力勃发，散文强势而为，特别是不同身份的作者，如小说家、诗人、文化学者等加入，增加了思想文化含量，举凡有分量的小说家诗人都有上乘之作。在思想解放浪潮中，域外文化的大量引入，现代派的风潮在诗歌和小说中率先兴起，散文受到极大影响，表现为题旨多样化，内涵的渐进丰富，形式突破传统模式，关注人本，描写心灵，题材几无禁区，风格的个人化个性化，个体精神的关注，哲理意味的增强，散文由单一平面到驳杂丰富。这一形象，持续在上世纪80年代。

再后，上世纪90年代，流行文化的兴起，都市化的形成，时尚文化的走俏，特别是传统媒体周刊化、都市化进程，这一时期的散文多了个人专栏，适应现代化生活节奏，小感觉、"短平快"、"小女人式"的文字，在周末版上走红，各类散文的命名也从这一时期滥觞。不长时期，流行甜点的、鸡汤式的文字，随着都市化报刊的式微，渐为一些读者和作者厌弃，保有传统文学理念的作者，开辟了另一路径，就有了"美文"和"大散文"的登场，此举虽有"标新立异"之嫌，但不能不说是对轻浅的快餐式的散文之风的反拨。一些历史散文，以长篇气势开掘传统文化，以厚重和丰盈赢得报刊，主要是文学刊物的重视。这一时期是90年代中后期，文学整体面貌从一段时间的寻觅，到风正帆悬的向好趋势。摹写历史人物或文化事件，特别是文学的人物，诸如苏轼、王安石、鲁迅等，以新的视角、新的面貌展示，壮大了散文思想内涵，形成了散文思想性和文化性的凸现，其余绪仍然影响继往。

当下，散文是在探索中前行，在争议中发展，无论是后来各类名号的出现，还是执着探索者的默默耕耘，对于散文的热闹，对于散文的持续发展，客观上都有助力。时下各路散文的样式仍争奇斗艳，长短兼制，各逞其好。而那些厚实而丰饶的东西，多为人们看重。自媒体时代阅读发生变异，轻浅的阅读已成趋势。从某种意义上说，曾经的散文热，不复存在，但是在当代文学生态中，活跃而灵动的一支，仍然是散文。因为，散文关乎人的生活，可直指人之心灵，也关注民生。散文最是"顶天立地"的，上可仰望天空，追问自然宇宙，下可接地气，书写柴米油盐。不同的阅读和欣赏，都会有不同的便利所获。

2019 年 10 月

我爱我的祖国

◎马识途

我与新中国

对我们这些经历过风风雨雨、跟着党和国家一起走过艰辛历程的人来说，更能体会当下中国共产党人带领中国人民走正确道路、埋头苦干的历史意义，这种实干兴邦的奋斗精神感染了我。为了美丽理想，虽历尽沧桑，但是壮志未改，在余霞满天中，我要发挥余热，报效祖国和人民。

光阴似箭，日月如梭。仿佛转瞬间，我已经跨过一个世纪，进入一百零五岁了。回首百年岁月，既如梦如烟，又历历如在眼前。自上世纪三十年代投身革命起，我在出生入死的地下党工作中得到磨炼；抗日战争时期，在西南联大，我亲见一代读书人于艰苦卓绝中的气魄和风骨，也真切听到人民怒吼的心声和越吹越响的斗争号角；新中国成立后，在如火如荼的国家建设中，我从头开始学城市规划、学工程管理；改革开放春雷滚滚，在日新月异的生活变迁中，我和所有人一样见证这个国家的扬眉吐气；有幸跨入新世纪，我更是实实在在感受到一个民族实干兴邦的奋发崛起……

如果说作为一个百岁老人，我有什么不一样的感受和认识，那可能就在于，我对"新中国"三个字沉甸甸的分量有着别样的体会，也更能感受到置于百年沧桑的历史里，新中国成立七十周年这一喜庆日子是多么来之不易，其间有太多值得记取的故事和经验。

贡献社会、服务人民是我一生志向。听到越来越多的人叫我作家、老作家，我还是觉得受之有愧，我是六十年前很偶然地开始创作的，直到今天，也只能算是个业余作家。

记得那是国庆十周年前夕，《四川文学》主编、老作家沙汀找到我，要我写一篇纪念文章。盛情难却之下，我写了一篇回忆文章《老三姐》。文章在《四川文学》登出后，被《人民文学》转载，竟引起中国作家协会领导的注意。时任中国作协党组书记的邵荃麟把我请到北京，开门见山地说："看你是个老革命，有丰富的革命斗争生活积累；看你的文笔，能够写文学作品，且有自己的特色。我们要求你参加进作家的队伍里来。"我说自己本职工作很忙，邵荃麟说："你写革命文学作品，对青年很有教育作用，你多做一份工作，等于你的生命延长一倍，贡献更大，何乐不为？"这一点倒真的打动了我。能做两份工作，对社会特别是对青年读者能多一份贡献，的确是好事。于是我回到成都，便这样开始写作了。

但那时我的本职工作实在是忙，几乎没有时间来写。《人民文学》主编陈白尘派编辑周明来成都找我约稿。周明见我的确忙，也不催着我交稿，而是留在成都，趁我休息时来找我，说是想听我摆一摆过去革命斗争的龙门阵。这好办，当年革命生涯中的故事我随便一摆就是好几个，周明马上抓住说：好，就这几个故事，你按你摆的写下来就行。就这样，《找红军》《小交通员》《接关系》等革命文学作品一篇一篇地发表出来。

写作打开了我革命斗争记忆的闸门。那段惊心动魄的革命生活虽然已经过去，但它铭刻着苦难艰辛的历史，积淀着革命者的智慧与意志，闪耀着无数人的理想与信念，这些都不会随时间而逝去，也不该被我们忘记。它是我们的来路。更何况，那些熟悉的、牺牲了的同伴朋友，常常来到我的梦中，和我谈笑风生，叮嘱我、呼唤我、鼓励我……一种感情在催促我，让我欲罢不能。我知道，让他们在我的笔下"重生"，让后来人知道他们的信念与精神，是我的责任所在。

1960年创作长篇小说《清江壮歌》，是我文学经历中最难忘的事情之一。创作缘由是当时发生在我身上的一件大事：我历尽千辛万苦，终于找到失散二十年的女儿。二十年前的1941年，我和爱人刘惠馨一同在湖北恩施开展党的地下工作。我们的女儿才出生一个月，刘惠馨就因叛徒告密，不幸被特务逮捕。她和一同被捕的何功伟同志在狱中英勇斗争、坚贞不屈，后来从容就义，我们的女儿从此下落不明。新中国成立后，我在各种场合打听其下落，却毫无结果。后来通过组织查找烈士遗孤，湖北省公安厅组织专案组，经过一年多曲折历程，终于把我的女儿找到了，她那时已经在北京工业学院读一年级。巧合的是，何功伟烈士的儿子也同时在这个学校读一年级！我得知这个消息后，急忙飞往北京，抱着两个烈士的孩子，潸然泪下。

这件事在四川一时传为佳话。沙汀等文学界的朋友鼓励我，以此事为引，写一部长篇小说。虽然那时我工作仍然很忙，但我已经从感情上进入角色，把烈士们革命斗争的事迹彰显出来，这是我念兹在兹、一刻也不曾忘却的事。于是，我利用业余时间动起笔来，在一年多的时间里终于完成这部《清江壮歌》。小说中有关贺国威和柳一清的许多细节，都取自何功伟和刘惠馨两烈士的实际斗争生活。与其说这是我写的长篇，还不如说是烈士们用鲜血写就的。

这部小说一边写，一边在《四川文学》和《成都晚报》上连载，后来《武汉日报》也开始连载，没想到竟获得那么多读者喜欢，我收到大量的群众来信。四川大学的柯召教授告诉我，他每天晚饭前必去取《成都晚报》，看连载的《清江壮歌》，他说许多教师和同学都如此。这部小说的连载，也引起人民文学出版社的注意，后来由人民文学出版社出版，一开印就是二十万册。中央人民广播电台和天津、四川、武汉的广播电台还先后全文连播。《清江壮歌》奠定了我对革命文学的信心，我们的社会、我们的人民对革命先烈的历史事迹渴望有更深入的了解，革命精神是我们民族精神的重要组成部分，如同光与热一样，永远为人的心灵所需要，也一定能发挥凝神聚力的作用。

一切有良知的中国作家都会自觉地为人民服务、为社会主义服务，"因为他们从自己切身体会中知道，离开了人民的革命斗争，就没有作家的存在，更说不上创作，即使创作了，也不为广大人民所欢迎"。我还记得，1982年我随中国作家代表团访问贝尔格莱德时，在国际作家会议上做了此番发言，这是我创作的肺腑之言，也是我对许多作家同行们的观察所得。

在我生活过的一百年里，中国发生了多少翻天覆地的变化，中国人民为争取民族独立、国家富强而进行的革命是多么悲壮，又是多么炫丽！有多少慷慨悲歌之士，多少壮烈牺牲之人，多少惊天动地之事，都可以作为我们加以提炼与展现的文学素材。遗憾的是，我写出的只是这丰富素材中的一小部分。

伟大时代呼唤伟大作家和伟大作品。时代永远是需要文学和作家的。如果我们拿出人民喜闻乐见的文学精品来，人民永远是欢迎的。因此，我始终怀抱乐观的态度关注文学界。中国正经历前所未有的变革，必将有大量人民喜闻乐见的文学精品涌现出来，前提就是作家们自省、自强，"千淘万漉虽辛苦，吹尽狂沙始到金"，坚定走一条雅俗共赏的有中国特色、中国作风、中国气派的文学之路。这也是我愿意为之摇旗呐喊、终生不改的文学志向。

一百岁的时候，我的长篇回忆录《百岁拾忆》出版了，那时，我为自己定下一个"五年计划"，希望能继续我的文学创作。五年里，我完成回忆录《人物印象——那样的时代那样的人》和小说《夜谭十记》续集《夜谭续记》，都已先后交付出版社。我在一百零五岁的自寿诗里写道："三年若得兮天假我，党庆百岁兮希能圆。"朋友们笑说，这是我的第二个"五年计划"。

笑谈归笑谈，但这真的是我的梦想。还记得1938年，我在入党申请书上郑重其事地签下"马识途"而不是本名"马千木"，因为我确信自己找到了正确的道路，老马识途了。一晃八十多年过去了，对我们这些经历过风风雨雨、跟着党和国家一起走过艰辛历程的人来说，更能体会当下中国共产党带领中国人民走正确道路、埋头苦干的历史意义，这种实干兴邦的奋斗精神感染了我。为了美丽理想，虽历尽沧桑，但是壮志未改，在余霞满天中，我要发挥余热，报效祖国和人民。

（原载《人民日报》2019年9月18日）

巍巍金庸

◎余秋雨

一

那天中午，在香港，企业家余志明先生请我和妻子在一家饭店吃饭。

慢慢地吃完了，余志明先生向服务生举手，示意结账。一个胖胖的服务生满面笑容地过来说："你们这一桌的账，已经有人结过了。"

"谁结的？"余志明先生十分意外。

服务生指向大厅西角落的一个桌子，余志明先生就朝那个桌子走过去，想看看是哪位朋友要代他请客。但走了一半就慌张地回来了，对我说："不好，给我们付账的，是金庸先生！"

余志明先生当然认得出金庸先生，但未曾交往，于是立即肯定金庸先生付账是冲我来的。那么要感谢，也只有我去。

到了金庸先生桌边，原来他是与台湾的出版人在用餐。这桌子离我们的桌子不近，他不知怎么远远地发现了我。看到我们过去，他站起身来，说："我认识秋雨那么多年，一直没机会请吃饭，今天是顺便，小意思。"

二

确实认识很多年了。

最早知道金庸先生关注我，是在二十六年前。有一位朋友告诉我，金庸先生在一次演讲时说："余秋雨先生的家与我的家，只隔了一条江，面对面。"

这件事他好像搞错了。他的家在海宁，我的家在余姚，并不近，隔的不是一条江，而是一个杭州湾。他可能是把余姚误听成了余杭。

初次见面时，我告诉他一件有趣的事。当时，我的书被严重盗版，据有关部门统计，盗版本是正版本的十八倍。我随即发表了一个措辞温和的"反盗版声明"。没想到北京有一份大报登出文章讽刺我，说："金庸先生的书也被大量盗版，但那么多年他却一声不响，一言不发，这才是大家风范、大将风度。余秋雨先生应该向这位文学前辈好好学习。"

金庸先生听我一说，立即板起了脸，气得结结巴巴地说："强盗逻辑！这实在是强盗……逻辑！"

他如此愤怒，让我有点后悔不该这么告诉他。但在愤怒中，他立即把我当作了"患难兄弟"，坐下来与我历数他遭受盗版的种种事端。他说，除了盗版，还有伪版，一个字也不是他写的，却署着"金庸新著"而大卖。找人前去查问，那人却说，他最近起了一个笔名，叫"金庸新"。

我遭遇的盗版怪事更多，给他讲了十几起。他开始听的时候还面有怒色，频频摇头，但听到后来却忍不住笑了起来。他说："这些盗贼实在是狡黠极了，也灵巧极了，为什么不用这个脑子做点好事？"

我说，每次碰到这样的事我都不生气，相信他笔下的武侠英豪迟早会到出版界来除暴安良。

他说："最荒唐的不是盗版，而是你刚才说的报刊。我办《民报》多年，对这事有敏感。世界上没有一个国家的传媒敢于公开支持盗版，因为这就像公开支持贩毒、印伪钞，怎么了得！"

在这之后，我与他见面的机会越来越多。北京举办一些跨地域的重大文化仪式，总会邀请他与我同台。甚至全国首届网络文学评奖，聘请他和我担任评委会正副主任。颁奖仪式他不能赶到北京参加，就托我在致辞时代他说几句。平日，我又与他一起听李祥霆先生弹奏的古琴，喝何作如先生冲泡的普洱茶，彼此静静地对坐着，像是坐在唐代王维的别墅里。

有一天，在一个人头济济的庞大聚会中，他一见到我就挤过来说，北京有一个青年作家公开调侃他不会写文章，而且说浙江人都不会写，一个记者问起这件事，他就回答，浙江人里还有鲁迅和余秋雨。

我立即说："已经看到了报道，您太抬举我了。其实那个青年作家是说着玩，您不要在意。"

接下来，发生了两件不太愉快的事。

一件好像是，某次重编中学语文教材，减少了原先过于密集的"五四"老作家的作品，增加了一段金庸作品中的片断，没想到立即在文学评论界掀起轩然大波，说怎么能引导年青一代卷入武侠。另一件是，金庸先生接受浙江大学邀请，出任文学院院长。不少学生断言他只是一位通俗武侠小说家，没有资格，一时非议滔滔，一些教师和评论者也出言不逊，把事情闹得非常尴尬。

这两件事，反映了当时大陆文化教学领域的浅陋和保守。大家居然面对一位年迈的文学大师而顽冥不知，还振振有词，劈头盖脸，实在是巨大的悲哀。

我立即发表文章，认为"金庸的小说，以现代叙事方式大规模地解构并复活了中国传统文化，成就不低于'五四'老作家群体"。

我还到浙江大学发表演讲，说："东方世界的任何一所大学，都会梦想让金庸先生担任文学院院长，但没有一所大学能够相信梦想成真。不知浙江大学如何获得天赐，他来了。你们本来有幸成为本世纪一位文化巨人的学生，但是你们因无知而失礼，终于失去了自己毕生最重要的师承身份。"

显然这是重话，我对着几千学生大声讲出，全场一片寂静。

但是，我觉得还是应该进行更系统的阐述。因为，"金庸是谁"，已成了中国当代文化的一个重大课题。现在文化界的多数评论家还只把他说成是"著名武侠小说家"，并不错，但不到位。

三

事情还要从远处说起。

中国自鸦片战争开始爆发的军事、政治、经济危机，最后都指向了文化的重新选择。文化的重新选择应该首先在文艺上有强烈表现，例如欧洲自文艺复兴之后的每次重新选择都是这样，但中国在这方面却表现得颇为混乱和黯淡。

有人主张对传统文化摧枯拉朽，提出"礼教吃人""打倒孔家店"。这既不公平，也做不到，因为作为人类历史上唯一留存至今的悠久文明，绝不可能如此粗暴地被彻底否定。而且，彻底否定之后改用什么样的文化来填补，这些人完全没有方案。他们自己写的作品，虽然在话语形式上做了改变，却没有提供任何足以代表新世纪的重大文学成果。

有人相反，主张复古倒退，因循守旧。这在陷于危亡的形势下更不会有成果了，参与者之一林琴南还在别人帮助下翻译了大量西方作品，因此便成了一种言行不一的虚伪论调。

更多的人是躲避了文化本体的建设重任，只把文学贬低为摹写身边现实，发泄内心情绪的工具。所谓现代文学史，大多由这样的作品组成，因此显得简陋和浅薄。

对于中国传统文化，这三拨人无论骂着、供着或躲着，谁也没有直接去碰触，去改造，去更新。

正是在这种情况下，出现了金庸。他不做中国文化的背叛者、守陵者和逃遁者，而是温和而又大胆地调整了它的结构，重新寻找出其间跨时空的故事因素并全面更新了讲述能力，再以现代都市的传播方式使之具备了当下发散的巨大魅力。

因此，他是一个把中国传统文化激活于现代都市的文学创新者。

两年前，我曾应潘耀明先生之邀，在香港作家联谊会的一次聚会中，做了以下三方面的演讲——

第一，金庸在守护中华文化魂魄的前提下，挪移了这种文化的重心。重心不在儒家了，也不在彻底反叛的一方，而是挪移到了最有人格特征和行为张力的墨家、侠家、道家和隐士身上。这是以现代美学和世界美学的标准，在中国传统文化的人格长廊内所做的一次重新发现。重新发现的结果，仍然属于这种文化、这部历史、这片山水，只是由于割弃了僵滞，唤醒了生机，全盘皆活。因此，如果原先不熟悉中国传统文化的下一代和外国人从中感受到了一种神奇的活力，也并非误读。这中间当然也包含着对传统文化的"局部反叛"，但这种局部反叛比彻底反叛更加重要，因为它调皮地抽取并延展了一种古老文化的宽阔生命。

第二，他在完成这一任务过程中，动用的是纯粹的小说手法，那就是讲故事，或者说"精妙叙事"。中国现代作家可能是心理压力太重，虽然文笔不错，也能描写，却严重缺少讲故事的能力，几乎没留下什么真正精彩的故事。本来，小说的基本功能就是讲故事。以万般虚拟故事的无常和有序，来补充人生的无常和有序，乃天下小说家的天职。金庸在小说中所讲的故事，有别于《三国演义》的类型化、《水浒传》的典型化、《西游记》的寓言化、《聊斋志异》的妖魅化和《红楼梦》的整体幻灭化，而是溶化这一切，归之于恩怨情仇的生命行动。这种生命行动就是故事的本体，不再负载其他包袱，因此显得快捷、爽利、生气勃勃。正是在这一点上，他尽到了一个小说家最质朴的职业本分。需要说明的是，为小说、戏剧、电影、电视编好故事，已成为当代世界文学的一种共同承担。对于这一点，金庸很早已经领悟。

第三，就像《三国演义》《水浒传》由于起自于"说书"场所，决定了它们的内在结构和表达节奏，金庸的小说也因产生的方式，形成了独特的形态和功能。这些为了逐日连载而写成的小说，几乎天然地具有强烈的情节性、行动性和悬念的黏着性。而且，它们又必须快速流传，流传在信息密集、反馈迅捷的街市间，人人抢读，处处谈论，随之也就成了现代都市生态的组成部分。这就是说，金庸不但让现代都市接受了他的江湖，而且让现代都市也演变成了他的江湖。江湖的本来含义，应该是"一个隐潜型、散落型的道义行动系统"；自从有了金庸，江湖搬到了城里，搬到了熙熙攘攘的人群心间，它的含义也变了，变成了"一个幻想型的恩怨补偿系统"。对于这样的一个江湖，香港不仅欣赏了，而且加入了。结果，金庸小说里的那些人物，似乎也都取得了"香港户口"。香港因金庸而产生了文化素质上的改变，这可是一件不小的事情。世界上很少有作家做到过。

以上这三个方面，金庸显得既勇敢又沉着。他说北京有青年作家调侃他不会写文章，我大概猜出这位青年作家是谁了。这位青年作家很有才华，善于在反讽中解构，在解构中幽默，创造了新一代的文学风范。但他在反讽金庸时可能没有想到，正是这位前辈，完成了更艰难的解构。把庞大的古典文化解构成一个充满想象力的现代江湖，居然还让当代青年着迷，这还不幽默吗？

海明威坚信，最高的象征不像象征。那么我们也可以顺着推演下去，最高的解构不像解构，最高的突破不像突破，最高的创新不像创新。金庸的小说，从总体上也可以看成是绣满了古典纹样的"后现代文学"。

细细想来，金庸只有在香港才能完成这个巨大的文学工程。为此，我更要对香港文化高看一眼。

听了我上面这个演讲，香港作联会的好几位年长作家问我，这种观点会不会引起内地那些现代文学研究者的不悦。我说，让他们不悦去，我其实是在帮助他们。背靠着神奇的大湖视而不见，却总是在挖掘那些小沟小井，挖掘得一片狼藉。我劝他们转个身，看一眼水光天色，波涌浪叠，然后，到水边洗净自己身上的污泥和汗渍。

四

出乎所有人的意料，年过八旬的金庸先生又做出了一个惊人的决定，他要到英国去攻读博士学位。

很多媒体用嘲讽的语言进行了简略报道，说他是"为了一圆早年失学的梦"。我知道，这又是那些拿到过某些学位的评论者在借着金庸而自我得意了，就像当年放言金庸不能进课本，不能做院长那样。

金庸早已获得各种文化荣衔和国际名校的荣誉学位，还会在乎那种虚名吗？他是要在垂暮之年体验一种学生生活，就像有的健康老人要以跳伞来庆祝自己的九十寿辰、百岁寿辰一样。这种岁月倒置，包含着穿越世俗伦常的无羁人性。

我只担心，他如此高龄再到那么远的地方去过那样的学生生活，身体是否能够适应。

他妻子对我说："已经劝不住了。如果你能劝住，我会摆宴请你吃饭。"

当然劝不住。

我只得问金庸先生："你攻读学位的研究方向是什么？"

金庸说："研究匈奴被汉朝击溃后西逃欧洲的路线。"

我一惊，这实在是一个最高等级的历史难题。匈奴没有能够灭得了大汉王朝，却在几代之后与欧洲的蛮族一起灭掉了罗马帝国。但由于他们没用文字，不喜表达，几乎没有留下什么资料。我在世界性的文化考察中，也常常对这个难题深深着迷，却难以下手。

我问："你的导师有多大年龄了？"

金庸笑了一下，说："四十多岁。"

我知道他并不企图把这个难题研究清楚，而只想在那条千年荒路上寻找一些依稀脚印。即使找不到，他也会很愉快，返回时一定满脸泛动着长途夜行者的神秘笑容。而且，最让他得意的，是暮年夜行。

后来，我终于看到了他穿着红色学袍接受学位的镜头，身边是一大群同时获得学位的西方学子。

这些西方学子也许不知道，这位与他们一起排队的东方人是谁，有多大年纪。他们一定不知道，今天，自己与星座并肩同行。

面对这个镜头我笑了。眼前是一个最完整的大侠，侠到不能再侠；也是一种最顶级的美学，美到不能再美。这比东西方所有伟大作家的暮年，都更接近天道。在这种天道中，辽阔的时空全都翻卷成了孩童般的游戏任性，然后告知世间，何为真正的生命。

（原载《美文》2019年第3期）

世相札记

◎ 蒋子龙

有人不解，哪个贪官不是人精？怎么会因情妇而犯事，从而遭灭顶之祸？性欲是不需要头脑的行为，譬如雄螳螂长着头的时候是不能交配的，只有被雌螳螂咬断它的头后才能交配。

形容浓眉大眼又一肚子草包，叫"眼大无神"。而世界上最眼大无神的动物是鸵鸟，它的眼睛比脑袋还大。因此牵累其他鸟类，人类常以"菜鸟""笨鸟""损鸟"等来嘲讽同类。

西方文化发达国家的领导人都很会说话，时有惊人之语，至少也要让人觉得有新意。英国前首相撒切尔夫人在一次本应枯燥的政治场合的演说中，突然加一碗"鸡汤"给大家提神："注重你的思想，因为它将变成言辞；注重你的言辞，因为它将变成行动；注重你的行动，因为它将变成习惯；注重你的习惯，因为它将变成性格；注重你的性格，因为它将决定你的命运。"

语言表达能力是一个人综合能力的体现，反映出他的能力、学识和经验。当撒切尔夫人去世后，各国政要（也有前政要）竞相发表评论，其实是各个国家的首脑的个性和智慧的展示，形成一种文化现象。英国前首相布莱尔不说她空前绝后、独一无二，而说"鲜有政治领导人能够不仅改变本国政治景象，而且改变整个世界"。美国前总统克林顿称她是"标志性女政治家，度过杰出一生"。普京说她"非常严厉、直接并且始终如一"。戈尔巴乔夫说"她会走入我们的记忆和历史"。

不光褒扬，也可以批评，一位普通的英国女公民就尖锐地批评撒切尔的私有化政策，说她："是贼，偷走了我们的矿山、铁路和工作！"关键是看你是不是说得精当别致，不重复别人的话，不说尽人皆知的陈词滥调。

语言的本质是公共事物。网络时代世界尽在网中，谁说了什么话，想瞒住是不容易的,大有"一言既出,驷马难追"之势。会说话是人与生俱来的能力,会闭嘴却是一种修养和智慧,人用三年就学会了说话,可有人毕其一生都学不会闭嘴。因此常见一些掌握话语权的人,既没学会说话,又不懂得闭嘴。

军事重器都有名字,比如辽宁号航空母舰、东风X导弹……甚至连有些枪支也以发明者的名字命名。1964年10月16日中国成功爆炸的第一颗原子弹叫"邱小姐"。最早给它起名叫"老球"。状如球,取其谐音叫"老球"。"球"——又容易让人联想到男性的一个器官,用它来对付"帝修反",再合适不过了。后来"老球"的上部加了许多电线,形如长发,遂更名为"邱小姐",也省得想象力活跃的人想歪了。想歪了又何如?世界有许多事情都是歪打正着。原子弹的名字由极端阳刚,改为极端阴柔,反映了在大西北的荒漠中研制和试爆原子弹的人们是何等的想象力丰富,可爱而有情致。

现代人就直截多了,近日南方一家大报的大字标题:"国产伟哥金戈的逆袭之路"——报道了此药又是获奖,又是创销售奇迹。"金戈"就是"金枪",并让人很容易联想到形容男子性能力的一句老话"金枪不倒"。比"伟哥"多了些进攻性,"逆袭"自然不在话下。

参观小站"北洋博物馆"才知道,我当兵时几乎天天要唱的《三大纪律八项注意》,其曲调竟来自德国的《练兵歌》。清朝后期袁世凯在小站练兵,请来了德国教官,于是将德国的《练兵歌》填上新词,训导北洋军。至于后来这个曲谱又如何被八路军所用,却不得而知,朱德留学德国时有可能听到过这首歌,八路军的人也有可能听北洋老兵唱过这首歌……

而冯磊在报纸上撰文说,《东方红》的曲调来自陕北酸曲《白马调》,原词是:"骑白马,跑沙滩/你没有婆姨呀我没有汉/咱俩捆成一嘟噜蒜,呼儿嗨哟/土里生来土里烂……"

"音节乃万物之主",音乐是人类共同的语言,人家想唱,你还能堵着人家嘴?

近日媒介报道:"93%的委内瑞拉人无力购买足够的食品,80%的人口每天只吃一顿饭。"

——猛然想起50年前的"度荒"。被减肥的鼓噪声闹得险些忘记了饥饿。原来饥饿并未远离现代人类。想想前几年经常在电视新闻中看到委内瑞拉前总统查韦斯风光无限、大肆张扬的情景，仿佛就是昨天。

普林斯顿大学专攻"冷僻的道德哲学"的教授捷·法兰克福的《论屁话》，一问世便登上美国畅销书榜首，短短几个月再版10次，随后每天还平均销售50册。这是个惊人的纪录，看来"屁话"太多，已是当今世界相当普遍的现象。在法兰克福看来，这一现象还"越来越严重"。

什么是屁话？法兰克福将其大致分三类——第一类，大家心知肚明，彼此都言不由衷，说的人不知所云，听的人一头雾水。甚至说的人自己不相信自己的话，并知道听的人也不相信他的话；听的人也知道说的人知道听的人不相信自己的话……但还是滔滔不绝，屁话连篇。

第二类，由于职责所在，或话题超出了他的知识范围，还非要说上一大通，屁话便产生了。比如一个出租车司机，车轱辘一转就开始谈论天下大事，很像是政府首脑或联合国高官。或一个官员，在竞选的时候要公布自己的履历，大家对他是学什么的，能吃几碗干饭很清楚，他一旦当了官就变成无所不懂的万能人，到哪里视察都要指手画脚，滔滔乎其来，屁话就不可避免了。

第三类，屁话和谎话是有区别的，因当代社会由市场导向，强行推销，天花乱坠，将谎话掺杂在屁话中，汹涌的屁话里又有谎言。既形成现代人多元的价值观，使其价值判断模糊乃至扭曲，又培养了形形色色的怀疑主义……这就是屁话盛行的巨大社会温床。

在中国官场，情妇形成了一支"反腐义勇军"——已经不是新闻。近两年小偷加入举报的行列，并屡屡奏效，引起社会关注。日前一对女贼在网上爆红，房云云和唐水燕，专偷官员，发现肥得实在看不下去就实名向巡视组举报。凡经她们举报的，一查一个准。当然，她们也被抓了。其实她们被抓后的口供中，还有一部分内容可呈送给组织部门，作为提拔干部的参考："还是有好官的，他们的办公室很干净，我们很佩服。"

——贼也有义。

由于小偷太多了，像现代社会一样各色人等俱全，黑龙江呼兰人胡某，酷爱书法，每入室盗窃找不到可偷的钱物，便用毛笔蘸酱油或其他调料在墙上题词，诸如："你家真穷，努力吧！"到处留下墨迹，自然也就很容易被抓了。被抓后颇有喜色，并表示："在狱中要苦练书法。"——这难道也是成为书法家的一条途径？

盗贼变异不只中国，这是世界潮流。日本一贼，入室盗窃，先制服恰巧在家的女主人，将她捆了起来，随后顺利拿到了钱和银行卡，却没有马上离去，而是给被绑着的女主人做了几个小时的肩部按摩，帮助她"放松"。并答应取到款后立即把她银行卡寄还。

还有一种小偷，长期让警察抓不着，甚感孤独。于是不为钱财，就是想露一手，向警察炫技。美国一"偷王"找了两个助手，从圣安东尼奥水族馆偷走了一条名为"佛氏虎鲨"的大鲨鱼。后来水族馆发觉报警，当地警长萨尔还无论如何都不相信。

——科技在不断进步，梁上君子的偷技也出神入化，进入幻术的境界。倘若再以现代高科技武装，盗窃大军是不是真的可以在当今社会纵横捭阖、如入无人之境了。

西班牙《国家报》2018年5月20日报道，该国前首相拉霍伊，5月初遭议会罢免，两周后就回到原工作单位、人口只有3.5万的海滨小镇圣波拉重操旧业——继续做小镇上的"财产登记员"。当地媒体认为，这对拉霍伊来说应该是很理想的，这份工作比做首相轻松得多，收入却是首相职位的两倍多（西班牙财产登记员的平均月收入1.5万欧元，约合人民币11万元）。

——从一国首脑变为小镇公务员，可谓"一撸到底"，可收入又翻倍，又像"衣锦还乡"。如同当初他竞选成功一步登天、没有人觉得奇怪一样，下来了也算不得是什么事。西班牙语里没有现成的"能上能下"这个词组，他们却是真会上，也真能下，上得欢天喜地，下得理直气壮。但愿能有一天，我们对这类事情不再觉得新奇，或许"能上能下"这四个字，就不只是挂在嘴边了……

我一直以为"欲火"是心里的内火，不是身外明火。最近美国一男子，在成人录像店看黄色录像，看着看着突然浑身起火，由"欲火中烧"引发熊熊明火，几近丧命。医生和生物学家无法解释，当地的牧师却给出了说法："这是上帝在烧他！谁叫他这么堕落。"

许多年前，一知名作家忽然宣布梦中得了两句好诗，很快有人指出那是两句唐诗。于是人们也就把他的"梦中得句"当成了笑话。我却一直认为那是难得的佳话。他能公开自己的梦中得句，就说明他不知道那是唐人的诗句，并没有把《全唐诗》背得滚瓜烂熟，借梦拿来两句为自己贴金。他的成就根本用不着这样。那就只有一种可能，他在梦中和唐诗的某种意境契合，或古句进入他的梦中，或他乘梦感受了唐人的诗兴，无论哪一种都是难得的好梦境。

去年冬季，被尊为"国宝级诗词学大家"叶嘉莹先生，以95岁高龄在文化中国讲坛上站着讲了一个多小时，其中谈到了梦中得句：一生没有过过酒边花外的日子，不是在苦难之中，就是在劳苦的工作之中，梦中却有了这样的句子，"酒边花外曾无分，雨冷窗寒有梦知"。有时从李商隐的诗里找到与自己的人生际遇特别贴切的句子，与自己的梦中得句杂糅成诗："换朱成碧余芳尽，变海为田夙愿休。总把春山扫眉黛，雨中寥落月中愁。"

《青年参考》载文，去年6月25日，宇宙间的第一个太空国家"阿斯伽迪亚"宣告诞生，也可以说是人类的第一个太空殖民地。首任太空国元首，是55岁的俄罗斯科学家、商人和慈善家伊戈尔·阿舒尔贝利，公民有来自地球上200多个国家的20.3万人（其中美国人2.6万居首位，之后是土耳其人和印度人，中国人1.5万位列第四），一个由150人组成的议会，一部经该国公民网上投票通过的宪法。

其建国的目的是"因为地球没希望了，人们在太空国生活和工作，完全和平，没有冲突"。其最终目标"是25年内在近地轨道建立永久有人居住的太空站"。地球人凡年满18岁、没有重罪定罪记录，都可免费申请成为太空国公民，获准后每年要缴纳100欧元税金。迄今已经收到了超过50万份的申请。

——这很像好莱坞科幻大片，但科幻电影里都有暴力、战争、邪恶和正义，国家建在地球上不安全，建在太空就安全吗？世间灾难无非两大类，一类天灾，一类人祸，人才是"冲突"的根源。何况阿斯伽迪亚太空国的公民还都是地球人。见证这个太空国的成立是上百名地球上的各个国家的外交官、工程师和法律专家，太空国国家元首的就职典礼是在地球上的奥地利维也纳的霍夫堡宫前。太空国本身也建在地球的轨道上，目前太空不知有多少地球人发射的卫星和丢弃的垃圾，而且还在不断地增加……倘若地球真的有了大麻烦，阿斯伽迪亚国还能平安无事吗？

有太空情结，又有这个能力，到太空像小孩过家家一样玩一把，而且玩得这么大，还是令人惊奇和钦佩。

美国一网站近日报道："经男人评选出女人身上最诱人的部位，40%的男人认为是女人的胸部，将胸部作为女人诱惑男人的第一凶器。"

——美国似乎管闲事的人特别多，调查什么、研究什么的都有，把许多司空见惯、心照不宣、甚或只可意会不可言传的现象，非要掰扯透彻了，拿出数据，讲明道理，不知在什么地方就会有大的收益。

比如，中国传统文化这样文绉绉地形容女性的胸部："从来美人必争地，自古英雄温柔乡。"而美国一调查机构，对500对30—40岁的夫妻，进行关于"胸部与幸福指数"的调查，结果显示："女性胸围A（最小）的离婚率为37%，胸围B的离婚率为16.3%，胸围C的离婚率为4%，胸围达到D（最大）的女性离婚率为1%。"

这下你知道，全世界的女人只要有条件都去隆胸的原因了吧。许多年下来，此风不知还会延续多少年，隆胸创造了何等巨大的经济收益！至于是否能提升男女幸福指数，只有当事人心里才有数。

报载：中国工程院院士、上海市第九人民医院教授戴尅戎说："全世界有两百多个国家，看病要付钱的只有二十几个。其他的国家看病都是不要钱。"

——那又如何？他把结论、也是他最想表达的意思省略了，让别人去猜、去替他说出来。这是当下很流行的一种说话技巧。当然，能说出这样的半截话也很不错了。

截至2018年底，美国联邦地方法院资深法官威斯利·布朗，年已104岁，却仍穿着法官袍，端坐在法官椅上，一边吸着氧气，一边审讯断案，主持公道。他说："边吸氧气边开庭，只希望能做到死。"

——为公道而死，死也要维护公道。这就叫：德高，望重，公正。这样的一位老法官，必然会成为一面法律的旗帜。

不是所有的人老了都是宝，能成为"国宝"或本领域的"一宝"，才有可能不被"一刀切"。

我住的小区如同过去的大杂院，穷人乍富、攀比之风甚盛，你养狗，我也养狗，你养一条，我养三条，现在流行怀里抱着猫放狗。为什么叫"放狗"而不是"遛狗"？"遛"是只牵着一条狗，"放"是牵着一条还散跟着三五条，一群一群的，再加上怀里抱着的，手脚真够忙活的。现在的时尚是"人仗狗势"，有钱而且厉害、让邻居们眼馋和畏惧的标志是："猫狗双全"。

郑州市商务局日前发出通告："必须人道屠宰生猪，宰杀前须停食静养至少12个小时，宰前3小时停止喂水，否则罚款。在生猪静养期间，不得有闲人打扰，不得限制生猪在圈内自由活动……"

浙江松阳县竹源乡一座老屋，因地质灾害综合治理要拆除，但房梁上燕子窝里还有4只不会飞的雏燕和7枚蛋。专家表示，燕子蛋孵化需15天左右，雏燕学会飞翔、觅食需10天。于是相关单位决定推后一个月再拆这间老屋。

主流媒体在报道上述新闻的同时，还报道天津一男子手持利刃冲进医院，将正在为病人施治的女医生刺死，事后说："我不认识她，该她倒霉。"昆明一人开着车在闹市区横冲直撞，造成多人死伤。事后说："心情郁闷，撞死谁都行。"——在犯罪心理学上这叫"无差别杀人。杀谁都行，碰上谁杀谁"。

更为邪乎的是，安徽大学新闻传播学院原院长芮必峰，在操场上散放身高八九十厘米的藏獒，安大文学院老教授顾祖钊说他不该不给狗系绳，芮必峰上去一拳，将顾祖钊的眼眶壁骨打裂。真厉害，身边有藏獒还怕什么！

——若从对待动物的态度上看，社会的文明程度似乎在提高，可人对待人的态度却越来越恶劣，对猪实行"人道"，拿人却不当人，人贱畜生贵。要知道人也是动物，即便你不拿人当高级动物，当一般动物也行呀。这让我忽然明白了一件事，2018是狗年，好像成了所有上班族的本命年，办公室里一下子狗多起来了：加班狗、单身狗、考研狗、创业狗……或被唤，或自谓，无不欣然、默然，并不在意。或许就因为做狗比做人还要硬气。

看中央电视台的一档节目，主持人现场采访一名女观众，自称是上海人民公园相亲角名人，坚持为女儿物色对象5年6个月零3天。主持人说，身居大上海是不是太过挑剔，外地人要么？

那位大妈应声答道："不要问我外地人要不要，我外星人都要！"

旁边一位观众接口说："想得倒美，真有外星人招亲，还不抢破脑袋！"

——真是急了！网上说中国大妈有三大贡献享有世界声誉："抄底黄金、跳广场舞、替女儿招亲。"

我早已经没有兴趣再谈论中国足球，对中国足协千方百计想取得举办世界杯的努力也觉滑稽无趣，如果靠砸钱把别人请到自己家里玩，自己却只能在旁边站着，这不是要多尴尬就有多尴尬吗！最近看到有关世界杯的一些资料，豁然有所悟，中国申办世界杯或许别有深意。

俄罗斯多年来正犯愁人口出生率下降，2018年夏季不仅主办世界杯，而且在首战逼平夺冠大热门阿根廷，人口专家在兴奋地等待着出生率飙升的好消息。早在1966年，英格兰主办并赢得世界杯冠军，此后的出生率就连续升高。当时人们注意到这一现象，却未有意收集数字，2006年德国主办世界杯后的9个月，出生率上升达15%。2016年6月，冰岛在欧洲杯中令人震惊地淘汰了英格兰，冰岛有10%的人观看了这场比赛，只是这一场比赛的9个月后，冰岛的婴儿出生率出现历史新高。

德国知名产科医生罗尔夫·克里奇说："快乐的心情通常会释放荷尔蒙，从而令人比较容易怀孕。对很多人来说，在比赛过程中感受到的兴奋，在比赛结束后仍然会继续下去，并且会被释放在其他地方。"不仅赢了球多生孩子，输了球也照样多生，2014年的主办国巴西，在半决赛中以7比1惨败于德国，来年3

月的婴儿出生率仍旧增长7%——这一条对中国格外有利，我们的足球视惨败为家常便饭，而人口专家们又一个劲地闹腾，说中国未来几十年将严重缺少年轻的劳动力……如果花钱办个世界杯，能换来几千万乃至上亿的婴儿，不是很划得来吗？

近几年关于大学的负面新闻太多了，学术造假、教授打架、校长当众读错字……今年初秋，东北大学的一条消息令人感到格外温馨，值得一记。8月29日是大学迎新报到的日子，东北大学为远道而来的全国各地9000余名2018级的新生，准备了一万碗热气腾腾的"迎新面"，有打卤面、鸡丝凉拌面、牛肉抻面、重庆小面等适应各种不同口味的面条，供新生免费领取。

——"送行的饺子接风的面"，这是传统习俗。一碗暖胃又暖心的面条，缓解了新生因"新"而造成的局促与紧张，进校先感到温暖、亲切，这第一印象不仅有助消除有关大学的种种负面传闻，还一定会对他们今后的学习和生活产生影响。当下还有什么比"收拾人心"更重要。

空阔又人烟稀少的年代，在一个地方活不下去了，就人走家搬，走到一个自己觉得不错的地方，就安顿下来，开荒种地，扎根活命。番禺出土了一块2000年前的碑，上面有"大吉"字样，还有第一个开发番禺的人的"三代人计划"，或者称"家训"：第一代养地，有地才能养人；第二代养气，有浩然之气才能在天地间立足；第三代养文化，有文化才能养君子之风。

——俗云：一方水土养一方人。其实，水土也要靠人养，有什么人养什么水土。正是有这三条作保证，最先开发一个地方的人，往往成为当地的第一大户，一代代子孙绵延不绝地传下来了。番禺有这样的大户，四川江阳张坝的张家，也传到了至今的第十五代。

"实际年龄"网站的两位创办人之一迈克尔·罗伊森博士，在《纽约时报》上撰文称："做一年美国总统，等于老两年。"他举出最近的三位总统为例，乔治·布什和比尔·克林顿，都是在第一任期内头发开始花白，奥巴马更甚，从竞选开始只有754天头发就变灰白。美国总统是个风光无限的职位，不管他们表现得多么从容自信、应对裕如，实际情况是"工作极度紧张，身心过度操劳"，这才是让他们的头发过早灰白的原因。

——此文一出，人们开始关注现任美国总统特朗普的头发，他在总统的职位上似乎最要得开，将自己对总统这一职位的理解发挥得淋漓尽致，时有惊人之语，也有惊人之举。那么人们倒要看看他是不是真的"工作极度紧张，身心过度操劳"。举一反三，人们还发现在百姓中大胖子很多的美国，总统是胖子的极少，西欧发达国家也类似，或许国家的发达程度，与领导人的体重是成反比的。

《家庭与生活报》报道：一辆载满乘客的长途客车正常行驶在盘山公路上，不想车上有三个歹徒，打起了女司机的主意，越看越觉得她很漂亮，便亮出枪喝令停车，要带女司机下去玩玩。女司机向全车乘客求救，一中年男子应声而起，随即被歹徒打倒，男子向乘客呼喊，三四十个人难道还怕他三个，保护女司机！满车人噤若寒蝉，眼睁睁看着歹徒们揪扯着女司机下车进了山上的树林……

女司机再被带回来时，头发凌乱，身有泥垢，却反常地不许曾想救她的中年男子上车，声称车上有他，她就不开车。此时满车人忽然都会说话了，并义愤起来，把那男子和他的行李一同推下了车。大客车继续爬山，当翻过山顶下坡的时候，汽车猛然加速，随即翻入外侧的万丈深渊。第二天，中途被赶下车的男子看到报纸上报道这起车祸时说，"车上乘客无一人生还"，轰然大哭不止。

——1987年我同三十几位作家在五台山出车祸，有头破血流的，有当时昏死过去很快就苏醒过来的，却无一人死亡。五台山一位高人对我说："这车上有该死的，有不该死的，是不该死的救了该死的。"上面报道的长途客车坠崖，是不该死的舍命处决了该死的。

悲且烈！

有一年我们沿着额尔古纳河自西向东，饱览草原风光，同行的一位中年朋友给我讲了一个常识，几年过去仍念念不忘。许多年前，一场骤然降临的战乱，将他们一家分成两个国家，他的一个叔叔留在河对岸成了俄罗斯的居民。几十年后中俄关系解冻，他的祖父要过河去探望他的叔父。由于是冬天，临走前两天杀了一只四岁的羊，剥下肉只带前后腿骨过去，到俄罗斯也杀一只四岁的羊，将两只羊的腿骨一比较，就可以知道对岸水草的好坏程度，根据羊的生长状况又可以知道留在那边的人生活得怎么样。

我问他，老人回来后可讲了两只羊的对比结果？他说俄罗斯的羊比我们的羊大一号，长得也壮。但人的生活状况比我们这边落后。或许正因为人的落后，草场才得以更多地保留了自然生态，这倒是羊的福气。

天津出大演员，尤其是戏曲界：京剧泰斗余三胜就出自天津，他是余叔岩的祖父，是杨小楼、程长庚以及慈禧最喜欢的演员谭鑫培的师傅。还有曲艺界的小蘑菇（常宝堃）、马三立、骆玉笙，等等。

当时的京津文化圈里流传着一首诗：

> 做戏端推胡子生，
> 余三胜后是长庚；
> 在津演唱无遗憾，
> 一到京都便得名。

这首诗道出了一个规律，在天津扎扎实实练好基本功，渐露头角。要想大红大紫，还得进北京。至今似乎还是这个规律，如陈道明、刘欢、郭德纲等，无不是到北京后才出了大名。

有"杂巴地"之称的天津，好像只出人，不捧人。

摄影师沈晓鸣，已经完成了40多个县市级政府大楼的拍摄，他的作品被称为"从样本意义上完成了对中国县市级政府大楼风格的收集"。这本应是一件很有成就感的事情，他却越拍精神上越压抑，说："每当站在政府大楼前，常会觉得自己是一只渺小的蚂蚁。"

——他的感觉，正好准确地阐释了政府大楼建筑的意义。

阅读《禅机：1840—1949中国人的另类脸谱》，其中有一"谱"："清华大学教授张奚若参加民国参政会，说会上无非三种人，一是卖嘴的，对当局大歌颂一番；一是卖手的，无非是举个手；一是卖屁股的，不说也不举手，只是一味地坐着。"

——一个多世纪过去了，中国的脸谱可有变化？国粹——京剧的脸谱是从来不变的，200年前的窦尔敦和今天舞台上的窦尔敦仍然一模一样。

"咖啡、茶，或我？"

——自美国的空姐取消劳保后，空姐们找个如意郎君出嫁，成了一条不错的出路，有的空姐这样调侃自己在客舱服务时的说辞。

据说空姐纷纷要嫁人的消息传开后，美国的航空业效益有明显的增长。渴望在高空有一场浪漫的邂逅并抱得美人归的王老五太多。

美国人促销果然有绝招。

我下榻在金门的酒店旁边有一个湖，水面不是很大，名字很大，叫"太湖"。有一种白色的大鸟，老在我窗外盘旋，这引起我的好奇，它是本地鸟，还是从大陆飞过来的？莫非对我感到亲切？无人可打问，我暂时叫它"大白"。

第二天清晨我到湖边散步，水边除去大白还有其他鸟，有大有小，有的在湖面戏水，有的在水边觅食，有的叽叽咕咕，从上岸到水边不过三五米，我大声向它们打招呼，它们竟不惊不飞，不理不睬。看看四周没有别的人，我亮开嗓子高声呼啸，只有个别的大鸟扬头看看我，可能觉得我是个疯子，其他鸟仍旧自顾自地嬉戏。是金门的鸟不怕人，还是见了人格外亲？或许是因为它们曾经历过21年"炮轰金门"的考验，见惯了炮弹横飞的鸟儿们及它们的子孙，还会怕人的喊叫吗？

紧挨着太湖有个金汤公园，公园的巨石上刻有十几个大字："有金马才有台澎，有台澎便有大陆。"今天看来还在见证着大陆和台湾的血肉联系。

一农民自己造了架飞机，曾轰动一时。试飞那天连中央电视台的记者都到场了，十里八乡赶来看新鲜的人围了一大片。记者为了凑看点，先对观众提了个问题，并把话筒伸向看热闹的人群："试飞时驾驶员会带着谁上天？"

人群里七言八语，有的说会带上他的父母，有的说一定是带他的老婆孩子……试飞开始，那农民竟抱着一只大公鸡上了飞机。记者问他为什么要带鸡上机。他说："谁知道试飞能不能成功，一旦在天上出事，只有带有翅膀的公鸡兴许能活命。"

不关疼痒只是来看热闹的人，总喜欢高大上，想入非非。而当事人考虑的是实实在在的细节。

乌拉圭《国家报》报道，北部省份圣何塞的一个牧场，一天风雨大作，牛群围聚在铁丝栅栏旁边相互取暖，不料一阵霹雳过后，52头奶牛齐刷刷全部被击毙，横七竖八倒了一地。

我看到这个新闻后极为震惊，当即剪了下来留作资料。儿年后我与几位朋友去乌兰察布，车过张家口，天气变恶，四周漆黑一团，需打开车灯缓缓而行。不一会儿雷电交加，骤然大雨伴着冰雹如飞弹倾泻，随即甚至没有雨点只有冰雹，车顶被砸得铿铿锵锵，似乎很快就会被砸穿。所有公路上的车不敢再行驶，停在路边听天由命。一个接一个的霹雳就在我们的车顶、车窗边炸裂。

我隔窗盯着道旁的草场，羊群挤在了一起，马也凑到了一块，唯有一二十头牛，仍然站在各自的原地低头在吃草。惊奇减轻了极端邪恶天气所带来的恐怖。牛的定力，其他动物不能比，人也比不了。难怪在六畜中尊牛为首，即便家有骝马，只要是拉重活、走险路，一定要让牛驾辕。

近几年来，跳楼自杀的新闻不少，城里人围观这种场面的兴趣也越来越高。《中外文摘》报道，一西装革履的年轻人，站在25层的写字楼楼顶，想往下纵身一跃。警察上去百般劝勉无效，请来心理学家滔滔不绝地讲了两个多小时，最后也疲惫不堪地无功而返，楼下围得水泄不通的观众都等得不耐烦了，说什么的都有，有的高喊：跳啊，你倒是跳啊！有的说：不跳就下来，我脖子扬得都酸了……

这时大家看到一个年纪已经很大的流浪汉，或许是拾荒者出现在楼顶上，佝偻着腰走近想死的人，不知嘟囔了一句什么话，年轻人猛地转身对着他盯了好半天，突然从楼顶边的矮墙上跳下来，快步离开楼顶。记者和围观的群众呼啦都围住了捡垃圾的老汉，追问他跟想死的年轻人都说了什么，能让他幡然改变主意不往下跳了。流浪汉说，我看他那身衣服不错，反正你也要死了，别把衣服弄脏了，不如脱下来给我吧。

担当开导和救助的角色，无论多么友善的苦口婆心、千言万语，都改变不了处于优越的居高临下的地位，这很容易刺激准备自杀者已经极端脆弱敏感的自卑或自尊，说不定还会加深想死的人的绝望。而生存地位低下、活得比想死者更惨的人一句自私的并带有嘲弄意味的大实话，才是让他猛然惊醒的灵丹妙药。

广东陆河县有一条螺溪，"水之源流，绕东而西，绕西而东，摺摺之流，形类螺纹"。又时隐时现，时急时缓，像孩子捉迷藏。是一道远古奇观。

黔、桂、滇三省交汇处有一"马令河大峡谷"，本是远古时代的一条暗河，不知什么年代为神力所催，爆然裂成一条长75公里、平均深度300米的大峡，被称作"地球上最美丽的疤痕"。谷内一瀑连一瀑，大如银河倒悬，小似轻纱漫落。谷底有些水流落差可达千米，其声响或如雷霆震天，或似蛙鸣一片，谷口彩雾缤纷，如梦如幻。

峡谷下游的两侧是"万峰林"，方圆近500平方公里内，群山丛突，峰峦怪异。400多年前徐霞客到此写下："天下山峰何其多，唯有此处峰成林"——万峰林前端有一万峰湖，正好接住从大峡谷流出的甘泉。面积170平方公里，为中国第五大淡水湖。

天沟地缝悬百瀑，万峰做瓶收净水——大自然的神来之笔。

近几十年来，随着社会竞争的酷烈，人们突然对狼格外崇敬起来，编造了许多关于狼的神话，把狼等同于"狠"。其中"末位淘汰=狼性文化"，就纯属误传。不止一位专门研究狼的动物学家证实：狼绝对不会抛弃年老、受伤以及无法捕猎的狼群成员。人们设计的"狼性"，跟狼没有任何关系。

……甚至有些年轻女子，抱怨新婚丈夫不够"狼"，购买各种补药及壮阳物，以期增加丈夫的狼性，盼郎如狼似虎，岂不怪哉？

现在几乎没有企业不把"企业文化"的招牌高高挂起,到底什么是企业文化?有人这样定义:你买了双普通皮鞋夹脚,会抱怨皮鞋不好。你买了双名牌皮鞋夹脚,会怀疑自己的脚长得不够标准。这就是品牌文化的厉害之处,它能影响人的思维和判断。企业文化的核心就是产品的文化力。

"裸风"已刮了许多年,求雪脱,求职脱,抗议脱,狂欢脱……女人们似乎只要找个理由,就"裸"一把。最近英国富豪阿奇·戴维给"爱裸族"出了难题:他为了给自己新建的网站作宣传,悬赏100万美元征求第一位能成功在美国总统面前裸奔的人,而裸奔的人必须把他的网站的名称写在肚子上。

这则新闻发布快半年了,还没有下文。这或许就叫"以裸治裸"。

有人在网上呼吁,主流媒体也作了报道:当你走在路上,看见有老人摔倒或受伤,视而不见,良心不安,一定要招呼周围的人一起上前搀扶,让老头或老太婆一时不知道该讹谁,即使想讹,大家还可以相互作证。

这是恶心当下的社会风气和老年人,实际是做不到的,如果旁边没有别人怎么办?即便有人不听你招呼又如何?2006年彭宇在大街上救助一摔倒的老年妇女,把她送到医院还垫付200元医药费,不想老太婆反咬一口,竟说是被他所撞,南京法院最终竟真的判决彭宇赔偿那老年妇女4万元。这一判决对已经严重败坏的社会风尚可谓雪上加霜,自那以后老年人成了马路上或公共场所的一个陷阱、一团晦气,人人躲之唯恐不及。

十几年过去了社会上还在议论"是老人变坏,还是坏人变老",无论哪一种,总之人一老就不是好东西。正应了圣人的话:"老而不死是为贼。"

"他26岁还没找到想做的事情,40岁拼尽全力马马虎虎养家,67岁之前都没钱买房,83岁依旧谈恋爱生小孩,90岁'衰年变法'开创新的国画表现手法。"

——有人这样概括齐白石。可见哪有什么"在正确的时间做正确的事情",重要的是找到并驾驭自己的人生节奏,让年年月月都是黄金时段。

(原载《北京文学》2019年第6期)

对对联

◎莫　言

　　今年十一月初，与几位同行一起去阿尔及利亚参加国际书展。期间，一个落雨的晚上，结伙去一家以鱼火锅著名的中国餐馆吃饭。店主年轻，热情，说看过我们的书。问他有酒无，他笑着拿出一瓶珍藏多年的国产名酒。美酒佳肴，大快朵颐；说东道西，满座皆欢。饭后，店主拿出一个本子让我们题字留念。我写了两句：小店主春风满面，大鱼锅热火朝天。同行者说：好对联。回饭店一分析，小店主对大鱼锅，春风满面对热火朝天。依新韵，上联是：仄仄仄平平仄仄；下联是：仄平平仄仄平平。上联第三字应平实仄，半拗不救；下联一、三字互救，基本符合格律。再仔细分析，上联的"主"有名、动、形三种词性，而下联的"锅"，基本上只有名词一性，但在我故乡方言里，也可以当动词和形容词用。譬如说一个人，"锅着腰"，是当动词用，说一个人是个"锅腰子"，是当形容词用。这里对的是这两个字的名词词性，因此这两句，勉强算合格的对联吧。

　　对联一道，是旧时文人的雅好，很多文人故事，都与对对子有关。我出身草莽，知识浅陋，竟然也染上了这附庸风雅的毛病，出乖露丑之事多多，但我这人的优点是能在骂声中反思并努力学习，知耻后勇，所以，也希望大家宽容与鼓励。

　　去年夏天，我跟一个纪录片摄制组去我故乡那座二十世纪三十年代曾发生过一场著名战斗的小石桥拍摄。那天下着毛毛细雨，小石桥正在维修，桥块堆放着十几根替换下来的支撑桥墩的木头。据修桥人说这是老枣木，已在水下淤泥中浸埋了四百多年。木头外表黑亮如炭，但从截面看内里却黄中透红，毫无腐烂迹象。我忽发奇想，如果把这些老枣木解开做成镇纸，岂不很有纪念意义和实用价值吗？同行的文化官员支持我这种想法，说这些木头本已成废物，做成镇纸，放置在文人雅士的案头发挥作用，简直是好得不能再好的归宿了。他说一切由他来安排，但要我撰一对联，刻在镇纸上。我编了二句：支桥长奏洪波曲，伏案漫观汉唐书。依新韵，上联是：平平平仄平平仄；下联是：平仄仄平仄平平。上联第三字应仄实平，半拗不救；下联一、三两字互救，但第六字应仄实平，无法补救。可惜当时没有认真推敲，其实只要以仄"晋"换平"唐"，就可以合律了。当然，如果深究起来，《洪波曲》是郭沫若先生的一本书名，而"汉晋书"却没有这层含义，因之对得还不是严丝合缝。这是当时的想法，后来我就此联请教行家，行家说："如果以'晋'换'唐'，下联即犯孤平，这是诗家大忌，必须将第三字换成平声才能合律。"

通过一段时间的学习，我感到，要撰出千古名联当然很难，但只要下功夫，撰一副技术上无毛病的对联还是可能的。真正难对的是一些具有特殊意义的巧联。

苏童是著名作家，原名童忠贵，江苏省苏州市人。有一年我去苏州，忽然想到：苏童的原名和笔名合起来是"苏童童忠贵"，这是一副巧联的上句呀。想了好久也没想出下联。数年后一次去人民大学，见到笔名"劳马"、原名马俊杰的名作家马书记，这下联就有了。苏童童忠贵，劳马马俊杰。依新韵，上联是：平平平平仄；下联是：平仄仄仄平。五律中没有这种格，但这种人名巧联，无法换字调协。幸好上联尾字仄，下联尾字平，读起来还有起伏，也就姑妄称之为对了。这对联之所以数年才勉强对上，主要原因是我刚开始以为苏童原名为"童中贵"，"苏童童中贵"，这含义可就丰富了，不但"劳马马俊杰"对不上，我几乎想遍了知道的作家、艺术家的名字，也没有能对得上的。

前不久，著名作家二月河先生去世。我与他有数面之交，知他是饱学之士、忠厚之人，心敬仰之。他原名凌解放。早有才人将他的笔名与原名连成一上联，悬网多年，未见工对。二月河开凌解放，仄仄平平平仄仄。含义丰富，格律严谨，真是难得的巧联。我与先生虽无深交，但物伤其类，难免狐兔之悲，于是急忙凑了一个下联并恭敬书之，然后发到朋友圈。"二月河开凌解放，一剪梅落玉簟秋。"上联一人双名，下联一牌两称，这一点勉强对上了。上联包含着二月黄河解冻，冰层坼裂，春天到来，万物复苏的宏大意象，下联无法与之匹配。但一剪梅落，繁华凋零，秋风萧瑟，玉簟生凉，那样一种清冷寂寞的意境，倒也勉强暗合了先生早逝这令生者感伤的本事。因是急就章，来不及细琢磨，匆匆发圈后一想，毛病多了去了。首先，"凌解放"与"玉簟秋"从字面上对不上，其次，"一剪梅落玉簟秋"，平仄平仄仄仄平，律中无此格，与上联的"仄仄平平平仄仄"根本对不上。

我总想对一个比较工整的下联来纪念二月河先生，于是又百度搜索，对出一个"一络索牵玉连环"，还是一词牌两名，并暗寓逝者用一条线索写出系列帝王小说之事。书之再发圈，讥评如潮。吾知此联所用词牌太生僻，其病一也；平仄不协，其病二也；"一络索"中之"一络"是泛指，对不齐上联"二月河"中"二月"之特指，其病三也（"一剪梅"中之"一剪"也是如此。）

吾思这个特殊时期的人名巧联之对句，既要选择一物双名或一事双称，又要顾虑到前后的因果关系，还要暗含联主仙逝之本事，容不得半点戏谑与调侃，当然还要照顾到平仄，因之难度极大，几乎无对。我在网上看到部分批评我的朋友所撰下联，多从字面上求对，不顾上联特定含义，心中略感释然。

后来我又查到一味中药"半天雷"，又名"夜关门"，凑成下联"半天雷响夜关门"，依新韵，平仄无大毛病，但"门"对不上"放"。至此，这照顾到各个方面的寻名凑对，已近穷途末路。

为了用一句符合格律的下联纪念凌先生，我只好暂且不管上联内涵和特定本事，只从字面上求对，于是有了"二月河开凌解放，三伏雷震雨纷飞"。"二月河"对"三伏雷"，"开"对"震"，"凌解放"对"雨纷飞"。依新韵，下联"平平平仄仄平平"，第三字应仄实平，在允许范围。这次，从字面和格律上，总算勉强对上了。

但细细琢磨，又觉得上下联有"合掌"之嫌，于是给一位诗词大家写信求教，大家回信曰："无合掌之嫌，唯'伏'字为入声字，普通话入阳平，除此之外，没有毛病。"

普通话的四声就够我辨别的了，还有这些入声字。幸好，现在有很多人认为新旧韵应并存，用者可各取其好，但我知道，那用旧韵写成的格律诗词，才是正宗。

写了这么多，讨论的范围仅限五、七言律对，而对联形式多变，字数不限，那些多达数十句、长达数百字的长联的平仄规则和变化，我这辈子也不一定能弄明白了。

凌先生生前雅好诗词歌赋，希望他在天之灵能原谅我这篇文章。我也期待着，能有一个与"二月河开凌解放"的所有内涵和技术相匹配的下联出现。

2018年12月30日夜

（原载《人民文学》2019年第3期）

浦东来去
——有关"上海生活"的笔记

◎张未民

一

上海是学术作者聚集多的地方。由于一段不算短的编辑职业生涯的缘故，我曾持续多年每年都要"去上海"，有时一年里还要去多次。

这里也许是有全世界最多的霓虹灯和商品橱窗，那些曾经的外国租界留下来的街道、洋房和法国梧桐树，腔调与情调齐飞，各种购物、表演、展会、宴会、谈判、实验或试验、讨论或讨价还价，以及街行和弄堂锅碗瓢盆，浓妆淡抹，"物"成为流布其间的润滑剂或硬通货。此时上海对我来说已非绣花文章，更非表情严肃的工作坊，置身其中，这些物什就灌醉了你的毛孔，一种被淹没感漫过肌肤，浮游于一片生活的感性海洋。

想象中的，如《子夜》以及新感觉派等现代小说所描摹的"十里洋场"景象，早都风干在旧杂志里了。上海滩的此"灯红酒绿"，已非"十里洋场"的灯红酒绿，而是经新中国涤除又经改革开放岁月重塑了的"再/灯红酒绿"，更加纯粹的市民化也更生活化了。

这样的"去上海"，去的是上海看的是生活，看他们在柠檬汁滴入早餐后如何勾兑出一日生活，这或许是看取上海的最大价值。

生活着的上海，民间又称其为海上，细思量，这肯定不能解释为在汪洋大海之海上，而是"上海之上"，是繁华如梦的生活之"上海"之"上"，是谓"海上"。

太阳之下，如海般的生活之上，记得大约上小学前后，就随父亲看过他们中学学生剧团排演的话剧《霓虹灯下的哨兵》和《年青的一代》。这些作品最初是诞生在上海然后才风靡全国的，剧情大约是时代的激进遭遇到了生活的纠缠，即便作品无法选择地都选择了改造或压抑生活欲求的批判方式，但它们终究是沾带了上海式生活意识和生活主题的，最终生活批判或批判生活，也就都成为生活主题的一部分了，人们由此倒是更加强了"上海是生活着"的印象。

上世纪七十年代中叶以后，尽管意识形态仍风声鹤唳，我所居住的北方县城却莫名地开始被生活潮流所笼罩，上海产的凤凰牌缝纫机、三五牌座钟、红灯收音机以及直接用上海命名的上海牌手表等，陆续进入街坊邻居家中，人们对生活的热爱如此迅猛又是如此直接地表现于对上海器物的拥有与艳羡上，令尚在特殊政治化氛围中的人们始料未及，却是透明的真实，革命自然过渡到生活。这至今想起来，都觉得要感谢上海，上海之名物不仅实用，更带给人生活的尊敬与安慰，每一件都熠熠生辉，演绎万家灯火、岁月物语，成为中国人的现代生活导师。1976年，要到三十里外的一个乡村当知青兼当小学民办教师，父亲于是托了人才买了辆永久牌自行车，让我回家方便些。糟糕的是，第一次骑车回家，就在盘山道下冲陡坡时，前轮无意识又极其准确地硌上了一块石块，我跌落路边，自行车则飞过壕沟，甩落于四五米开外的山坡上。傍晚推车进家门，父亲看着我被擦破了皮的手臂和膝盖上的血迹，再看看同样磕破了漆皮的车架，在仿佛摔打得更结实了的车座上拍了拍，说："到底是上海货啊。"如今这辆亲爱的自行车已不知所终，可我记着它以上海货的名义曾宣告过一个生活时代的来临。上海那时就这样骄傲地居于"中国生活"的高处，仿佛中国人最后的一块生活领地，提供着富足而文明的标杆。

于是1980年代中期后我开始频繁地去上海，公干之余，更留意上海人如何吃饭如何穿衣如何出行，看他们如何说话如何办事。现在回忆，这一场"慢车去上海"，无疑是从抵达上海的真如火车站开始的。

好长的一段时间，从东北驶来上海的火车，终点站都在上海西北角的真如。抵达这座现称为上海西站的真如站，就等于从大上海西北角抵达了上海。然后随人流挤上了一辆破旧的公交汽车，穿过漫长的曹杨路及两侧排列整齐的工人新村，在延安西路上的某个站点下了车，就住在了延安西路上的"文艺会堂"，私忖，就从此处开始攻略上海之海吧。

可以把自己当作一条游过这生活之海的鱼。沿着自西而东的北京路、南京路、延安路、复兴路、淮海路，辅以南北交叉走向的陕西路、乌鲁木齐路、四川路、西藏路，游来复游去，往复之间你就可以想象这现代化街路网络的底下，是先铺设有江南田园的纵横阡陌，亦有治理长江口淤泥滩时用以排水涵养土壤的纵横水渠、泥坝，所谓"上海生活"，正是传统精致的江南生活文化与现代文明多层历史迭代荟萃的精华。江南的精致生活从西边的苏州流过来，现代西式生活则自海上入黄浦江上岸，应该是自海上来者风头更劲，因此上海之名便深入人心。

而最耐人寻味的生活游弋，是你沿着南京西路穿过人民公园北侧到达南京东路，就有外白渡桥旁的外滩横亘眼前了；是你沿着延安西路穿过静安寺、上海展览馆和博物馆到达延安东路，就有延安东路中央外滩横亘在眼前了；是你从淮海西路游弋到淮海中路抵达淮海东路，涉足豫园左右，然后再向东走不远，就有十六铺码头的外滩横亘在眼前了。

外滩之外，浦江浩荡北去，隔望东岸迷离。那时候你方知黄浦江乃是上海生活延展的一条天堑和界限，所谓"外滩"，即已设"外"横于眼前。外滩之外无上海。

此时，恰听到有谁向东岸那片码头货场、低矮房屋和大片农田挥手一指："看！那是浦东。"

1990年5月3日，上海市人民政府浦东开发办公室正式挂牌。

二

来到浦东，就要说浦东的话。我忽然发现"上海"与"浦东"这两个概念的关系在话语中有点儿特别。

比如以前浦东人和我们这些外乡人一样会说"去上海"，而不会说"去浦西"。

这意味着"浦西"似乎是个可有可无的词语，它只是在说明"浦东"一词时才用得着，而平时用来和"浦东"相对应的，则是"上海"这个词。换句话说明白，就是，"浦东/浦西"更多的是地理词汇的相对应及关联，而"浦东/上海"才是地理实体的相对应及关联。这样的语境决定了"浦东/上海"的真实关系，浦东是浦东，上海是上海，浦东人不是上海人，所以浦东人才能够说出

"去上海"这样的话。

　　有一佐证。2018年我读上海青浦人叫陆士谔的医生兼小说家一百多年前（1910）所写的《新中国》，于中国、上海、浦东三者之间的思绪腾挪便非常有趣。它出版时被标为理想小说，现在我们则称它作幻想小说，作品对"新中国"的幻想完全是生活性的，由此上海和所谓的"上海生活"便俨如"中国"之"新"的样本。猜想作者的本意也在于，若想象一种现代中国，则定是现代中国生活无疑；而若想象一种中国生活，就一定要从上海生活看过去。那时的上海已经站上了中国生活的高地，这一点上海人陆士谔及其笔下的主人公陆云翔心中颇为自信。他们开始做梦了，为了"新中国"做梦，从上海一梦到浦东。小说写道："一座很大的铁桥，跨着黄浦，直筑到对岸浦东……开办万国博览会，为了上海没处可以建筑会场，特在浦东辟地造屋。那时，上海人因往来不便，才提议建造这桥的。现在，浦东地方已兴旺得与上海差不多了。"这个旧时梦景与百年后的上海与浦东的现实精确吻合，使人惊奇。可是从作者在上海、浦东两个概念的语义叙述关系看，浦东不是上海，浦东正对应着上海。而这和如今现实即浦东是上海的一部分是不同的。

　　浦东是个庞大的地理实体，即便如上海这样巨大的现代城市体，若想吃掉、占有浦东，也得一点点地来。浦东人黄炎培在所作回忆录《八十年来》中描述浦东，包含有两层要义，一是"上海市黄浦江以东，一般称为浦东"；二是"海岸线由黄浦江出海外向南折而西入杭州湾，西滨太湖，成为三角洲。川沙和其他几个县，都位于这三角洲上"。这是我所读到的对于地理实体的浦东之最好的描述。那时之浦东、川沙等几个县还都归江苏省管辖，浦东这个词很明确的就是超越行政区划的地理实体的表述。相形之下，浦西这个词的地理实体性就十分不足，它只有黄浦江以西这一条实线可描述，其他边界则不清楚，于是就只有位于浦西的上海城市体可以拿来和浦东说事了。

　　然而上海和浦东捏摆在一起，又发生了地域等级的巨大不平衡。一个庞大的地理实体和一个庞大的现代都市之间的纠缠较量，如何以理性和喜剧的方式达成某种平衡，贴着芸芸众生的生活实在慢慢融通，方为上策。而黄浦江之水势宽阔与天然分隔，某种程度上也起到了缓冲历史碾轧的作用。其间现代行政区划概念的浦东（新区）就是个极好的发明，它既依托于作为地理实体的浦东概念，又主要是自"上海"所产生、所发出的重新行政化概念。百余年间，从陆士谔式的浦东想象开始，逐步使浦东从地理实体认知过渡到行政社会性的所谓"浦东新区"，使上海与浦东融合创生为陆士谔早就给出理想意义的"新中国"，这正是我们在二十一世纪想要看到和实现的现实。

如此，今天我们所说的"浦东"，很多时候是指行政区划设定的"浦东"，它和作为地理实体的"浦东"虽有重合之处，却并不等同，细究也不是一回事。

浦东一望无际直到东海边的田园阡陌，在文明的意义上绝对处于浦西上海这个现代大都市的考古文化层之下。先是一点点地把浦江东岸某些区块划入城区，继而又将宝山、川沙、南汇等县由江苏省管归入上海市管，最后就正式提出"开发浦东"的理念，建立"浦东新区"并几次调整行政区划不断扩展"浦东新区"。浦东虽有浦江阻隔却不能免于处在被上海"开发"的位置上，浦东最终变成了上海的一部分，变成了名副其实的上海浦东；也因为其成为上海，而成就了中国改革开放的上海故事，成为中国改革开放的前沿和中国故事的经典文本。这为自陆士谔以来的"上海生活"主流叙事跨越浦江推进为"新中国"的筑梦工程奠定了基础。

这次到浦东，五天考察来去，慢慢琢磨浦东、上海间的种种，我似乎又发现，在自上海向浦东发出的久久为功而又声势浩大的"开发"行动之外，还存在着某种反向的历史潜流，就是浦东人的"去上海"。

我们去上海，是看客体验上海生活；浦东人则不同，他们之"去上海"，是去参与或创造上海生活。

上海在接续本土精致生活传统上，应是取一种内向苏州的姿态；而在引入西方生活方式上，则取面向海上的开放姿态；然后对浦东这块中西潮流间的本土，因它相比上海以西的比较高雅精致的本土是更加民间化的、底层性的、后开发的，因此毋宁是视而不见的。这来自"开发主体"的视而不见，却给浦东人，包括沿海更广大的杭州湾地区的宁波人等"开拓"性的"去上海"，提供了契机。

2003年上海作家陈丹燕出版长篇小说《慢船去中国》，故事实质是写"慢船去上海"。2013年上海戏剧学院将余华的小说《许三观卖血记》改编为话剧，将许三观去上海卖血救子的故事浓缩到一艘运蚕丝船上，话剧取名《慢船去上海》。所谓"慢船"实在是今天动车、高铁时代、飞机时代的某种怀旧说法，船舱里装置了回忆的时间"慢"匣子。而实际上在上世纪，乘船或车船联运却也是主要的快捷方式，相对来说并不很"慢"。郁达夫就曾很轻松地回忆从上海回家乡富阳，先乘沪杭火车再转钱塘江上开往桐庐的客轮，"若在上海早车动身，则午后四五点钟，当午睡初醒的时候，便可到家，与闺中儿女相见"。不过，"慢船"又无论如何是慢的，浦东高桥人杜月笙十五岁在家乡混不下去，要先徒步出东沟市、过庆宁市、过八字桥和洋泾镇，然后才来到黄浦江码头乘船渡到对岸的十六铺码头。南汇县北张家宅村的张闻天，一个十二三岁就开始求学的少年的漫漫人生路，要到离村半里路的祝家桥码头，去坐上海—南汇间的木船或小火轮去南汇县城，去吴淞、南京求学，曾途经并最终抵达上海。从今天看似很近的川沙到上海，黄炎培回忆说："一般搭运货的摇橹船，黄昏开，清晨到。"这里，"慢船"指的就不应是轮船，而应是摇橹的木船。

白莲泾，2006年。盛夏，露天洗澡。没办法，家里实在太狭小了。

真实人生境况下"慢船去上海"并不很浪漫，那是像许三观一样"卖血"式的生存苦斗，"旅途"隐喻且衍化为更广大的普遍人生。而这才是除了"冒险家的乐园"和居高临下式的"开发浦东"之外，另一种看待上海、浦东的重要视角。于此我们可以细看清楚，成千上万浦东人是如何奔赴于"去上海"的路途，向西跨过黄浦江去创造自己的"上海生活"。

这样的真实的"上海生活"，曾湮没在"十里洋场"的红尘之下。它以衣食住行等基本生活的现代转型为主导，为世界观，为人生哲学，为爱恨情仇，最终形成某种为中国和世界所称道的"上海生活方式"，为"新中国"累积绵延不绝的现代"中国经验"。

三

浦东人"去上海"了。

他们寻找所谓"活路钿"，即出租出让浦东土地，然后抽身去上海寻找生存活路。"往沪地习商，或习手艺，或从役于外国人家。"（《川沙县志》）

又有所谓"三刀一针"之说，即建筑业的泥瓦匠师傅手中的抹泥刀，服装业的裁缝师傅手中的剪刀，烹饪饮食业的厨师手中的菜刀，以及针织花边业纺织女工手中的"一根绣花针"。浦东人"去上海"，就靠这"三刀一针"，是自人的衣食住行等基本生活层面服务"上海生活"，创造"上海生活"，与长江三角洲"去上海"的众生一起，融合形成了所谓的"上海生活方式"。

老上海曾有"浦东人造了半个上海城"之说。1919年，上海登记的六十多家"营造商"，业主绝大多数是浦东人。其中排名前十的建筑商中有八家是浦东人业主的公司，如杨瑞泰、汪裕记、顾兰记等。民国《川沙县志》记载："川沙人在上海就业的，论其量，数之大，则以水木工人为第一。"如1935年，川沙县30618户人家，其中在上海从事泥水工和木工的就有1.5万人左右，平均每两户就有1名从事建筑业的。上海的许多闻名于世的建筑都出自浦东能工巧匠之手，如海关大楼、和平饭店、国际饭店、中国银行大楼等。此外，浦东的服装裁缝师傅和本帮菜厨师在上海滩更是人数众多，十分有名。浦东的毛巾业、服饰花边业的产业规模巨大，一时间风靡全国，称美国际。

浦东人充当了长三角地区"去上海"融合创生"上海生活"的重要角色。历史学家熊月之在《百年浦东同乡会》的序言中说："在先进的浦西，活跃着一批出生在浦东、引领着城市潮流的浦东人，诸如李平书、穆藕初、杨斯盛、黄炎培、杜月笙等。"汲汲于人世生活，不离生活实践，于民生实用处着眼于国家社会改造，而怀抱"新中国"之梦，黄炎培先生提升综合百年浦东思想观念与抱负，归纳提出了"浦东学派"的见解，应该说是有生活基础的，是独具慧眼的。

5月5日，中央广播电视总台5G+4K+AI媒体应用实验室揭牌暨纪录片《而立浦东》开机活动在上海举行。中宣部副部长、中央广播电视总台台长慎海雄，上海市委副书记、市长应勇出席，为5G+4K+AI媒体应用实验室揭牌，并宣布4K纪录片《而立浦东》开机拍摄。

浦东贤达辈出，"弃儒服贾"敢为天下先，而于上海的生活舞台之上，重塑现代儒学的地域形态和生活形态，昭示中国生活的现代坐标。这是一个滋养慧根的浦东、滋养生活的浦东。有此浦东，则所谓"浦东学派"实则早就是为"上海生活"奠定基础的"上海生活实践学派"。而有此"上海生活"，那些飘渺于其上的浮华外表，所谓"魔都上海"，或"上海摩登"，或"十里洋场"，除了时尚的价值炫酷之外，如此这般的"海派"就都成就不了多大的局面，很多场合都成不了一个特别褒义性的词儿，尤其面对九百六十万平方公里的巨大国土和浩瀚民生，它新颖一时，魔幻光鲜，终如昙花一现。倒是那些出自上海的货真价实的生活性造物品牌，沉实在上海的街头巷陌，领真生活之风骚，进而流行全国。

由浦东的"去上海"，进而可以看到广大的江南地区的"去上海"，乃至中国各地各方的"去上海"。于是"上海生活"也有了荟萃中西饮食、荟萃中国四方食材升级生活方式的优势，中国现代流行音乐的先行者黎锦晖于上世纪二十年代"去上海"，一生作歌无数，无论称其是时代歌曲还是摩登歌曲，抑或黄色歌曲、靡靡之音，如今最好的解释是都可以作那个年代的"生活"解。其中有一首为曾在上世纪三十年代轰动上海滩的歌舞剧《夜玫瑰》所作的插曲，歌名以上海饮食名店"五芳斋"为名，倒是写出了上海饮食的生活状态："有黄河鲤鱼青浦芥菜，四川白木耳福建青海带，北平溜丸子汆烫，那南京烧鸭子来得快，广东叉烧湖南辣椒，合拢一起来炒一炒，辣得很好，云南火腿山西皮蛋，合拢起来拌一拌，下酒又送饭，口蘑豆腐汤，又嫩又清爽。"这首歌由歌星周璇演唱，明快从容的欢快旋律，民生与普通人家的亲切气氛，为上海本帮菜的成功和上海生活本色作了极好的注脚。在这里，上海生活因连通中国四方而成为真正的现代的"中国生活"，想一想这样的在北方二、三线城市里可以同步吃到中国南北不同地方菜系的现代化生活局面，我们是要到六七十年后的新世纪之交才能逐梦达到，你就可以体会上海生活之于中国生活的某些意义来了。上海里弄街巷的锅碗瓢盆交响曲里有一个现代"新中国"百姓的美梦在里边，有一种现代生活本味在里边，滋润我们至今。2018年上海百年老字号"五芳斋"将这首歌制作成一部老上海怀旧、复古风格的黑白片广告视频上线，温馨满满地又火了一下。

四

于是我们自浦东"去上海"，向西跨过黄浦江，抵达了"上海生活"，也会抵达"中国生活"之境。

那天从南汇张闻天故居展览馆出来，天色明亮而广阔，心底幽暗渐被打开，有什么念头向外张望。我试图沿着乡径去寻找"慢船"去上海、去中国、去世界的最初的水乡码头。想起展柜中他"五四"时期长篇小说《旅途》静静地在那里的样子，似有不舍。小说中的那艘船和"旅途"，终于成为其一生的隐喻。他走上了一个浦东人的"去上海"的生活之路，他已从浦东抵达了上海并最终抵达了中国。

黄炎培与毛泽东交谈。

我意识到，浦东以及上海，在二十世纪给中国及其人民生活留下了两个人的声音，极其珍贵。这两个人的声音让我在浦东、上海有幸遇到，出人意料又似难以觅得的"生活"知音。这两个人一个是黄炎培，一个是张闻天。他俩的声音震落在这块家乡的土地上，卷起了浦东与上海的生活之耿介、深情、智慧、警醒和广大，尤其是真实。这声音最初一定发声自这块土地，一定是自浦东、上海生活中坚持的声音，是中国生活的真声音。黄炎培的坚持是出于一个"要救中国，只有到处办学堂"的理念，张闻天的坚持则出于一个"给人民解决了土地、房子、牛羊的问题，他就是伟大的政治家，他就是人民承认的政治家"的理念。这两个人的生活真声，谈论浦东和上海时一定要谈到，我想这逾越不过去。

在浦东，海风过耳，这些回荡着生活精神的伟大声音正回归于浦东生活，成为"上海生活"的同期声、为"新中国"之生活真声。

五

这次来上海的最大不同，是"在浦东抵达上海"。

大约在上世纪九十年代末，"去上海"不再是"慢车去上海"了，而改成坐飞机"去上海"。坐飞机意味着落地新建的浦东机场。但你所到达的是名副其实的"上海浦东机场"。到浦东机场你还未到上海，你还要向西穿过偌大的浦东抵达上海，到达浦西上海才是到了上海。好多年来，除了一次航班延误而被航空公司车载到川沙镇住了一宿外，每次都是走出机场便立即乘车。只是感觉浦东从原来好像一条机场高速，分岔越来越多，路网越来越繁复，而且先是只有一座杨浦大桥可过，到后来又有了卢浦大桥、徐浦大桥，有了翔殷路隧道、军工路隧道等多座桥隧可穿江而过。但你总归是要穿江而过，才抵达了上海。你终究还是"从浦东抵达上海"而不是"在浦东抵达上海"。

这次浦东来去五天，出机场，住金桥酒店，几天下来忽然意识到根本没有过江到浦西。那么你是来的浦东还是上海？认真思量后，我承认是来到了浦东也来了上海，我在浦东抵达了上海。我为这新的感觉而有些莫名的躁动。

那天下午在陆家嘴金融区的摩天大厦之下，我们漫步在浦江东岸，西望阳光白云下的外滩，仿佛一张旧年照片，外滩楼群在东岸的新天际线映衬下已不再高大，却恰恰符合你怀旧和伤感的那种高度，你依稀可见对岸熙熙攘攘、市声鼎沸，而此岸规划壮丽，却游人见少。此岸的游人也大都是穿过外滩过江隧道而来，仿佛对岸生活的一个延伸和补充。

然而浦东并不只是陆家嘴金融区这一似与对岸老外滩相映生辉的一个角落，它展开于更广阔的浦东大地，直至伸入东海。浦东的巨变挟强大的"开发"之功，基于改革开放和制度创新，因应世界潮流，以精英治理和主体"规划"主导实施，其中有一个词特别让人注意，这就是"功能"或"功能区"的规划与实施。如高科技"功能"就规划建设了张江高科技园区，国际金融"功能"就规划建设了陆家嘴国际金融中心，国际贸易"功能"就规划建设了高桥自由贸易试验区、金桥贸易产品加工区，国际物流"功能"则规划建设了以东海大桥和洋山港为核心平台的国际物流中心。每个功能区又有很多高端项目，如张江科技园区中就有大飞机、高端芯片业、生物业、上海光源、智慧机器人、新能源智能汽车、新材料等项目。这些功能（项目）让我想起上世纪七十年代的上海自行车、手表、缝纫机、收音机等物产品牌，既是"上海生活"品质的象征，又是带动长三角地区、引导"中国生活"方向趋向更高境界的引擎。因此所谓"功能"，最好的解释就是综合性的社会功能、人类性的生活功能、中国性的联合功能，而不仅仅是单纯的经济功能。我发现这些"功能"其实都源自浦江西岸"上海生活"的百年积淀，尽管浦东的一代精英似乎尝试以超越和高迈的卓尔不群打造"上海生活"的升级样板，献给几代陆士谔们所希冀的"新中国"，但这些高端的理想如何与"上海生活"的日常的民生品质融汇，如何根植于浦东古老的生活大地，与她融合为一，却是一个富有人性滋味的梦想。有一点可以肯定，这些浦东的"功能"，未来都断不会满足于指向所谓魔都所谓上海摩登。上海的生活本相，在于浦东的"去上海"，在于"中国"之生活新境，而新境梦中的黄浦江，那时会成为一条不息的内流河，外滩成了一个老去的名词。

在浦江东岸，我看到它与西岸外滩有一醒目的不同，就是新筑水泥的堤岸之下，泥岸仍在，水中还生长着一簇簇一丛丛的野生芦苇青草，非常扎眼，又静默得让匆匆而过的人视而不见。

（原载《天涯》2019年第3期）

月亮咏叹调

◎徐　刚

　　元宵节的晚上，我们迎来农历新年第一轮满月。举头望明月，自古以来，人类总是对月亮充满遐想；而对于在中国文化史上诞生过神奇美妙的神话的月亮，以阴晴圆缺的循环往复伴随着几千年中国农耕文明的月亮，中国人的牵挂或许更为细密绵长。随着科技发展，人类的探月之旅一再得以实施。我们为什么不可以遥想——因为中国和世界科学家的努力，未来的月球不再荒芜而是绿色的呢？

望　月

　　古往今来，谁不曾为月亮欣然？谁不曾为月亮感伤？在星光月色的网罗下，我们的情感，我们心中的秘密，一切暴露无遗。但人们喜欢，至少并不拒绝此种暴露，有时还会在心中默默地向着满月或者弦月倾诉。它倾听，它没有不耐烦的时候，但它只是月色泻地，在黑色的夜晚包裹着你，乃至你的心灵，这时候语言是多余的。

　　亲爱的朋友，我敢肯定：我们的目光曾在星空中碰撞，曾在月亮上偶遇，因为我们的困惑即使在科学技术迅猛发展的今天，依然古老而年轻：月亮为什么要追随地球？如果没有月亮，地球会不会形单影只孤独不安？月里嫦娥、吴刚、桂花树、玉兔的故事，在人们已经知道月球是一派荒野时为什么依然魅力不减？或许古往今来我们总是把月亮作为感觉和体验的对象，原始人的原始思维中它与神灵相关联，它和夜晚所有的星辰均作为神异而存在，神秘如群猴鸣日，群狼吠月。

　　只有在诗人的想象中，月亮才会变得更加清亮、明丽，有时也有点忧郁，但他们无不把自己的真性情糅进月光中。月亮是诗人的天生知己吗？月相是诗人的心灵写照吗？月色是从天而降的灵感的线索吗？从而使古今多少人感慨：

倘无月亮还有真正的诗人吗？因为月亮，古往今来有多少诗人名重一时，多少诗句千古流传。海上生明月，天涯共此时；明月几时有，把酒问青天；举头望明月，低头思故乡；露从今夜白，月是故乡明；二十四桥明月夜，玉人何处教吹箫；沧海月明珠有泪，蓝田日暖玉生烟；当时明月在，曾照彩云归；今人不见古时月，今月曾经照古人；无言独上西楼，月如钩，寂寞梧桐深院锁清秋……当代诗人卞之琳的名句是：明月装饰了你的窗子，你装饰了别人的梦。艾青的《圆月》别有一番滋味：

> 我的思念是圆的
> 八月中秋的月亮
> 也是最亮最圆的
> 天涯海角也能看见它
> 在这样的夜晚
> 会想起什么？
> 我的思念是圆的
> 西瓜苹果都是圆的
> 团聚的人家是欢乐的
> 骨肉被分割是痛苦的
> 思念亲人的人
> 望着空中的明月
> 谁能把月饼咽下？

月亮何以有如此魅力？何以能使人类中各色人等心怀敬畏？叔本华说："为何满月的景象显得如此慈祥、抚慰和崇高？因为月亮是体验的对象，从不是意愿的对象……而且它崇高，也就是说，它能使我们怀有崇高的心情。因为它一掠而过，看见一切却什么都不参与，地上的作为对于它是陌生的。一看见月亮，意志和永恒的困苦便从意识中消失，它使意识保持纯认识的功能。也许会混杂另一种感觉，即我们与千百万人在共同观赏月亮而消除了个体的差异，以至这种体验把我们联成了一体。"

我们很难说，月亮与星空本身就是诗化的，还是被诗化的。回溯历史，人之初学会站立行走并且可以仰望星月，这是一个里程碑式的时刻：从此人类需要分辨白日与黑夜，需要惊讶，需要刺激脑神经。我们并不知道原始先民从何时起称月亮为月亮，称星星为星星，当时的语言极为简单，类同吼叫，但感觉尤其是嗅觉特别灵敏，他们嗅过这夜晚吗？他们嗅到月光泻下的是何种气息了吗？也许只有惊悚和讶异。如同我们儿时一样，他们曾有过无数疑惑：星星为什么眨眼？跟谁眨眼？月亮为什么有圆有缺？且缺后圆圆后缺而反复如斯？那飞过的流星落在何处？如此等等不一而足，但总而言之，他们已经开始夜观天象，他们的大脑因之发育并点点滴滴地累积认知。终于，在一天的为果腹而采摘渔猎之后，夜晚的出现开始从惊悚变得温柔、和谐，在星光月色的观照下他们渐入梦乡……

探　月

月亮，或者满月或者弦月，清幽、宁静地高挂夜空，仰望，我只能仰望，我是如此地想为之赞叹，却久久想不出合适的词语来。司空图有论诗句："落落欲往，矫矫不群"，可为月亮赞乎？

中国人有世界最早最好最美妙的古代天文学，这一切是从观天文察地理开始的。因为农耕所需的对风云变幻的掌握，我们的先人早就点点滴滴地发现了天象的奥秘，有了观天察地的传统。被称为清朝"开国儒师""清学开山始祖"，以"天下兴亡，匹夫有责"影响了一代又一代中华儿女的顾炎武说过，"三代以上，人人皆知天文；'七月流火'，农夫之辞也；'三星在户'，妇人之语也；'月离于毕'，戍卒之作也；'龙尾伏辰'，儿童之谣也"。天象之于农耕是现实的，倘若没有了两三千年的农夫天文学家，华夏文明何以为继？又正是因为有了农耕发展的物质基础，才有后来民间与文人的想象，神话和诗，那是精神和文化了。其中流传最广最富诗意和想象力的便是嫦娥奔月，又为其造广寒宫，种桂树，养玉兔，还有吴刚，月亮上似乎是一切皆备了。这就是神话的魅力，它可以摆脱一切现实生活中的束缚，它还能无视细节的追问，比如嫦娥、吴刚在月亮上怎么生活？是否如人间一样男耕女织？月亮上的土地是否肥沃？

种子从何而来？广寒宫里有人间烟火吗？等等。

凡此种种后来都有了答案：1969年7月16日，阿波罗11号飞船载着阿姆斯特朗、奥尔德林和科林斯三名宇航员，从美国卡纳维拉尔角航天中心发射升空，75小时后飞抵月球轨道。1969年7月21日格林尼治时间2时56分，阿波罗11号宇航员阿姆斯特朗踏上了月球，也是人类由梦想开始的第一次真正的飞天登月。他在月球上说了一句著名的金句："对于一个人来说，这是小小的一步，对整个人类而言，却是巨大的飞跃。"阿姆斯特朗意识到自己并不是在纽约长岛走路，他是在月亮上，他不能不学着走路。他描述他看见的月面景象："有许多非常精美的像粉末一样的沙粒，我能用鞋尖轻轻地踢起它们，我能看见我的鞋印留在沙粒上，行走没有困难。"

后来有报章透露，阿姆斯特朗的登月宣言并非只是前文已写到的两句话，而是："我，哈勃·威尔逊（即阿姆斯特朗，笔者附识），以全人类的名义宣布：月球不属于哪一个国家，而是全人类的共同财富。"稍稍停顿后，他又接着说了一句意味深长的话：我们为和平而来。

此时卫星转播中断。美国宇航局内很可能是一派沉寂，甚至惊恐或不知所措。因为原来拟定的讲稿全文是："我，哈勃·威尔逊郑重宣布：美利坚合众国拥有对月球的领土主权！"

如果上述消息是真实的，请允许笔者妄加揣测：正是月球表面浩浩荡荡的荒凉与宁静，正是宇宙无限的深邃与沉默，受作为人类一员的良知驱使，阿姆斯特朗的声音成了天空有声无声的天籁之一部分。

后来的月球探测由美国和苏联相继进行，里根更是提出了"星球大战"的设想。"冷战"的气氛一直弥漫到了外层空间，所谓星云失色是也。

耕　月

当人类占领了地球上所有的生态空间，生态环境持续恶化，全球气温升高，南极冰川逃逸或加速融化……生态修复、环境保护、可持续发展已成为当今世界燃眉之急，正在为之身体力行的中国堪称典范，其中也包括宇航和探月。

为什么要深入到外层空间？为什么要登月探月？勃劳恩在《宇航的动机》

中如是说："我们生活在作为我们家乡的星球上人口爆炸性增长的时代，我们生活在科技革命的洪流中，甚至非洲的人民也要求享有现代技术成就中他们应得的一份。我们不能使历史的车轮倒转至俭朴的生活或返回自然。要摆脱我们所处的困境，唯一的出路是往前逃。而研究和发展永远是进步的钥匙。"勃劳恩这番话的关键词是"往前逃"，而且这是当今人类"唯一的出路"。而地球确实已经伤痕累累，地球上的人类借以生存的资源——从空气到水、到土地，无不前景黯淡。人类中的极少数人已经准备逃离地球了，他们逃往太空何处？月亮。1998年3月5日，美国宇航局研究了"月球勘探者号"发回的数据之后宣称：月亮上有水！当然不是液态水，这一发现证明，过去几十亿年间彗星和冰陨石撞击月亮时，把冰留在了月球中。

这是一个人类梦寐以求的信息！还有月亮表面的氦-3以及月岩中无法得知的矿物质，多少人为之激动为之欢呼为之雀跃！自此，在有些人心目中，月亮已经或将要成为人类意志的对象，作为感觉和体验的对象，古往今来多少人的那些诗一般的感慨，似乎已经微不足道。

迄今为止，地球上最大的月球城模型在日本。当时的信息披露，日本人将在2010年在月球上建立高扬太阳旗的永久性空间站，日本清水建筑公司拟建造月亮太空旅馆，是为争夺月球旅行的先机之着。欧洲航天局当时有计划称，将于2000年发射卫星、2001年在月球南极附近降落登月舱，对附近一座高6000米的月球山脉作考察。此一地点正是美国人发现月亮有水的地方，且常年阳光普照。上世纪末叶，美国、俄罗斯、日本及欧洲共15国拟斥巨资400亿美元，建太空城。其长108米、宽88米、重470吨，与一个足球场大小相仿。希尔顿国际饭店集团准备在月球上建造太空第一家五星级饭店"月球希尔顿饭店"，它将拥有5000个房间，主体建筑高325米。该集团时任主席彼得·乔治说："这真是个伟大的设想，自从近来证实月球上有水支持生命以后，我们就想成为最早在月球建设饭店的人。"

回首上世纪末本世纪初，西方世界企图征服月球的疯狂，几乎使月亮成为"月球开发区"，有学者预言：本世纪及以后的若干世纪，是瓜分月亮的世纪！可是迄今为止，那些月球开发的设想还停留在设计图纸上。

对于月亮，对于在中国文化史上诞生过早期人类最为神奇美妙的神话的月亮，以阴晴圆缺的循环伴随着几千年中国农耕文明的月亮，中国人的牵挂也许更为细密绵长。而且我们是后来者，是和平利用外层空间的倡导者。近些年有关"两弹一星"的陆续报道，使人们回到了那难忘的卧薪尝胆、坚韧不拔而又默默无闻的非凡岁月。我在《中国作家》做编辑时曾编过一篇邓稼先的报告文学，令我震惊！

中国航天的最新成就是：嫦娥四号成功实现史上首次月球背面着陆。《参考消息》1月12日报道："嫦娥四号探测器自1月3日顺利着陆月球背面预选区域以来，完成了中继星链路连接、有效载荷开机、两器分离、巡视器月午休眠及唤醒、两器互拍等任务"。美国《福布斯》双周刊网站1月4日文章解析中国嫦娥四号的着陆地点称："中国创造了历史，它着陆于很久以前由陨石撞击产生的冯·卡门撞击坑内。这个撞击坑位于巨大的南极——艾特肯盆地中，该盆地是迄今为止月球上最大的撞击盆地。"布朗大学著名行星学家吉姆·黑德说："成功的太空探索是软实力的巨大实证，能够以不具威胁的和平方式展示技术实力和领导力。"月球背面的探索能够发现什么？黑德先生的回答是现实的也是哲学的："探索就是调查未知领域，而证明能够在月球背面、特别是南极——艾特肯盆地着陆并进行探索，这本身就是一项重大成就，是第一步，是在一个新大陆上的立足。正如我们难以预测未来一样，我们也难以预测探索未知领域的结果。这正是我们要进行探索的原因。"嫦娥四号搭载了棉花、油菜、土豆、拟南芥、酵母和果蝇的种子与虫卵，进行科学试验。棉花的种子还长出了嫩芽。俄罗斯自由媒体网站1月18日文章称："中国科学家将植物送上月球所取得的成就，在如今不仅是无与伦比的，而且具有现实意义。"我们为什么不可以遥想——因为中国和世界科学家的努力，未来的月球不再荒芜而是绿色的呢？那是童话一般的蓝月亮？

月色依旧

只要不为雾霾遮盖，只需我们仰望星空，诗人就会感叹：月色依旧啊！其实在人类看来冷艳无比的月球，自始至今一直为陨石撞击，月球上的环形山一度曾让地球人认为是火山爆发的产物，现在人类知道了，美丽而高冷的月球表面因为持续而残酷的陨石撞击而断裂，形成断层，液态玄武岩从月球深处喷出，成为暗色平原、环形山、如嫦娥四号在月球背面软着陆处的大盆地、大荒凉……月亮本身并不发光，何亮之有？它只是光的传送者，它把照射它的太阳的光芒孜孜不倦源源不断地反射出去，那就是如诗如画能让人若痴若迷的月色。月球永远只以其一面绕地球运行，呈现出诸种月相而与地球相关。无论台风、飓风、龙卷风，都只能掀动海洋的表层，作滔天巨浪状。只有当月球、地球和太阳连接成一线——比如新月和满月时——人们才会看到海洋之不同寻常——整个大海都被搅动了！在中国古人的心目中不断变换月相的月亮，是一种有生命的物体，是方外之物，盈亏圆缺均与地球上的人类相关，是某种带有神性的启示，是樵夫与农人信奉的，如在月圆时拵种，则丰收可期；砍木伐薪当在月缺时；月生晕要起风；础润而雨却是在我们脚下了……

月亮是地球的传记

当今地球仍在为生态环境的破坏困扰，2018年12月10日《参考消息》发表美国《华盛顿邮报》网站文章：全球碳排放量在2018年创下新高。文章说，"从2014年到2016年碳排放量基本持平，让人们看到了世界正开始出现转机的希望。如今希望十分渺茫，2017年全球碳排放量增长1.6%。2018年的增幅预计为2.5%"。联合国秘书长古特雷斯在第24届世界气候大会开幕式上说："我们有麻烦了。我们在气候变化问题上面临着大麻烦。"得到联合国支持的一个科学委员会认为，"各国只有不到10年的时间采取前所未有的行动，在2030年之前将排放量减半，以防止气候变化最糟糕的后果"。高级政策顾问卡米拉·博恩说："这是谁输谁赢的问题，是像欧盟和中国那样为气候行动投入巨资，还是反其道而行之？"

气候变暖的直接影响之一，是南极冰层融化的速度比以往任何时候都快——现在的融化速度是40年前的6倍左右，导致全球海平面上升——由《参考消息》2019年1月16日转载的美国《国家科学院学报》文章如是说。先前还有消息说，南极冰川的万年坚冰从冰架上断裂后径自流浪而去，追踪者痛心疾首又无可奈何！谁曾想到，人类除了面对水土流失之外还要为冰的流失而提心吊胆！

毁坏了地球生态环境的人类，会不会在将来的某一天，移民月球之后再去毁灭月亮生态？谁能预测那遥远世界的遥远一天呢？我目睹的是人类在世界四面八方的呼告：拯救地球——为了我们的子孙后代。而所有的宇航员都会告诉我们："从太空中看地球，它那悬浮的身姿、温柔的蓝色会使人感极而泣。"当他们从太空回到地球上，他们会从心底里欢呼："回家了！终于回家了！"荒凉的月球追随、陪伴着的，却是在太阳系乃至宇宙中迄今为止所发现的、具有最独特庄严妙相的地球，人类与别的万类万物的家园之地，文明和一切创造的发生之地。最独特且庄严妙相之说从何而来？茫茫太空中宇航员所见也：在地球的山峦峭壁地貌背后，有至高至大光洁润滑如丝绸的苍穹作衬托，紫外线与红外线交织背景下的蔚蓝轮廓，以及云彩、海洋、山脉森林和大地展现的蓝色、白色、绿色、褐色与红色等诸多色彩随意地调融铺陈，或者随风游走。如此景象在太阳系中难道不是神奇唯一的吗？美国电脑专家哈特曾经作过一个理论上的测算：为使地球上的江湖河海之水保持液体状态，即0摄氏度至100摄氏度之间，地球可以向太阳移近或远离多少？即现在的地球轨道容许出现多少偏差？哈特的结论是：若地球在目前的轨道上向太阳移近百分之五，则地球表面就会形成高温的温室现象；若地球轨道移远百分之一，则地球便会重返冰川时代。

地球轨道，生命轨道，谁设计的轨道？

况且还有星光月色，"对于我们短促的生命而言，夜晚的星空是庄严、永恒、宁静的象征。事实上它是罕见事件发生的场所，是逐渐向我们显现的创世的伟大戏剧的舞台"（帕斯古阿·约而坦）。太阳、地球、月亮和星星还在眷顾着我们，在每一个夜晚，星月都会展现千变万化的宇宙的祝福：和平与友爱。本杰明·富兰克林因为一句话而得到颂扬："从来不曾有过一场好的战争或者一次坏的和平。"人的世界啊，和平了就有福了，就会青山矗立涛声如歌，就会有每个家庭的安宁，就会有孩子梦中的微笑，就会有看见星空的美妙时刻。今年元旦次日清晨六点，我拉开窗帘，透过窗户玻璃，只见黎明已至而暗夜尚未完全离去的天上，一弯新月怀抱着一颗启明星，幽幽闪烁，我听见天地之间"早安"的声音不绝如缕，我的心里充满了幸福的感觉，"告诉我这世界与我的心灵同在"，"大地、星空，你的思想不得不深入宇宙的心，你不得不彻悟，你诞生于无限，你不只属于某个地方，你也属于整个世界"（泰戈尔语）。洒向人间都是爱啊！

我想起自己也曾写过几首月亮的九行抒情诗，有一首写在1985年秋天，从南京去武汉看望母亲的江轮上——当时不曾想到这是我最后一次陪伴母亲。诗名"江上半月吟"：

　　　　你是倾斜的船，
　　　　颠簸在另一片汪洋，
　　　　一半藏进清波，
　　　　一半露出水面。
　　　　我是跟踪的帆，
　　　　没有白天，没有黑夜，
　　　　灵感不需要翅膀，
　　　　自己飞向蓝天，
　　　　你是半月，我是满月。

（原载《光明日报》2019年2月15日）

耶拿战役之后

◎周大新

一

耶拿，离北京很远的一座德国古城，与我原本没有任何关系。他所以引起我的注意，是因为那里曾发生过一次重要战役。

1806年10月14日黎明时分，在耶拿城郊，拿破仑为扩大自己的统治地盘，率9万多主力部队向普鲁士军队发起了猛烈进攻。普军大败溃逃，拿破仑随后又令法军追击其残部直至魏玛城内。这一战役，普军共伤亡2.7万余人，损失火炮200多门，法军以伤亡5000人的代价大获全胜。这是拿破仑继奥斯特里茨战役之后，获得的又一重大胜利，其战绩记录册上，再添了辉煌的一笔。

2018年5月11日的午后，我走进了拿破仑发起的耶拿战役的古战场，站到了为纪念这场战役而立的纪念碑前。我猜，纪念碑所在的这座高地，也许是拿破仑当年勒马观看战况指挥部队发起进攻的地方。我站在纪念碑前四望，去想象当年的战场场景：作战经验丰富的法军士兵手握步枪呼啸着向山坡下的普军冲击，法军的骑兵高举战刀在黎明的天光里向普军砍去，枪炮声和伤兵们的哭喊声响成一片……

拿破仑是一个喜欢用战争解决问题和满足自己欲望的皇帝。他一心想当欧洲的霸主，在已经拥有庞大的帝国体系之后，还想让更多的欧洲土地归属自己管辖。他在法国掌权后，大部分时间都用来打仗和准备打仗了。在世界历史上，这位个头不高的法国人，用征战造出的响动曾震撼过整个世界。

有过军旅生涯的我，年轻时对他充满了崇拜之情。他的那句名言"不想当将军的士兵不是好士兵"，曾对世界上很多军人也包括对我产生过影响。直到进入老年之后，我才收回了那份崇拜，对他改呈一种淡淡的敬意。

一切都会过去。当年发生在欧洲腹地的耶拿战役，早已退出了人们的记忆。在中国，除了个别的战史研究者，几乎没有人对这场战役再有过关注。

可我来了，一个年过六十的写小说的中国人。

拿破仑在1806年率兵发起耶拿战役的时候，大概想不到212年之后，会有一个中国作家来到这场战役的故址上游览并对其作出评说。身为皇帝的拿破仑在向他的军功簿上记录战绩那阵子，小人物周大新的生命还不知在中国中原的哪片土地上飘荡呢。但历史做了巧妙的安排，我因为所写的书被译成德文而结识了德国朋友吕龙霈和赫尔穆，是他们在212年之后，引领我走进了这片古战场。

当年杀声震天，尸体和伤兵遍地的耶拿古战地，如今已是一片碧绿的树林和农田。空中有鸟雀在悠然自得地飞翔，山坡和谷地里的葡萄树和庄稼在静默自在地生长。残酷的战场场景已经被时间深埋地下，大地执意呈现出她一向喜欢的和平之美。

脑子习惯乱想的我，站在那座纪念碑前，开始去想这场战役的后果。

二

任何事情一旦发生，都会产生后果。因果律是这个世界最基本的规律之一。只是事情有大有小，其后果有显有微罢了。有的人主张：眼要向前看，对已经发生的事不要再去多想。这当然也有道理。但我主张，一些小事的后果可以不去细想，但对一些大事的后果想透，于当事者和人类的进步会有意义。

耶拿战役属于大事。双方动用了20多万兵力，死伤那么多人，闹出那样大的动静，应该去观察一下它的后果。

先看看这场战役给拿破仑自己带来的后果。拿破仑作为这场战役的总指挥，是当然的胜利者。战役结束之后，他常胜统帅的称号上又镀了一层金色，更多的法国军人向他投以钦佩的目光，更多的欧洲女性向他表示崇拜之意。兴奋至极的拿破仑不知道是在耶拿市政厅里还是在城外的军帐里开始设宴庆祝，并犒赏他的指挥官和士兵。第三军的指挥官达武被封为奥尔斯塔特公爵，第五军的指挥官拉纳虽未被授予太多的奖赏，但被誉为英雄。士兵们被允许饮酒庆祝，无数当地产的葡萄酒和猪肉、牛肉被拉进军营。拿破仑和他的官兵们在美妙的音乐声中，开始边饮酒边吃猪排牛排边跳舞作乐。但拿破仑根本没有想到，这场战役之后，除了几乎同时进行的奥尔施泰特战役获胜之外，他只有再打胜弗里德兰战役、瓦格拉姆战役和斯摩棱斯克战役等有限的几次战役了，而且离他丢掉王权彻底失败只剩9年时间了。这次的胜利，其实是在更快地推着他走向滑铁卢，走向他的决定性失败之役。这次的胜利，更是在缩短他被流放到圣赫勒那岛的时间，缩短他死在那个荒岛的时日。沉浸在胜利之中的拿破仑，没有时间去全面思考这场战役的后果，他以为上帝会一直把自己当作宠儿，以为上帝会给他很多时间来决定自己的命运。他没有去想他亲自指挥的这场战役，加深了普鲁士军人和民众对他的仇恨，他们已在内心里把法军和法国当成了仇敌。战役的失败使普鲁士失去了对拿破仑说不的权力，但有时内心说不的力量更可怕。拿破仑也没有想到，他此前征服的奥地利，虽然表面上认了输，但其实内心里也对他和他的法国恨之入骨。他更加没有想到的是，在他的祖国——法国国内，原先最拥护他的农民，由于他连年对外战争，使他们的赋税负担加重，弄得几乎家家出现孤儿寡妇，也对他生出了恨意。法国国内那些原先支持他的掌握大量资本的有钱人，由于战争对贸易的影响使他们遭受了严重经济损失，也开始对他生出了反感。沉浸在胜利中的拿破仑只顾高兴地去谋划未来的战争，哪有闲暇去感受这种暗流涌动？当他后来进攻俄国失败，对他仇恨的普、奥、俄和瑞典军队立刻联合起来就势在莱比锡又给他了沉重一击，迫使他慌慌渡过莱茵河逃回了法国国内。不服输的拿破仑在比利时境内的滑铁卢企图扳回败局，不料最终一败涂地，从而彻底结束了自己的政治生命。耶拿战役之后，仅仅9年时间，不可一世的拿破仑就在欧洲政坛上消失了。而且不仅仅是丢权、下台，竟是被流放到一个荒岛上孤独地过日子。从此，他不再拥有皇冠、皇宫和王座，甚至不再拥有美女。

相比当初的前呼后拥、金蹬坠马、豪车街行，这让多少世人感叹命运的变化无穷。

其实，有哪个人能完全掌握自己的命运？拿破仑作为操控政治和军事的人，更应该懂得命运之神的残酷无情。

拿破仑的经历告诉我们，当你获得胜利的时候，你当然可以去喝酒庆祝，但你最应该做的，是静下心来，去想想这次胜利带来的所有后果，去琢磨一下你接下来可能面临的危机，这叫居安思危。这个世界从来不会允许一个人成为常胜者，命运之神从来不会只眷顾关照某一个人，因为，平衡是人间的永恒法则之一，人的得与失必成平衡状态，没有人会成为例外。当一个人身处顺境的时候，逆境其实就在不远处窥视着他，随时准备降临到他的身边；当一个人身处逆境的时候，顺境其实就在近处等候，随时准备递给他缰绳。可惜，深懂军事指挥艺术的拿破仑，并不懂这些人生哲理，他在耶拿战役之后，没去细想这场战役给他自己带来的全部后果，他只是看到了他将会继续取得胜利。

于是，悲剧便在前边等着他。两者的时间距离只有九年。

三

再看看这场战役给普鲁士带来的后果。2.7万余人的死伤，受冲击的可不仅仅是2.7万多个普鲁士家庭。每一个死伤的军人除了给他们的父母爷奶兄弟姐妹带来苦痛之外，结了婚的还会给他们的妻子儿女岳父岳母送去伤疼，没结婚的也会令他们的叔叔、姑姑、舅舅、姨妈伤心不已。哭声和哽咽声还会在这些家庭里长久持续。这只是后果之一。

后果之二，是普鲁士人痛定思痛，开始去寻找导致自己失败的原因。最先被战败震醒的是普鲁士军人。沙恩霍斯特、格奈森瑙和克劳塞维茨这些普鲁士军官都是这场战役的参与者，失败的耻辱让他们开始把普军的组织编制、指挥体系和战术技术与法军对比，从中找出了差距。他们开始在军队内部废除当初腓特烈大帝制定的教条，改变刻板的作战队形，像法军那样实行宽松的散兵线作战，加快部队的调动速度，不再实行有秩序的排枪射击，提高补给系统尤其是辎重纵队的机动性，等等，从而使普鲁士军队的作战能力获得了很大提高，这种对军队的改革为后来打败法军奠定了基础。

后果之三，是进一步动摇了普鲁士的封建统治，法国大革命确立的民主精神开始在耶拿、魏玛、奥尔施泰特这些德意志城市更快地弥漫。此前，德意志的土地上有很多面积很小的封建国家，拿破仑的战争使这些小国得以合并，中世纪的封建制度被摧毁。耶拿战役促使德意志在统一的道路上更快地前行，分裂成为更不可能的事情。社会精英们开始向法国学习，开始去读《拿破仑法典》，对德意志按照法国大革命后的做法进行社会改造，法治、民主、自由成为一股四处飘散的清风。拿破仑进攻耶拿进攻普鲁士的本来目的，是想把普鲁士永远置于自己的统治之下，没想到反倒加速了普鲁士转变成为现代国家的进程，并最终使其成为强国，让他担当了欧洲大陆上的领导角色。

一种先进文化向落后地区传播的途径，通常有两种：一种是通过和平的手段来实施，比如当年中国先进的大唐文化向吐蕃地区的传播，是通过大唐和吐蕃和亲的途径来实现的。文成公主于贞观十五年正月十五启程西行，去嫁吐蕃赞普做松赞干布的王后时，带了大批的内地工匠和360卷文化经典，还有营造工技著作60种，治病的药方100种，医学论著4种，诊断法5种，医疗器械6种，甚至还带了芜菁种子。文成公主进吐蕃之后，吐蕃地区的政治走出了原始性，屋宇建筑走向了正规化，医疗摆脱了迷信，种植业开始发展，全面接受了大唐的先进文化。先进文化向落后地区流动的另一种途径，是通过战争来实现的，比如发生在耶拿的这场普法之间的战争。拿破仑在取得战争胜利的同时，把本国相对先进的政治、军事和经济文化输入到了战败的普鲁士地区。陪同我游览古战场的耶拿居民赫尔穆先生说，耶拿之战，从客观上说，对德意志的社会改造是一个极大的推动。单从这个层面上说，我们这些后人在回眸历史时对拿破仑的感情挺复杂，既有反感，也有感激。

四

碰巧的是，当耶拿战役激烈进行的时候，著名哲学家黑格尔在耶拿大学宣布，他于1805年开始撰写的哲学著作《精神现象学》完稿。其时，黑格尔是耶拿大学的副教授。他是1801年来到普鲁士哲学和文学的中心耶拿城的，1805年在获得副教授职的同时开始撰写《精神现象学》。在这部书中，他将人类意识发展分为五个阶段，即意识、自我意识、理性、客观精神和绝对精神，划时代地提供了一部人类意识的发展史，揭示了人的个体发展与人类社会发展两个方面互相影响的历史辩证法。现在已无从知道黑格尔写完这部书最后一部分时的具体情景，我猜想，他坐在自己的书斋里，一边听着城外断续传来的枪炮声和士兵们的呐喊声，一边奋笔疾书着《精神现象学》的最后一章。激烈的枪炮声所以没有使他分神停笔，也许是因为他担心战争的结果会影响到他写作计划的完成，他要求自己抓紧写作，与战争赛跑。结果，拿破仑在创造人类战争史的时候，黑格尔也在创造人类的思想史。两个人同时胜利了，不过，拿破仑的这次胜利促使他更快地走向了失败；而黑格尔的胜利，则促使他在学术研究的道路上走向了更大的辉煌。

不知是不是这次的经历使黑格尔对拿破仑有了别样的感觉，黑格尔对拿破仑的评价其实不低，他曾说过：世界之所以平衡，是因为有上帝的存在；欧洲的天秤之所以保持平衡，是因为有拿破仑。作为思想家的黑格尔，对于军事家拿破仑这样评论，是人类中杰出者的惺惺相惜。

我一直在想，当枪炮声响彻在耶拿城的上空时，有一支笔的笔尖在纸上移动的沙沙声轻响在一间书斋里；铁与火造成的巨大轰响和笔与纸造成的轻微响声交互在一起，应该能同时送进上帝的耳朵，不知上帝他老人家听到后是何种感觉。但两种响声带来了两种后果，这足以让我们深长思之。

在时间的长河里日益远遁的耶拿之战，其实是很值得我们回头一望的。

戊戌年初冬于北京寓所

（原载《十月》2019年第2期）

广安思源

◎杨晓升

四川广安，世纪伟人邓小平的家乡。

广安，邓小平；邓小平，广安——到底哪个名字更响亮、更深入人心？换句话说，是广安让天下百姓知道了邓小平，还是因为天下百姓知道邓小平而后才知道广安？

答案可能是多样的。但于我而言，甚而对如今的大多数人而言，更多的应该是因邓小平的名字而知道广安。反正，此生我是因为邓小平这个名字才向往广安的。世界这么大，中国地方也这么多，对绝大多数人来说，谁也不可能一辈子走遍中国所有地方，我也一样。但四川广安，我自己认定这辈子是必须来的。为什么？扪心自问：假若没有邓小平，你、我、他（她）今天何在？怎么谋生？可能在从事什么？别人我不知道。我只知道自己迄今可能仍然生活在粤东农村，角色依然是一个只上过初中的油漆工。而因为有了邓小平的改革开放决策，我不仅有幸重返校园，上了高中和大学，毕业还分配到首都北京工作，而且如今是一家知名文学杂志的主编。

饮水思源，我不能不感谢邓小平。

2018年11月27日，因为参加四川作协文学交流中心与广安市联合组织的名家看广安采风活动，我怀着敬仰的心情来到向往已久的广安。

伫立广安的东门码头，此处的渠江正弯曲成马蹄形从眼前流过。渠江的对岸即"马蹄"正中，慈笱岩如一头蛰伏已久、蓄势待飞的巨龙。正值暮霭临近，此刻的渠江，川流不息，江水滔滔。穿越时空和淡淡的迷雾，我仿佛看到1919年少年邓小平的矫健身影。那时候，年仅15岁的邓小平就是从眼下的东门码头乘船离开家乡，远涉重洋赴法国留学的，而且一去不返。即便新中国诞生后他成为国家领导人，甚而到四川考察期间，他也未回到家乡广安。此事在当地成谜，因而也有了各种猜疑。对于邓小平来说，因了他生相属龙，让乡亲有了依据。更多的说法似乎正印证了民间的一句老话："龙归大海不回头"。是啊，谁能想到，正是他这头"龙"此次的选择与出行，他的一生才改变了中国、影响了世界。

滴水之恩，必涌泉相报。

自打进入广安，我就被一种真诚而庄重的感恩文化所笼罩。由于出了个邓小平，如今的广安不仅被乡亲引以为豪，而且被全国来自四面八方的人所景仰。饮水思源的"思源"二字，几乎随处可见于广安的大街小巷，成为广安最突出的文化标志：思源大道，思源广场，思源酒店，思源中学，思源小学，思源餐厅，思源医院，思源农村商业银行……几乎所有的公共场所都用"思源"二字命名，就连先前自然形成的水潭也改称思源潭。

入住广安思源酒店，打开每间客房配置的电脑，屏幕最先闪现的文字是"饮水思源，感恩于心"。这使我不由得联想起国庆三十五周年北京天安门广场盛大阅兵式时，首都的大学生打出的字幅"小平您好"这简单朴素的四个字，却隐含着国人的千言万语，是全国人民对邓小平同志发自内心的感恩之情的自然流露。

一位当初从广安农家出走的少年，数十年后如何成为全国人民爱戴和敬仰的伟人，当中必有缘由。想想吧，新中国成立之初的近三十年，"以阶级斗争为纲"的政治指挥棒，如何让新中国的发展陷入迷惘；"以阶级斗争为纲"，"革命"成了头等大事，生产反退居其次。"宁要社会主义的草，不要资本主义的苗"——如此本末倒置导致的发展观和政治乱局，曾一度让老百姓忍饥挨饿、民怨沸腾，让国人陷入可悲的内耗，让新中国迷失了方向，中华民族步履维艰，中国社会主义大厦岌岌可危。正是三起三落的邓小平的及时复出与拨乱反正，才使中国在动乱中稳住了阵脚。"实践是检验真理的唯一标准"，"不管黑猫白猫，抓住老鼠就是好猫"，"贫穷不是社会主义"，"发展才是硬道理"……所有这些看似简单朴素、却闪耀着真知灼见的警句格言，一时间焕发出核能一样的巨大能量，校正了中国的发展航向，社会逐渐稳定，人民终于可以安居乐业。正是世纪伟人邓小平审时度势、高瞻远瞩的智慧和卓越的领导才能，才使中国在短短的数十年间发生了翻天覆地的变化，绝大多数百姓解决了温饱，相当的一部分家庭进入小康，中国一跃成为全球第二大经济体，中华民族实现了从站起来到富起来再到强起来的巨大飞跃。改革开放挽救了千百万贫穷家庭，改变了亿万人的命运，作为受益者，有谁对中国改革开放总设计师邓小平不感恩、不爱戴？

饮水思源。我在思寻，广安的这一方水土，如何能诞生出邓小平这位伟人呢？

考察广安的地理历史，追溯邓小平少年的成长轨迹，或许能从另一个角度找到些许端倪。

小平家所在的协兴镇牌坊村，原本叫姚坪里，1949年后，因村口有座高大的"德政坊"而改名牌坊村。小平家居住在一座普通的川东农家三合院，童年的小平走路十分钟，就可以到距离他家不远处的翰林院子读书。他家的门前，有一处外形轮廓近似中国地图的清水塘，此池塘是少年邓小平游泳和习字磨墨洗砚之处。形若中国地图的清水塘，冥冥之中似乎隐含着小平自小胸怀祖国、放眼世界的宏伟抱负。更巧的是，池塘后面是邓家的农田，远处是一道中间高、两侧低、形似笔架的小山。当地谚语云："门前有座笔架山，不出文官出武官。"如今看来，战争年代邓小平指挥千军万马，和平时期邓小平治国安邦造福百姓，他一个人既做了文官又做了武官，这似乎正印证着当地这句谚语的灵验。

然而，纵观古往今来、古今中外，无数事实证明，做官容易，做好官难。此中奥秘，说易亦易，说难也难。其实，奥秘就在民谚：得民心者得天下。为官者，顺应民心，为民造福，才能既得民心，也得天下。

在小平的家乡广安，有座神龙山巴人石头城，现今的国家AAAA级旅游区，史称"蛇龙山巴人石头城"，位于广安市城南郊，属于历史文化遗产。神龙山由东向西，昂首北望，乍隐乍现，三落三起蓄势腾飞。广安史称賨城，是巴人板凳蔓（也叫板盾蛮）的栖息地。地处广安市城南"化龙乡""蛇龙村"賨城的制高点神龙山，史称"蛇龙山"，属大巴山余脉、巴人板凳蔓崇尚蛇图腾、所以巴山即是蛇山。蛇龙山就是巴人的神山，巴民族世代崇尚自然，信仰天地，并尊天重地、顺从天意。有民谣"万物天生于天意、万事人为自人意、顺应天意随人意、符合人意圆己意"，从古至今世代流传。我想，小平的为官之道，是否自小就受到这蛇龙山的启示？因为改革开放，顺应民意，强国富民，小平为官的一生才赢得了全国各族人民的尊敬与爱戴。也正如此，2004年，小平百岁诞辰和小平纪念馆建设时，广安市将原来的蛇龙山改名神龙山，因为小平属龙。

饮水思源，感恩于心。正是出于对邓小平的感恩与爱戴，如今小平故里已经成为全国人民景仰和朝拜的地方。

进入邓小平故里，眼前绿树掩映，花草簇拥，络绎不绝的游人怀着景仰的心情前来拜谒。

邓家老院子是一座坐东朝西的传统农家三合院，邓小平祖上三代人都居住在这里。整座三合院占地800余平方米，大小房屋17间，穿木斗平房，青瓦粉壁，古朴典雅。1904年8月22日（清光绪三十年七月十二日），邓小平即诞生于这座故居的北厢房，并在这里度过了他青少年时期的15个春秋。

三合院的正堂屋是当年邓家接待客人的地方，正堂左边居室是小平祖母戴氏的住房，右边是小平父母的居室，挨近父母居室的是弟弟邓垦、邓先治的住房。室内分别存放着红色柏木雕花床和简单的衣柜桌凳。北转角是邓家饭厅，存放着一张普通的方桌和凳子，当年邓家十几口人在这里用餐，饭厅后侧是厨房和猪牛圈。东南转角处是邓家的作坊屋，很宽大，一分为二，一半是粉坊，一半为酒坊。粉坊内至今还存放着一副石磨。南北厢房造型格局基本相同。南厢房一共三间，两边是客厅，中间是过厅。北厢房一共五间，紧挨饭厅的那间房屋是小平当年的起居之所，约20平方米，里面存放着小平当年降生时的雕花木床及衣柜，靠窗户边摆着十分普通而又不同寻常的一张桌子和凳子，桌面上小平当年读书习文用过的油灯和纸、笔、砚至今尚存。其余四间分别为横堂屋，是姐姐邓先烈，妹妹邓先芙、邓先群的住房和堆放农具的地方。整栋庭院看上去，具有典型的川东民居特色，充满浓郁的蜀乡风情。

2001年6月，为了表达对邓小平的无限怀念之情，四川省委、省政府批准设立了幅员面积3.19平方公里的邓小平故居保护区，其核心区（830亩）为现已建成的邓小平故里景区。景区按照"保护、发展、美化、繁荣"的方针，对邓小平故居、洗砚池、翰林院子等多处邓小平童年及青少年时期的活动场所进行了修缮、恢复，新建了邓小平故居陈列馆、邓小平铜像广场，同时精心培植了各种花草树木，一个郁郁葱葱、井然有序、自然亲切、令人仰慕的"天然纪念馆"得以呈现。景区现有主要景点近20处，如翰林院子、蚕房院子、邓小平父亲邓绍昌墓以及邓家老井、放牛坪、清水塘、洗砚池、神道碑等景点，充分展示了邓小平青少年时期的活动足迹。虽然邓小平在故居生活只有短短的15个春秋，但养育之地令伟人终身难忘，后来他一再嘱托"一定要把广安建设好"。

值得邓小平同志欣慰的是，如今的广安，不仅已成为人们追思邓小平足迹、缅怀邓小平丰功伟绩和开展中国特色社会主义教育、爱国主义教育和革命传统教育的重要基地，广安自身的改革开放，四十多年来也获得了长足的进步和发展。尤其是2013年以来，广安市主要经济指标增速连续五年快于全国，生产总值年均增长9.5%。至2017年末，广安先后获得国家级经济开发区、国家中小城市综合改革试点城市、国家循环经济示范城市、国家住宅产业现代化综合试点城市、中国新型城镇化建设示范城市、国家级现代农业示范区、全国文明城市、国家卫生城市、国家森林城市、国家园林城市、中国优秀旅游城市、中国最具投资价值城市、中国魅力城市、全国科技进步先进城市、全国资源型城市、全国社会治安综合治理优秀城市、全国优秀民生改善典范城市等称号……

眼见为实。当我随采风团来到广安市下辖的全国十大最美乡村之一——武胜县高洞村和白坪村参观时，眼前的一切不仅赏心悦目，甚至让人震撼：远山如黛，蓝天白云的背景之下，整洁的乡村，柑橘飘香的果园，鲜花簇拥的农舍，飞红走绿的篱笆巷道，欢声笑语的农人或游客，古朴浪漫的花园式休闲广场，还有清新的空气和醉人的鸟语花香……好一幅充满诗情画意的田园牧歌式生活！很难想象，高洞村和白坪村这两个入选全国十大最美乡村，它们所在的武胜县多年前还曾经是四川省的贫困县。

高洞村柚园边。在村设的特色旅游小店品尝当地农人为游客开发的凉粉、豆腐花等当地特色小吃时，我曾悄声问当地村官：高洞村和白坪村农民目前人均年收入大约多少？答曰：3万元左右。我又问：整个广安市目前人均收入大约多少？答曰：大约1.1万元。而后，我用手机百度了全国扶贫确定的标准线，资料显示：中国中西部地区以县为单位，是年收入人均2300元。换句话说，以县为单位，人均年收入低于2300元的农户，即是国家的扶贫对象。

从贫困到脱贫，再从脱贫到致富，这中间的历程到底有多远？说长，很长。说短，虽不算短，可也不长。短与长，关键取决于思想和观念。观念就是生产力。中国四十年改革开放的实践证明，思想解放了，观念就将释放巨大的生产力。

位于广安市中心的思源广场，是广安市为纪念邓小平百年诞辰而建设的综合性城市广场，也是西南地区最大的音乐水景广场。广场中心，矗立着迄今为止世界上最大的青铜宝鼎——"实事求是"宝鼎，"实事求是"四个字刻在宝鼎上，成为宝鼎的名字。宝鼎的底座，一行邓小平的手书用金色大字放大、赫然醒目："发展才是硬道理"。这个"实事求是"宝鼎是广安市在隆重纪念邓小平同志百年诞辰，为突出致富思源主题，专门定制的标志性建筑。

回顾新中国近七十年的发展历程，不难看出："实事求是"这四个字看似简单，执行起来却曾经如此漫长，如此艰难。

曾几何时，受极左思潮束缚，中国曾被教条的社会主义思想严重羁绊，长年累月搞阶级斗争，以为这样才是走社会主义道路，这样的道路却让百姓长期桎梏了思想，丧失了自由，人人自危，满脑都是阶级斗争，人与人的关系极度紧张，更可悲的是让百姓长期挣扎在贫困之中。于是，人们渴望改革，希望致富，但改还是不改、怎么改、改了还是不是社会主义，众说纷纭，争论激烈，多少年让人无所适从。危难之际，是邓小平高瞻远瞩、一针见血指出"贫穷不是社会主义"。继而，他以非凡的胆识带领全党，在十一届三中全会作出了改革开放的重大决策，并且将党的中心工作转移到经济建设上来。

一时间，中国的上空云开雾散，重见天日。

能在危难的历史关头力挽狂澜，校正航向，让中国这艘巨轮驶上快速发展的正确轨道——毫无疑问，邓小平无愧于伟人的称号。

伟人之所以为伟人，在于他的眼界、意志、胆识和威望，更在于他的境界与情怀。而所有这些，邓小平都具备了，这也是当初那么多老同志都建议请他重新出山的原因。邓小平之所以能够从广安这片土地走向全国、走向世界，成为中国改革开放的总设计师，成为全国各族人民爱戴的伟人，除了他具备非凡的眼界、意志、胆识和威望，更重要的还有他的情怀。

"我是中国人民的儿子，我深情地爱着我的祖国和人民"——邓小平说过的这句话，如今正以巨大醒目的红字，镌刻在广安市思源广场的一块巨大石碑上。那天，正值黄昏时分，我久久伫立在刻有这幅字的那堵巨大石碑前，心潮起伏，思绪万千。此刻，广安市区已经华灯初上，这幅大红字在四周射灯的映照下，流光溢彩，熠熠生辉，分外醒目……

（原载《湘江文艺》2019年第3期）

秋天去看孙犁先生

◎付秀莹

早想去孙犁故里看看的。

大约，不单是因为孙犁先生的文采、人品和声名，也不单是为着，我也是河北人，燕赵大地的慷慨悲歌，滹沱河水的日夜流淌，都在我的魂里梦里了。然而，这心愿是早就种下了的，埋藏了多年。丁酉年秋初，终于去了孙遥城村。

一路上，过藁城，经深泽，往安平。只觉得故乡辽阔，山河浩荡。想起少年时代的很多往事，如在昨日。而今，竟忽然走到了人生的中途，那些曾共一段岁月的人，不知都去了哪里。

盛夏已逝，秋天降临了。天空高远，苍茫。天底下，是大片的田野，色彩浓郁，质感粗粝，宛如颜料任性泼在画布上。田野里的庄稼成熟了，等待着收割。空气里流荡着秋的气息，饱满的，丰盛的，甘美的，仿佛是一个孕妇，安静而满足，带着沉甸甸的欢喜，还有微微的幸福的倦怠。有几块闲云，悠悠地飞过来，飞过去。这是北中国的秋光呀。

村子不大，有一种日常的悠长的散淡和静谧。三五村人在自家门口坐着，说闲话。见一干人来，竟然态度自如。人家院墙上写着几个大字，孙犁故里。不知道谁家的花生已经收获了，在街边晾晒着。湿漉漉的，沾着新鲜的泥巴。我们顺手抓一把，剥开壳子就吃，也没有人管。新花生的滋味，仿佛这新秋，丰美的，芬芳的，饱含着汁液，不是多么热烈，有一种羞涩的柔情在里面。走着走着，迎面便是一座青砖院落，看上去，是上世纪三十年代北方民居的风味，黑的大门，门楣上书几个大字，孙犁故居，是莫言的手迹。进得门来，迎面是一个影壁，影壁前面种着一丛荷花。这个时节，荷花已经谢了，那荷叶倒是高高下下，青翠宜人，亭亭的，在风中微微摇曳着。叫人不由得想起那荷花淀上的盛景来，还有孙犁先生的名篇《荷花淀》里，那些纯朴勇毅的乡村女子们，有侠骨亦有柔肠，到底是燕赵大地哺育的女儿。

房子的格局是外院套着内院。外院有牲口房、磨房、门房、大车棚，还有孙犁先生的著作碑林。进了二门，便是内院了。内院有正房三间两跨，东西厢房，是极具中国风味的庭院。院子里种着两棵树，一棵石榴树，一棵枣树。屋门旁立着一只大瓮，是北方乡村常见的那种，黑色，有点笨拙，多用来盛水，也有人家用来盛粮食。这样的院落，这样的树，这样的青砖瓦房，秋风吹过，一院子树阴光影摇曳，恍惚间好像是回到了我的芳村。中国北方的乡村里，有多少这样的院落呢。那么亲切，那么熟悉，一股温情的潮水袭来，又甜蜜，又酸楚。我不知道，这亲爱的乡村院落，是不是会感受到，一个乡村游子内心里剧烈的摇晃。

北屋正房。迎门的条案上摆着孙犁先生的半身铜像。墙上是一幅中堂花鸟，一只五彩斑斓的雄鸡，单足着地，抖着火红的鸡冠子，回首凝视。两旁贴着对联：荆树有花兄弟乐，砚田无税子孙耕。

卧室在里屋。炕是那种北方乡村特有的土炕，铺着家织的粗布炕单，蓝白相间的格子，朴素而明快。炕上摆着一张小炕桌，上炕的人须得盘腿而坐。炕柜上放着几床被子，叠得整齐清爽。也是蓝白格子粗布被面，白被头。也不知道，这被子是不是就是主人当年的旧物。这种家织的粗布，我是熟悉的。那时候，乡下的女子，谁不会纺棉花织布呢？我很记得，母亲就有一双织布的巧手。那种古老的织布机上，牛角梭哗哗哗哗飞来飞去，是那种民间劳作的欢腾和热闹。布匹下了机子，还要染色。这种蓝白格子，是最经典的图案。几年前，我从老家带来一块，一直放在北京家中的衣橱里。那是母亲在世时亲手织的，带着她的手泽，还有流年的消息。我常常拿出来，看一番，念一番。北方的乡村女性，虽说是荆钗布裙，却细腻幽微。一颗蕙心一腔柔肠，怕是都在这飞针走线的经纬之间了。难怪孙犁先生笔下有那么多好女子，叫人心心念念难忘。炕旁边的桌子上，是一面老式镜子，底座上雕着花纹，同我家当年的一样。窗子是那种老式的格子窗，糊着粉连纸。阳光透过窗子照进来，落在炕上，落在对面墙上的镜框里。镜框里是一些老照片。孙犁先生不同年代，跟家人的合影。那些好时光，都被定格在滔滔岁月里的某一瞬，没有色彩，没有声响，只留下黑与白的刹那，刹那便成了永恒。照片下面的柜子里，是孙犁先生的一些旧物，穿过的棉袄，戴过的帽子，那副著名的套袖，蓝色的旧套袖，铁凝曾在一篇文章里写到过。而今，它们安静地在这老屋里守候着，仿佛是在等待着有一天，旧主人风尘仆仆归来。

窗前的花池里种着一大丛花，灼灼的开得正盛，却叫不上名字。石榴树上结满了果子。累累垂下来，把那枝条都坠弯了，只好用几根竹竿支撑着。枣树上也结了很多枣，繁星一般，在枝叶里闪闪发亮。河北乡下有句话，七月十五红半圈儿，八月十五枣落竿儿。那枣们虽刚红了半圈儿，却又甜又脆，十分馋人。微风吹过，有熟透的枣落下来，噗的一声。

树犹在，而人已远行了。满树的繁华一院子的秋色，叫人莫名的惆怅，莫名的伤怀。

秋风浩荡，吹过村庄，吹过田野，吹过这简朴的农家小院。中国有多少这样的村庄呀。多少小民百姓在村庄里，世代更替。永世的悲欢，隐秘的心事，都终被秋风吹散。散了，再也寻不到了。而文学，是抒发，是想象，是铭记。是我们曾来过这人世一遭、不容篡改的凭据。这普通的北方乡村的院落，简朴，恬淡，沉默，然而，它注定是要留在中国文学史的书页间了。

想起来书房里，孙犁先生手书的那块匾额：大道低回。

（原载《南方周末》2019年5月30日）

一条河与三部书

◎梅　洁

在鄂西北我诞生的那座千年古城脚下，有一条大河——汉水。童年的记忆里，大人们从来不把汉水称为汉江，也不称汉水，他们总是叫它"大河"。汉水就这样亲近地、善良地、谦卑地偎依在故乡千年的土地上。

我在河边长大。

真与美、善与想象在河边长大。

"妈，大河从哪儿流来？它又流向哪儿去？"望着迎面飘来又远远飘去的江水我问母亲。

我想，从那时起，一个纯情女孩就一直站在江边，忧伤地啼听来自河流的一种秘语——无论后来她离那条河有多么遥远……

一

长达半个世纪的南水北调中线工程改变了汉水的命运。

工程就是引这条江的水解救中原、华北、北京和天津的水危机。

公元1991年，我离别汉水已有31年，当我踏上故乡的土地，当我和江边一群男娃女娃围着一盆烧得很硬很旺的炭火，听他们说汉水命运中的大坝，说那年古城被大水淹没的故事，然后流眼泪；然后我们一起走向江岸，凭水而立，默默地凝望大河流向大海的风景；默默地倾听葬在水下的音乐；默默地理会浮出水面的灵魂……

就在那一年我终于弄明白，我的故乡因为有了那条古老的大河而诞生和演绎了三千年的文明；也因为有了那条美丽的大河，1958年开建的汉江丹江口水利枢纽已巍然矗立在江中，诞生我的郧阳古城已经沉没在江下，28万人民已经永远地失去了故乡……深深的忧伤与战栗使我最终完成了《山苍苍，水茫茫》的长篇报告。当这篇报告落笔之时，我发现，对于汉水的虔诚与膜拜已成为我的宗教；而对于星宿陨落的故乡——郧阳，从此成为长长的牵念与惦记。

1993年，著名文学期刊《十月》第2期头条发表了8万字的《山苍苍，水茫茫》，京城和故乡十几家媒体报道和转载着这部作品。故乡人复印《山苍苍，水茫茫》竟然使整个城市复印纸脱销，他们说是这个时代的"郧阳纸贵"。后来，机关、学校、厂矿、城乡、县镇，开始铅印单行本，不完全统计，这种铅印"白皮书"多达十几万册！故乡的大学长达十年里将《山苍苍，水茫茫》作为教材，每年新生入学，人手一本《山苍苍，水茫茫》"白皮书"。2003年4月，我随中国大陆作家代表团访问台湾，在台湾的同乡作家那里第一次看到了这种"白皮书"，方知家乡人已将《山苍苍，水茫茫》寄达给了港、澳、台地区的亲人……

时光又走过了15年。

2005年当我再度踏上故乡的土地时，我才得知南水北调中线工程，在停建、论证了十几年后已正式全面开工。矗立在汉水中的162米高的丹江口水库大坝将加高到176.6米，蓄水量将由170亿吨增加到290亿吨，1050平方公里的水面相当于北京六环以内面积的1.5倍，是世界超大型人工引水水库，被称为"亚洲小太平洋"。2014年每年向中原、华北输送95亿吨生命之水，2030年后将每年向这一地区输送安全用水130亿吨。

汉水三千里迢迢进京，将为地表水已全部枯竭、地下水也已被240万眼机井即将抽干殆尽的北方大地带来一片生机。

而库区人民将再度失去祖祖辈辈生息的家园，30多万亩土地也将再度沉没水下……

我沿着汉水走访了100天，折转身，又在极度缺水的华北大地走访了100天，终以两年时间，创作了45万字的《大江北去》。

2007年，北京十月文艺出版社以首印3万册的印数隆重出版了《大江北去》；2014年，《大江北去》再版印制1万册；2017年，《大江北去》荣获北京市第八届文学艺术大奖。

《大江北去》一书曾在故乡举办签售，父老乡亲蜂拥而至的情景至今令人难忘，两小时签名1008部书成为读者奖给一个写作者的最大光荣。

我写这部书，只有一个谦卑的心愿：当清澈的汉水给干渴的中原、华北大地带来一片滋润时，当人们欣喜地端起从遥远的鄂西北流来的一杯幽蓝时，不要忘记为此而两度奉献了家园和土地的库区人民，不要忘记他们几代人在半个世纪里经受的磨难和牺牲。

或许那时，他们正在高高的山顶，围着一堆篝火，轻轻地哼着一支人类从蛮荒走出来时的歌——"举起火把，让我们走出山谷！"或许，他们正站在江岸，凭水而立，默默地凝望葬在水下的日子，然后望着北方的天空吟唱："你本是天上的银汉啊，我的汉水……"

我想，那歌声一定很哀怨，也很悲壮……

二

2010年，丹江口水库大坝已加高至176.6米，南水北调迫在眉睫，库区开始第二次大规模移民。不到三年时间，库区再度动迁34万移民，其中我的故乡湖北十堰再度迁徙18万人。

经历了改革开放几十年，眼看刚刚有了眉目的生活，瞬间再度失去，人民的痛苦可想而知。

但为了解救北方的水危机，他们别无选择。

这是一场艰苦卓绝的战役，没有硝烟，没有枪炮声，却依然要以血肉之躯去迎接"枪林弹雨"……

我一直关注着这场战役，我数次赶赴故乡，亲历这场战役。大雨滂沱，我和迁徙的移民们在一起；车轮滚滚，百辆、千辆的客车日夜兼程，运送着远迁他乡的移民，我在车里与他们一起前行，送他们抵达新的家园……

2012年9月，90万字的《汉水大移民》（上、下部）由湖北人民出版社出版。

至此，我用20年时间，关注并直至写出了这场人类历史上亘古难忘的大迁徙，中国南水北调中线"移民三部曲"《山苍苍，水茫茫》《大江北去》《汉水大移民》，140余万字成为中国移民史上真实壮美的留笔。

十堰郧阳区柳陂镇卧龙岗社区安置了3000多位第二次后靠移民。

卧龙岗广场上的移民铜雕群再现了大迁徙的场景——

扛上一块汉江的石头留作纪念，我们走吧……

捧一捧故乡的土跪别家园，我们走吧……

把彭家港渡口的牌子扛上，我们走吧……

在故乡的柿树下再拉一曲悲怆的二胡琴，然后走吧……

到了那边常回来看看呀，我的姐妹……

还有那碾盘，那断墙，那使了一辈子的辘轳井……

还有那宁愿饿死在主人家废墟上也不离开的狗，那狂奔着追撵主人的狗，那流着悲怆泪水的狗……

还有"移民三部曲"。

移民铜雕群是对"移民三部曲"的立体呈现，而三部曲是对铜雕群至深的解读与注释。

铜雕群是6000里外的黑龙江人罗宏、兰玉夫妻留在世间绝美的作品。

这是一座城市永远的记忆。

这更是一座大牺牲大奉献大担当的城市精神的象征。

三

2014年12月12日，国家领导人宣布汉水进京。截至2019年2月，4年多内南水北调中线工程已为沿线豫、冀、京、津四省区29个大中城市及100多个县市区提供高质量的生活、工业用水203亿吨，沿线亿万人民的生活幸福指数大幅度提高，过去几十年一直喝高氟水的河北沧州人，如今百分之百地喝上了干干净净的汉江水。

如今，北京百分之八十地域的人们都已在饮用汉江水，每当我打开水龙头，默默看着清澈的水流哗哗地流出时，我都有一种恍惚的感觉：这是从3000里外我的故乡流来的汉水么？养育了我童年的江水，如今又要养活我的晚年么？

感恩的心绪总让我一次又一次地内心颤动。

初春的一个午后，我独自来到了颐和园，因为我想去那里看看紧挨着昆明湖的团成湖，团成湖是接纳千里汉水北上的蓄水湖，神圣的"天下瑶池"啊。

那天，当我望着远处丹墙翠瓦的佛香阁，看着眼前微波涟漪的团成湖时，我已泪流满面……

我想到了遥远的故乡，想到宁静美丽的汉水，想到那块星宿陨落的地方……

千百年来，那颗星宿陨落的地方，携带着幸福与苦难，跨越历史，穿越时间。一块天火淬锻的石头，一块真实而艰难的石头，一块圣洁而发着哲学光芒的石头，照耀着鄂西北那一方天地，那一脉江水，也照耀着我……

（原载《学习时报》2019年6月21日）

目 送

◎马卡丹

一

夜里忽然有点儿烦，没来由，只是烦。有心把烦捂在被窝里，又怕孵出一窝一窝的烦来，更烦。披衣起身，径至阳台，仰观天象。小县城的天还像个天，有半轮月，高高；有数颗星，点点；有几朵云，淡淡；风摆着尾溜过我的发梢，很小的幅度，不敢惊动夜的静，也不想触动我的烦。夜如水，忽而就把烦泡软、泡稀，泡得没了影。手机信息就在此刻不失时机地亮起，眼前三个字，仿若有光，却是光影沉沉：他走了！

他，他……走了？

走了。

走了！

夜气从阳台侧的桂花树间团圞而出，香一阵冷一阵，漫成一团缥缈的背影，忽前，忽后，忽下，忽上，渐渐，升腾。

一朵云飘来，飘，飘，飘过月，飘过星，依依。渐飘，渐淡，淡，淡。

疏疏朗朗的天宇上，一颗流星划过，落在重重山影之间。

流星路过天宇，人路过世界。

天上一颗星，地上一个丁。

二

曾经，那个感觉，那么遥远，遥远得像是星与星的距离，也像，总也无法接通的，心与心的距离。

人是向死而生的，所有的人都是绑着神行太保甲马的过河卒子，只有前行、前行，从无中来，向无中去。这一类说教在耳中进进出出多少回了，为什么依然感觉，那个告别式，还远在天边，还需要穿越几个太阳系？还需要蹚过几道银河？

这些年来，常常有一些年轻的朋友，走得那么突然，多像那些正待绽放的花苞，忽遇春寒，只来得及露出一丝丝浅红、轻紫、微蓝、淡黄、俏绿，就迅即枯萎、干瘪，幸运些的即便冲寒而开，也不过瞬间昙花，更添叹惋。他们，是未曾完满绽放的花朵，每每忆起，殊觉痛惜，却往往不觉得与自身有什么联系，毕竟，孕育、绽放、凋零，以亿计数的现代人都会完整走过这命定的历程。

也常有老一辈的亲友就在眼面前离去，在你心湖上溅起若干伤感的涟漪，只是涟漪开过终究无痕，都知道那是无言的结局，却依然不觉得、不想觉得、不敢觉得与自己的联系。毕竟，老一辈已经完整地经历了生老病死，已经敲响了午夜12点的钟声。

此刻却是不同，他走了，他竟然也走了！他不仅与我同龄，且同属上山下乡的"老三届"知青，同在改革开放之初踏进大学校门，同在商品经济大潮前迷茫若失转而舞文弄字。一个个的"同"，是一颗颗钢牙铁齿，都选择此刻咬心啮骨。"同"以血淋淋的痛把我咬醒，那仿佛远在若干光年之外的死神，已经大咧咧地迎面而来！

"同"意味着，我们是同一群耀眼的流星雨，尽管淡去有先有后，终将谢幕。

"同"意味着，我们是同一轴奔驰的云阵，尽管卷舒有早有迟，终将启程。

在将要谢幕之际，在预备启程之前，你的灵魂，我的灵魂，他的灵魂，面对越来越清晰的死神的面影，还需要闭眼塞耳，自我麻醉，如同以往那样视而不见、听而不觉吗？

我是，我当然是星群中的那颗流星，我的前方有多少灿然的闪烁，我的身后也将有多少闪烁的灿然。我将以怎样的心绪，面对前方已然陨落、正在陨落的光柱？又将以怎样的从容，启迪其后期待燃烧的星辰？

我是，我当然是云阵里的那朵流云，我的前方有多少飞腾的云絮，我的身后就会有多少云絮的飞腾。我将以怎样的目光，目送那些淡入空蒙的前行之云？又将以怎样的身姿，回应其后那接踵而来的云团？

伫立阳台，静望夜天：

有一朵流云已然淡去，只留下一丝云影；

有一颗流星已然路过，只留下一星余光。

我只有，目送；只能，目送。

我身后的所有星与云，或许，都只能：目送！

三

目送，本该是多么美丽的瞬间。

人海茫茫，因缘际会。缘聚必有缘散，相逢自有相别，那是生命不可逆转的过程。目送，让生命与生命的缘分在瞬间张扬、凸显、定格，让这样的瞬间化作痛苦而美丽的永恒。

走进知青队列之际，我距离15周岁还差2个月零5天。那是1969年3月10日，早晨，多云，微风。父母连同4个弟弟妹妹，一大家子送我到溪背生产队插队落户。就在与溪背隔溪相望的时候，我停下了脚步。知青是要接受贫下中农再教育的，是要在广阔天地大有作为的，怎能让父母一直送到住地，送到那三块石头当灶、一扇门板作床的住地呢？父亲帮我整好行李：一个小小的藤箱，一个大大的被卷，担起来，几乎与我同高。母亲的泪一下子就下来了，小妹妹忽然哭了起来，心立马被揪紧，勉强吐出一句"我走了"，我挑起担子摇摇晃晃就上了板桥。全家人都在目送着我的背影，我始终没有回头，不敢回头。直到走入对岸，走入沿岸那一片盛开的李花之间。

母亲说，那一刻她一动也不能动，就那样木木地看着我的背影，感觉自己生命的一部分已经远去。看不见我的身影了，全家都还站着，望着，好久，好久。

多年后读到柳永的《雨霖铃》，"杨柳岸，晓风残月"，七个字即刻把我带到那天别离的场景。我没有告诉母亲的是，那天，进入对岸长长的李树林中，扔下行李，我的眼泪已淌了满脸。从李花丛中回望，看父母与弟妹在彼岸久久伫立，看他们慢慢转身，一步一步走得那么沉重，直到再也看不见他们的身影，直到晓风拂落李花，打在我的脸上。记忆中的那个早晨，板桥、流水、晓风，如雪的李花仿佛无边无涯……

儿子两岁的时候，动了个手术，纱布把小手缠成了白白的一团。我要远行，妻子抱着他送我，走了一程又一程，终于，我站住了，妻子站住了，儿子嫩嫩的嗓音喊着"爸爸再见"，我转过身，大步前行，走出好远好远了，猛然回头，妻子还站在那里，儿子的小手已成白白的一点，似乎还在挥动……

"黯然销魂者，唯别而已矣"，生之别离无疑痛苦，事后回忆，那样的目送却大半酝酿成美丽：灞桥折柳，泪眼相对；手挥三弦，目送飞鸿；孤帆远影碧空尽；芳草萋萋满别情……也许，别离终究有重逢的时候，重逢会把痛苦点化成美酒。即便是别后再没能重逢，还能"千里共婵娟"，还能"寄言海上云，千里长相见"，回忆起来至少也是凄美的吧。可是，倘若这目送竟是永别，竟是"上穷碧落下黄泉，两处茫茫皆不见"呢？

好多年前，有一位聋哑诗人，与我一块儿参加一个文学活动。游泳池边，他急于向文友展示他的跳水风姿，未曾理会我们的阻止，那么鲁莽地一跃而下，生与死，这薄薄的一张纸，唰的一下就此撕裂。我曾目送他跃入水中，没有想到三天之后，就只能隔着我为他选定的那口薄薄的棺材，目送他在家人的哭声中，渐行渐远。

那些渐行渐远的瞬间，那些流水般永无返程的瞬间。目送，是不是因而有了更为揪心彻骨的痛？有了记忆中无可替代的悲凉之美？

四

一把油纸伞，从戴望舒的雨巷撑出，一个丁香一般的姑娘，飘过，梦一般地凄婉迷茫。油纸伞袅袅而来，袅袅而去，那一种无法言说的凄美。那样的美固然离不了油纸伞，离不了那个丁香一般的姑娘，可是，如果没有那双始终注视的眼睛，美岂不是要大打折扣？是目送见证了美，是目送给了美诗意，让美升华。雨巷有尽，也无尽，那丁香一般的姑娘走过雨巷，也连同雨巷一起走进了历史，走进了一代代爱美的心灵。

寻常的雨巷，庸常的瞬间。目送，在人生无数的庸常间交替反复，也痛也美，悲欣交集。

降临人世，张开眼睛，小小的婴儿就开始了目送。目光安然，迎接奶头、笑脸、爱抚；目光无助，目送转身、背影、远离。在一轮轮目送与号啕的循环中周而复始。如今，站在人生的冬阳里回望早春那第一缕朝霞，五味杂陈的，是睫毛上最初的一滴雨，是目送时赤裸裸的目光。

　　春意渐暖，婴儿顿成幼儿。晒谷坪中，一个个古老游戏轮番上演。多么快活，牵着"母鸡"的裙角，躲闪"老鹰"的偷袭，那个小小幼儿不住地疯叫，欢闹。堂姐是只称职的母鸡，舒展宽大的翅膀，总把叽叽惊叫的小鸡护在羽翼之下，小堂叔这只笨老鹰愣是不能得手。直到老鹰勃然发怒，利爪直接攫住了母鸡的双翅，幼小的天空就在那一刻坍塌，原来，人生的剧本还有这样的一出，所有的依赖最终都不可倚赖，在命运老鹰的利爪面前，人终究只是一只孤独的小鸡。

　　迷上捉迷藏，已是暮春年纪。乡间的晒场、屋角、树头之下，鹰与鸡、狼与兔……人间的假想剧总在暮色中轮番上演，又总在父母高分贝的呼声中戛然而止。无论鹰犬还是虎狼，总有一个两个俘虏，耷拉脑袋，在大手的揪扯中黯然退场。那个小小少年为此曾多么遗憾，却依然不曾想到，当命运把一个个身影从他眼前呼去，那时就连这样的遗憾也不可得，萦绕心间的，会是一种怎样的惊恐与悲伤？

　　由青及壮，由壮向老，春生之后是漫长的夏长、秋收、冬藏，每一个日子都有目送的瞬间，每一个季节都有告别的悲凉，目送，送走晨曦夕照，送走秋雨夏风，送走与你的生命相遇的一切美丑善恶，送走那一个个掀起心涛的瞬间。当目送的瞬间如蛟龙号潜入七千米深的记忆再不磨灭，生命也就有了真正厚重的底色。

　　盘点与生命交集的所有身影，所有的聚与散都在目光的迎与送之间。目光相迎，背影相送，不断目送一个个背影离去，或者，不断目送同一个背影一次次离去，当蜂蜜陈醋黄连小米椒在眼中泛滥成灾，目光，也就有了那个背影难以承受的重量！

　　小孙女悦儿三岁了，送她上幼儿园。手牵着手，一步一步，且行且哭且絮叨，五分钟的路程，走成了近半小时。直到老师的胳膊接管了她的小手，依旧一步一回头。目送她小小的背影，仿佛目送的是自己的童年。人的一生，总是有太多不想去、不愿去的所在，最终却几乎无一例外地只能去，不得不去，命运有力的胳膊拉扯着你，岂容回头？

龙应台说，我慢慢地、慢慢地意识到，所谓父女母子一场，只不过意味着，你和他的缘分，就是今生今世不断地在目送他的背影渐行渐远。

其实，能够不断目送他或她的背影，岂止是缘，简直是天赐洪福。只是此福再深，这样的不断最终还是要断，谁都希望可任谁也无法无限延长。如此，目送便成了一种感激，感激生命，让你能隔着人生的夏与秋在冬晨目送春朝，让你能不断目送独属于这一个你的境遇。直到真正放下一切恩怨的那一刻，你终于不再目送，只以一个无憾的灵魂，聚焦前后左右或悲或怨或纠结或释然或宽恕或祝福的目光。

一曲长调悠然而止，余音袅袅，天心月圆。

五

死亡，是人生最好的老师。

曾经，手足相亲；曾经，青梅竹马；曾经，一见如故；曾经，海誓山盟……死让所有的曾经戛然而止，烟消云散，鸦雀无声；死把所有的曾经重新定位，轻的更轻，沉的更沉。

小时候最喜欢木偶戏，对着戏班子的傀儡箱子往往如醉如痴。不过一个木头人，加上十数根傀儡线，怎么一碰上傀儡师的手指，立马就摸爬滚打，出将入相，乐煞众生？有一回大概看的是武戏吧，舞台上打打杀杀，剑影刀光，锣鼓响得惊天动地，傀儡们急匆匆乱纷纷登场退场，像是逃命又像是赶着投胎。忽然，一声钹响，"咣"——顿时，众声俱寂，灯光敞亮，舞台空空。

"须臾弄罢寂无事，还似人生一梦中！"

那一回的记忆常在脑中萦绕，长大之后再看木偶戏，不禁就多了些联想。木偶依凭的是舞台，每一个傀儡都有登场退场的时候，人的舞台当然要大得多，不过登场退场却也一样并无例外。当你在命运舞台上畅舞蹁跹的时候，你或许未曾在意，一个又一个身影正一一离去；而当月冷烟清，身心俱倦，每一个身影的退场于你便都必不可免地心波激荡。你感慨无法扯住命运的缰绳，只能在目送中任情感风起云涌。"高枝低枝风，千叶万叶声"，所有生命的消逝都是无言之言，无声之声，于在场者耳畔，依依回响。目送一个身影离去，你或许悲哀，悲哀再无相逢之日；你或许庆幸，庆幸自己依然在场。可下一个、下下一个，当人生的舞台上万花纷谢，你目送的眼光，难道依然只有悲哀？只有庆幸？有没有一点由人及己的无奈？有没有几分珍惜生命的无常？有没有几许悲悯众生的无言？

佛教把人之离世称作"往生"，意为走进另一个世界；老家俗语则称之"石生"，意即化为山石永存。可往生也好石生也罢，人真真切切能够感受的只是此生。一度又一度地目送生命的离席，再浑噩的人也会清醒地感知生命的局限，明了此生的不可替代。目送，让我们珍惜生存，精彩地存在；同时，一步步接受死亡的必然，尽可能从容地、潇洒地离席，让你再不回返的身影，成为他人记忆中的永恒。

于逝者而言，亲人友人的目送或许已无法感知了，可弥留之际的那一回眸，那一反顾，却分明透出了由衷的依恋，那最后的真实深深嵌入我们的记忆，也把亲友的音容笑貌长留在心间。亲人友人固然带走了我们生命的一部分，却也让自己生命的一部分潜入我们的生命之中，音容、举止、笑貌、性格、思想，一一渗透进我们的血液，让我们的余生因此而厚重，而从容。

不由得想起了魏晋时代向秀的《思旧赋》，那个才华横溢、桀骜不驯的嵇康，临刑之际反顾日影，从容弹奏，一曲绝唱《广陵散》回响天地之间。"栋宇存而弗毁兮，形神逝其焉如？悼嵇生之永辞兮，顾日影而弹琴。"屋宇犹存，形貌已非，但那顾日影而弹琴的潇洒丰神，早已成为向秀生命的一部分，长存心间，止是嵇康的风采乃至潇洒不羁的思绪融入了向秀的血液，他才在感慨万端之际依然轻吟："托运遇于领会兮，寄余命于寸阴。"人生的缘分遭际已在生死的瞬间领悟，且把余下的美好生命，从容托付给短暂的光阴。

人的本质是孤独的，大限来临，所有的热闹都成幻影，每个人最终都只能独自面对死神，所有的亲友都只能目送。这样的目送寄托多少深情，多少爱意？这样的目送融汇了多少生命的根盘错节、叶覆枝连？所谓福气，所谓没有白活，其实最终都将落实到那一刻，有多少深情款款的目光，集束在那远行的灵魂之上。远去的灵魂，可能感受到那依依相送的目光？

六

　　镜子，镜子，前，后，左，右，都是镜子，一个人就在镜子里分身，成二，成三，成四，成许许多多。每一个镜像都是自己吗？每一个镜像都不是自己吗？每一个镜像都既是自己又都不是自己吗？友人练功房的镜子还在赤子阶段，不会毁谤也不懂拍马，可为什么那么多角度的我，都是我又都好像不似我？

　　迈开步子，向前，对面的我同时迈步，走向我。这是我呀，却不是期许中的我，期许中的我总是独步苍茫，现实中的这副肉身却是亦步亦趋。这最出色、最及时的模仿秀，它在同一时分复制你，复制你的一颦一笑，一举一动，复制你眉毛之下、鼻梁之上，那两道或轻或重或深或浅或柔或刚或暖或寒的目光。

　　你走着，你继续向镜子贴近，镜中的你也步步向你靠拢。你看见，眼前之镜倒映出反向的那面镜，你看见你的背影，正与你反向而行。你走着，你既是在一步步走向目标，也是在目送你的背影一步步远离，原来，目送，并不仅仅是对他人，也可以是送自己。

　　人世中的我一如镜中的我，可以有很多很多，每一个我都只是一个侧面，所有的侧面共同复合成一个完整的我，不，不过一个完整的我的肉身。我的灵魂之镜在高不可测的天空，人世之镜加灵魂之镜，才能映出完整的我：我的肉身，我的灵魂。目送，是我送我？是灵魂送肉身？是肉身送灵魂？

　　肉身是容易叛变的，时光的刀刃，寒光闪闪，不经意间，你的关节，你的骨骼，你的肌肉，你的皮肤，你的牙齿，你的毛发，总有变节分子不住地逃离，黑色逃离了你的毛发，柔韧逃离了你的肌肤，钙质逃离了你的骨骼牙齿……离去是一条必然的道路，你只能目送，目送自己，目送自己的一部分，一点一点地离去；你只能悄悄地致意，慢些，再慢些；你只有祝福，祝福曾经的一部分，向那前路茫茫绝无所知永不回返的道路，率先启程。

　　这该是目送最普遍的场景吧，不曾寂灭的灵魂目送衰朽的肉身离席，无论肉身多么不堪，灵魂依然尊贵，远行依然尊严。简媜说："一个人入世，不是为了活几岁，是为了验收自己成为什么样的人。"无论生命有多少遗憾，只要灵魂未曾早于肉身圆寂，都应该毫不迟疑盖上合格印章。即便是成为植物人吧，他的灵魂也只不过在沉睡，或许还能有唤醒的一天。怕的是灵魂率先远遁，留下的肉身纵然脑满肠肥，也不过行尸走肉。祈祷上苍，无论生离或是死别，人生的每一度目送，断不要让死沉沉的肉身，送走轻飘飘的灵魂。

细细想来，人生不过加减乘除，前半生总在加加加，加到极致便是青春，便是以乘法相加的黄金时段；后半生不断减减减，减到极致便是弥留，便是以除法回归乌有虚空。如此简单的算术，耗尽一生，耗尽众生！谁能跨越这寻常的算式，活出期许的自我，"跳出三界外，不在五行中"？

道济和尚临圆寂时说偈："六十年来狼藉，东壁打倒西壁，于今收拾归去，依旧水连天碧。"历经狼藉，度尽劫波，眼前水天一色，空蒙邈远，此刻，所有的困境都已解脱，所有的牵挂都已放下，一叶帆影，袅袅远行，"归去，也无风雨也无晴"，只有一人一帆，庄严肃穆，驶向那所有人类、所有生命的归宿，无论迟早，无问西东。

生有限，爱无涯，死生之上，悲悯的目光，绵长……

七

大幕突地一降，锣鼓歇，人悄然，两个大字打在边幕上：剧终。

观众起身，伫立，静待大幕再次徐徐升起，静待使过浑身解数、精疲力竭的演员，带着微笑站到台前，谢幕。

那是观众与演员之间的默契，那是一种"静默的尊重"，一种人格的尊严。

人生舞台上，多少人曾经摸爬滚打，用尽洪荒之力，却往往落得"落日楼头，断鸿声里……栏杆拍遍，无人会，登临意"。这样的尴尬，这样的凄凉，或许只有到谢幕的那一刻方才逆转。生命剧终，总有亲人、友人、敌人、路人，静静伫立，依依目送。那是生命的万千因缘，生命的心神交会，那绝不会是用尽最后力气谢幕时，台下空无一人的寂静与凄清。

目光，五味杂陈的目光，爱恨交织的目光，悲欣交集的目光，成束，成群，共同编织成褓褓，重新把那个谢幕的生命包裹。生命是多么尊严，生命的缘分又是多么凄美，曾经的过客，已是归人，"来如春梦不多时，去似秋云无觅处"。

云舒云卷，星起星沉，前赴后继，无始无终。

无边无涯的队列中，目送，因之而美，因之而弥足珍贵。

那是尊严的目送，那也是目送尊严。

目送无极，尊严无极。

八

有没有一双更高级的目光，在所有生命的往生路上，俯瞰？目送，无数或善或恶或轻或重的灵魂。

我抬起头，仰望，那依依的云影间，那目送所有灵魂的目光。

（原载《北京文学》2019年第7期）

林斤澜的看法

◎刘庆邦

一转眼，林斤澜离开我们已经十年了。

四年前，我写过一篇文章：《北京作家终身成就奖，评浩然还是林斤澜》。文章里说到，那届终身成就奖的候选人有两个，浩然和林斤澜，二者只能选其一。史铁生、刘恒、曹文轩和我等十几个评委经过讨论和争论，最后以无记名投票方式，把奖评给了林斤澜。

北京有那么多成就卓著的老作家，能获奖不易。我知道林斤澜对这个奖是在意的，获奖之后我问他：林老，得了终身成就奖您是不是很高兴？话一出口，我就意识到问得有些笨，让林老不好回答。果然，林老哈哈哈地笑了起来。正笑着，他又突然严肃起来，说那当然，那当然。他不说他自己，却说开了评委，说你看哪个评委不是厉害角色呀！

林斤澜和汪曾祺被文学评论界并称为文坛双璧，一个是林璧，一个是汪璧。既然是双璧，其价值应当旗鼓相当，交相辉映。而实际情况不是这样。相比之下，汪璧一直在大放光彩，广受青睐。林璧似乎有些暗淡，较少被人提及。或者说汪曾祺生前身后都很热闹，自称为"汪迷"和"汪粉"的读者不计其数。林斤澜生前身后都是寂寞的，反正我从没听说过一个"林迷"和"林粉"。

这怨不得别人，要怨的话只能怨林斤澜自己，谁让他的小说写得那么难懂呢！且不说别人了，林斤澜的一些小说，比如矮凳桥系列小说，连汪曾祺都说："我觉得不大看得明白，也没有读出好来。"因为要参加林斤澜的作品讨论会，汪曾祺只好下决心，推开别的事，集中精力，读林斤澜的小说，一连读了四天。"读到第四天，我好像有点明白了，而且也读出好来了。"像汪曾祺这样通今博古、极其灵透的人，读林斤澜的小说都如此费劲，一般的读者只能望而却步。任何文本只有通过阅读才能实现其价值，读者读不懂，不愿读，价值就无法实现。关于"不懂"这个问题一直困扰着林斤澜，他好像也为此有些苦恼。他说：汪曾祺的小说那么多读者，我的小说人家怎么说看不懂呢！有一次林斤澜参加我的作品讨论会，他在会上也说过类似的话，他说：庆邦的小说有那么多读者喜欢，让人羡慕。我的小说，哎呀，他们老是说看不懂，真没办法！

林斤澜知道自己的小说难懂，而且知道现在的读者普遍缺乏阅读耐心，他会不会做出妥协，就和一下读者，把小说写得易懂一些呢？不会的，要是那样的话，林斤澜就不是林斤澜了，他我行我素，该怎么写还怎么写。关于"不懂"，林斤澜与市文联某领导有过一段颇有意思的对话，他把这段对话写在《林斤澜小说经典》的序言里了。领导："我看了你几篇东西，不大懂。总要先叫人懂才好吧。"林："我自己也不大懂，怎么好叫人懂。"领导："自己也不懂，写它干什么？"林："自己也懂了，写它干什么？"听听，在这种让人费解的对话里，就可以听出林斤澜的执拗。有朋友悄悄对我说，林斤澜的小说写得难懂是故意为之，他就是在人为设置阅读障碍。这样的说法让我吃惊不小，又要写，写了又让人摸不着头脑，这是何苦呢！后来看到冰心先生对林斤澜小说的评价，说林斤澜的小说是"努力出棱，有心作杰"，话里似乎也有这个意思，说林斤澜是在有意追求曲高和杰出。

静下心来，结合自己的创作想一想，我想到了，要把小说写得好懂是容易的，要把小说写得难懂就难了。换句话说，把小说写得难懂是一种本事，是一种特殊的才能，不是谁想写得难懂就能做到。如愚之辈，我也想把小说写得不那么好懂一些呢！可是不行，读者一看我的小说就懂了，我想藏点什么都藏不住。在文艺创作方面，恩格斯有一句名言："对于艺术品来说，作者的倾向越隐蔽则越好。"对于这一点，很多作家都做不到，连林斤澜的好朋友汪曾祺都做不到，林斤澜却做到了。他在中国文坛的独树一帜就在这里。

林斤澜老师的女儿在北京郊区密云为林老买了一套房子，我也在密云买了一套房子，我们住在同一个小区。有一段时间，我几乎每天早上陪林老去密云水库边散步，林老跟我说的话就多一些。林老说，他的小说还是有人懂的。他随口跟我说了几个人，我记得有茅盾、孙犁、王蒙、从维熙、刘心武、孙郁等。他说茅盾在当《人民文学》主编时，主张多发他的小说，发了一篇又一篇，就把他发成了一个作家。孙犁先生对他的评论是："我深切感到，斤澜是一位严肃的作家，他是真正有所探索、有所主张、有所向往的。他的门口，没有多少吹鼓手，也没有那么多轿夫吧。他的作品，如果放在大观园，他不是怡红院，更不是梨香院，而是栊翠庵，有点冷冷清清的味道，但这里确确实实储藏了不少真正的艺术品。"林老提到的几位作家，对林斤澜的人品和作品都有中肯的评价，这里就不再一一引述了。林老的意思是，对他的作品懂了就好，懂了不一定非要说出来，说出来不见得就好。林老还认为，知音是难求的，几乎是命定的。该是你的知音，心灵一定会相遇。不该是你的知音，怎么求都是无用的。

林斤澜跟我说得最多的是汪曾祺。林斤澜认为汪曾祺的名气过于大了，大过了他的创作实绩。汪曾祺是沈从文的学生，沈从文对汪曾祺是看好的。但汪曾祺的创作远远没有达到沈从文的创作成就和创作水准，无论是数量，还是质量，与沈从文相比都不可同日而语。沈从文除了写有大量的短篇小说、散文和文论，还写有中篇小说《边城》和长篇小说《长河》。而汪曾祺只写有少量的短篇小说和散文，没写过中篇小说，亦自称"不知长篇小说为何物"。沈从文的创作内涵是丰富的，复杂的，深刻的。拿对人性的挖掘来说，沈从文既写了人性的善，还写了人性的恶。而汪曾祺的创作内涵要简单得多，也浅显得多，缺少对人性的多面性进行深入的挖掘。汪曾祺的小说读起来和谐是和谐了，美是美了，但对现实生活缺乏反思、质疑和批判，有"把玩"心态，显得过于闲适。有些年轻作者一味模仿汪曾祺的写法，不见得是什么好事。林斤澜对我说，其实汪曾祺并不喜欢年轻人跟着他的路子走，说如果年纪轻轻就写得这么冲淡、平和，到老了还怎么写？林老这么说，让我想起在1996年底的第五次作家代表大会上，当林老把我介绍给汪老时，汪老上来就对我说："你就按《走窑汉》的路子走，我看挺好。"林斤澜分析了汪曾祺之所以写得少，后来甚至难以为继的原因，是汪曾祺受到了散文化小说的局限，说他是得于散文化，也失于散文化。说他得于散文化，是他写得比较散淡、自由、诗化，达到了一种"苦心经营"的随意境界。说他失于散文化呢，是因为散文写作的资源有限，散文化小说的资源同样有限。小说是想象的产物，其本质是虚构。不能说汪曾祺的散文化小说里没有想象和虚构的成分，但他的小说一般来说都有真实的情节、细节和人物做底子，没有真实的底子做依托，他的小说飞起来就难了，只能就近就地取材，越写越实。林斤澜举了一个例子，说汪曾祺晚年写过一个很短的小说《小芳》，小说所写的安徽保姆的故事，就是以他家的保姆为原型而写。从内容上看，已基本上不是小说，而是散文。小说写出后，不用别人说，汪曾祺的孩子看了就很不满意，说写的什么呀，一点儿灵气都没有，不要拿出去发表。孩子这样说是爱护"老头儿"的意思，担心别人看了瞎对号。可汪曾祺听了孩子的话有些生气，他说他就是故意这样写。汪曾祺的名气在那里摆着，他的这篇小说不仅在《中国作家》杂志发表了，还得了年度奖呢。

林斤澜最有不同看法的，是汪曾祺对一些《聊斋志异》故事的改写。林斤澜的话说得有些激烈，他说汪曾祺没什么可写了，就炒人家蒲松龄的冷饭。没什么可写的，不写就是了。改写人家的东西，只是变变语言而已，说是"聊斋新义"，又变不出什么新意来，有什么意思呢！这样的重写，换了另外一个人，杂志是不会采用的。因为是汪曾祺重写的，《北京文学》和《上海文学》都发表过。这对刊物的版面和读者的时间都是一种浪费。

另外，林斤澜对汪曾祺的处世哲学和处世态度也不太认同。汪曾祺说自己是"逆来顺受，随遇而安"。林斤澜说自己可能修炼不够，汪曾祺能做到的，他做不到。逆来了，他也知道反抗不过，但他不愿顺受，只能是无奈。随遇他也做不到而安，也只能是无奈。无奈复无奈，他说人生本来就是一场无奈嘛，既无奈生，也无奈死。

林斤澜愿意承认我是他的学生，他对我多有栽培和提携。我也愿意承认他是我的恩师，他多次评论过我的小说，还为我的短篇小说集写过序。但实在说来，我并不是一个好学生，因为我不爱读他的小说。他至少给我签名送过两本他的小说集，我看了几篇就不再看了。我认为他的小说写得过于雕，过于琢，过于紧，过于硬，理性大于感性，批判大于审美，风骨大于风情，不够放松，不够自由，也不够自然。我不隐瞒我的观点，当着林斤澜的面，我就说过我不喜欢读他的小说，读起来太吃力。我见林斤澜似乎有些沉默，我又说我喜欢读他的文论。林斤澜这才说：可以理解。

同样是当着林斤澜的面，我说我喜欢读汪曾祺的小说。汪曾祺送给我的小说集，上面写的是"庆邦兄指正"，我读得津津有味，一篇不落。因汪曾祺的小说写得太少，不够读，我就往上追溯，读沈从文的作品。我买了沈从文的文集，一本一本反复研读，从中学到了很多东西。有人问我，最爱读哪些中国作家的作品？我说第一是曹雪芹，第二是沈从文。

（原载《作家》2019年第8期）

我和彭小莲

◎王安忆

彭小莲于六月十九日走了，距今不足月余，就要写她，不免遽急。现如今，时间的流速加紧，记忆和忘却的周期变得短促，所以，趁余音未消之际，写下一些文字，或可延宕印象，让我们和她再相处一阵子。

就在今年春节，导演许鞍华专程来上海看她，回程登机的车路上，许导问道：你和小莲应同属"红色贵族"吧！我迟疑了，如何向一个中国香港人解释内地特有的社会划分？略作考虑，回答说：作为国家新政，"红色"大致无误，但以贵族论，我父母的级别不够高，小莲家倒是够了，但极早受到贬斥，所以，她大概也不能同意。

《他们的岁月》里，有一个细节，写到父亲彭柏山小说出版受阻，缘出沪上某新四军出身的作家筑坝，她母亲分析人事，大意为，新四军作家里，茹志鹃很正派，必不是她！看到此处，不由得松一口气。这心情很复杂，不是说怀疑母亲做落井下石的事，然而，历史翻手为云覆手为雨，没有什么恒定的价值，所谓知识分子，其实是虚妄的生涯，谁保得住一向正确呢？从艰困世事走来，得这评价称得上知己了。日后我和小莲不论怄气还是吵闹，终没有崩掉，是因为此，又不完全是，人与人相处，彼此不背叛的基本原则之外，还需要更多的内容。

上辈的渊源，我知之不多，曾经见两个母亲私语，说些什么就不清楚了。八十年代初，彭小莲和同学陈凯歌来家里找母亲，想必带了她母亲的话。那是我第一次看见彭小莲，之前听说传闻，在她家那片街区，似乎相当知名。恰巧，我在儿童时代杂志社的同事，与她住同一幢公寓楼，描述她和造反派叫板，"文革"后恢复高考，又以朗诵排名第一，高分进入北京电影学院，离开插队多年的江西农村。那一次来，便是就学期间，他们想改编我母亲新写的小说《草原上的小路》，还是别的什么，已经模糊了。彭小莲的形象则很清晰，她光彩照人，言语活泼，表情生动，相形之下，陈凯歌则是讷言和腼腆的。我没有加入谈话，时而进，时而出，或者远远坐在一边。他们偶尔看我一眼，也没有搭话的表示。年轻人都是骄傲的，尤其是我们，在那年代里，称得上天之骄子。父母，即便如彭柏山，压顶之绝境，竟也平反昭雪，子女们重见天日，脱离苦海。倒不定是衣食的苦楚，但世态炎凉，绝非普通家庭能够体会。

初次面晤这么过去了，接下来的事情就有些吓人。几年以后，我从父母家搬出，住一条杂弄里，缩在公厕后的小单元房。一日下午，门敲响了，那时候，大多人没有电话，常是不告而至。打开门，面前站着彭小莲，我都不怎么认得她，更没有过照面说话。只见她满脸焦灼，眼睛里发出热病般的亮光。我们脸对脸站了片刻，她就从我身边挤进房间，说道：我一整晚没睡觉！我让她坐，她坚持要站，牛仔裤一高一低挽起在小腿上，仿佛经历了长途跋涉。我说什么事情嘛，有话好好说。她坐下了，迅疾又弹起，就在这不停的坐下弹起之间，总算搞明白了发生的事情。概括说来，她拍摄完成的电影《女人的故事》，没有通过审查。因为什么，是她没有重点说，还是我忽略了，也许，审查卡住从来是电影生产的常态，不值得细究。总之，没有通过的情节很快淹没在她言语的滔滔洪流中。彭小莲的叙事往往偏离主线，进入旁支，拉也拉不回来，而你很快放弃主动的企图，顺流而下，那里又是一番风景，天地重开。她沉浸在拍摄过程的追溯，如何选角，演员的出身来历，气质形貌；如何采景，地理位置，历史沿袭，文化隐喻；镜头的运转，机器的摆位和角度；后期的剪辑——剪辑也是了不得的，一格一格胶片看过去，看过来，分解，拼接，排列，组合——结果是，不通过，她又跳起来！远兜近绕，回到现实主义主题，意识形态批判，文艺体制革命，生产力突破生产关系……讲述让她平静下来，逐渐坐定，暂时搁置这具体的遭际，面向更加浩瀚的——电影世界，她架起腿，开始上课。列举经典，介绍现代，向先进学习，与同代人携手，可是，困难啊！启动又一轮怒骂，但不在《女人的故事》，而是《盗马贼》，同学田壮壮执导，堪称传世之作，结果，不通过！倘有一日，内部放映，你必须看！时间倏忽过去，天已向晚。如她所说，一夜无眠，持续至此，又一个白昼没消停，却看不出倦意来，能量真是惊人。

隔日，她又出现了，这回是通过BP机，通知上影厂试映间放映《盗马贼》，要我去看。愤怨交集中的顺嘴一说，竟然记得。我一门心思写小说，她那些人和事与我很陌生，实话实说，还有些怕她。做电影的人有点"疯"，劲头上来，挡也挡不住，于是，好言拒绝。这一段就又结束了。

八十年代和九十年代，我们分外忙碌，各有各的奔头。天地人和，万物生长，历史做好各种准备，就看我们的造化。也经历坎坷，可年轻人都是鲁勇的，又被时代宠惯，忘乎所以，看不见隐患生成，正积累成因，从量变走向质变。仔细算起，我们再一轮往来，已经到两千年以后。她邀我看新片试映——《假装没感觉》。写过《他们的岁月》的人，难免背负"宏大叙事"的使命感，从故事主述人角度出发，也可归入彭小莲青春往事体系，"成长"是又一份现代性使命。可是，令人意外，故事表现的是市井人生家常伦理。不像小莲的气质——作家阿城称之"共和国气质"，倒是朝着上海上世纪三四十年代左翼电影靠拢，比如《万家灯火》，比如《乌鸦与麻雀》，这样说也许有攀附的嫌疑，但小莲后来不只拍了《上海伦巴》，还有最后的《请你记住我》！我们不能简单理解为向前辈致敬，更可能是寻找中国电影发起的源流，那里有着一些本质性、但是被特有的社会历史绕过了的价值。演员孙海英和吕丽萍在之后的电视剧《激情燃烧的岁月》中，开一路气象，推算时间，是否可认作从这里起步？看完电影，她听我评价，移近机器，拍摄录像，立此存照，抑或作宣传的用途。虽然事先并没有预告节目，但我也没有抗拒。事情大约就从这里开头，演变成始料未及。

这时候，她筹拍《美丽上海》，让我看剧本，提些建议。在马可波罗面包房的咖啡座，主创团队到齐，可见出诚意和决心。过后，我即去台北市文化局的驻市作家计划，临行前，小莲来电话，说《美丽上海》的制作方调派一辆车和司机，供我在台湾期间使用。我很好奇，问：为什么制作方要给我这份福利？她说：因为你是我们的艺术顾问。我说：谁告诉过我做你们顾问？她说：我现在正告诉你。我说：谁又告诉你的？她勃然怒起：我好容易替你争取到身份，还有一份报酬！这实在太荒唐了，我再也按捺不住：谁让你去争取的，谁要你们的钱！电话两头都气得要死，我发狠道：你要是敢在卡司上落我的名字，就别来找我！结果是，她放过了我。我呢，继续和她讨论电影。我们曾经为电影起名，叫"上海相思"，我至今以为这名字不错，可投资方非要叫"美丽上海"也没办法。不知不觉中，电影行业改了规矩，谁出钱谁说了算，电影就是烧钱的艺术。我们再度邂逅谈论艺术，一不小心就扯到内幕消息、八卦新闻以及人事关系，景象其实已经凋敝。她在投资方那里吃饱气，撒到我头上：你看你，要是答应做顾问，就可以帮我说话！我明白她拉我入伙的用心，生出点歉意，可是，谁知道她们行当的青红皂白呢！我们写小说是个体劳动，由自己做主，完成以后交付出版社，也就是到生产终端，才与社会发生关系。即便退回，放在废纸堆里，损失不过是自己的劳动时间，在转化利润之前，一分钱不值。而他们，真金白银下去，收不回来，谁来买单？真有些胆战心惊。

彭小莲常说：还是你们写小说好。于是，她也写小说，在没有剧本没有投资的空隙里，这种空隙越来越多，让人惘然。对于做电影的人，小说太安静，因此也就沉闷了，它缺乏直观世界的辉煌灿烂，尤其在这样退让的处境里，怀着不得已的心情。在特质上，她和小说还有点隔阂，多少缺乏常情，也是遭际所致。没有正常的家庭和社会生活，分崩离析中自生自灭。彭小莲有一股蛮横的生命力，丛林生存原则，要不怎么能活下来？而小说是世俗的性格，普遍性的人生，象形出发，到形而上。所以，我觉得凡虚构的写作，不是这里，就是那里，总归不大像，显得手足无措。但是，一旦进入纪实，便开闸放水，一泻千里。《他们的岁月》写得真好，和刘辉合作的《荒漠的旅程》也是好。现实中已然发生的人和事，潜在地规定了轨迹，就像河床收纳水流。出于同理，她的纪录片也好过故事片。我还喜欢她关于电影的文章，从实践出来的认识不同于单纯纸上谈兵，可窥见制作中的关节，由她写来，透露出迷人的乐趣，就知道她喜爱电影喜爱什么。那么，拍不了电影，嘴头上过过瘾也好。

《他们的岁月》中，有一处令人感触，曾经有一段时间，她们家住进一个警察，担任监视的任务，朝夕相处，混熟了，老保姆还为小警察介绍婚姻。这是一个小说的题材，我说，她果然写成小说，却不如原型的生动，她自己也觉得不能倾尽其意，于是，又写成电影剧本《童年往事》，最后的未完成，永远定格在文字里。

这一回，我答应了她，所谓艺术顾问，就是上一条船。我们心里都明白，计划实现的可能几等于零，题材是个问题，资金是永远的问题，受众是"人民名义"的问题。郑大圣的新作品《村戏》，在上影厂的一个纪念日活动放映，开场几分钟，身后几个女性观众便发怒声：什么东西，这么难看，《我的前半生》

多么好看！她们可以不喜欢，可以声讨，可以离开，事实上，也果然离开了，奇怪的是，何苦那么生气？就好像受了侮辱。大众的精神生活有效地被娱乐驯化，很难介入一点点异质的成分。

就是这么一个无望实现的东西，我们却谈得最多。是不是有一种心情，即将化为乌有，就让它在词语里活一会儿。有时几个人一起，有时候我和她单挑。常去的华山路上的夏朵花园，下午茶的时间，中午饭未结束，再过些时，晚餐又开始上客。被安排在角落里背光的一张小桌，开一盏台灯，拼吃一盘松饼。台灯插座的接触有毛病，稍一震动就灭了，然后再亮起。小莲说话又激动，拍桌子跺脚的，那台灯一亮一灭，仿佛灵感的闪烁，很是好笑。这些琐细的场景还在眼面前，转瞬已成往事。

去年上半年，我们同在香港驻校。她在科技大学，我在中文大学。地图上的距离并不远，但是一个海角，一个山头，走动起来颇费时间和脚力。因签注事，她又频频回内地，原以为可以时常见面，最末只吃了一顿饭。

餐桌上，刚开话题，我告诉她，飞机上看一个电影《老兽》，不错，还没来得及说哪里不错，她就迎头拦断："老男人的春梦。"接着劈头盖脸一顿斥骂，再也插不进嘴。我吃她排揎不是一次，心里总有些气，也总说服自己，她小时候受太多苦，让让她算了！单凭"让"并不足以容忍，还是有更重要的地方在吸引我，最终没有与她拗断。

事情在这里加紧节奏，简直猝不及防。在香港的时候，替许鞍华导演做剧本，她们互相慕名，却没有见过面，居中作伐，说好要聚，却没有聚成。直到我们各自结束课业，返回上海，剧本也到细作的阶段，许导时不时飞来督工。第一次约，刚坐齐，小莲接到电话，起身去接，久不回来，终于回来，即宣布有急促的情况，必须赶赴。此时，菜也上了，就站在桌边搛几筷她点的"农家小炒"，匆匆离开。后来知道，电话是她的主治医生打来，报告检查结论，紧急出台治疗方案，刻不容缓。第二次约，她来了，哑着嗓子，一餐饭从头到尾都在咳。也是后来知道，这是她靶向治疗的头一天。第三次，是和张济顺碰头。张济顺的公婆，李明和天然，是父辈的新四军战友，中华人民共和国成立初始便在上影厂演员剧团工作，等小莲电影学院毕业进厂，就做了新老同事。张济顺与我曾经同届全国政协委员，将旧时的发小重续上联系。这一回小莲又不来，说人在南京。还是后来倒推，正值化疗的高峰。最后，美国的朋友传来她的病状，如此转折迂回，叫人气急交加。《收获》的肖元敏，我们共同的责任编辑，相约去探望。问她为什么将事情瞒得铁紧，她说不愿意打扰朋友。我说，你知道吗？从别人口中得到实情，我是介意的！两人都掉了眼泪。自后，我们再没有停滞往来、阻隔消息，是我与她之间，接触最频密的日子。

这一段过得十分惶遽。处在逆境，彭小莲一如向来的鲁莽与勇进，和通常意义与疾病斗争有所不同，我觉得，身体对她仿佛是一个客体，供她驱策，使用，甚至奴役。有一次，我，她，还有北京的高力力，《大阅兵》的编剧，这两个人都是在事业上升时候去美国深造，学成回来，换了人间，先进已成后进，这就是发展中的中国。我们三人在兴国宾馆院子里乱走，天黑下来了，几处灯光，几处楼阁，春风拂面。和彭小莲也有过和煦的时刻，可是，惊悚一幕又发生了。她向我们讲述手臂的疾患，医生为检验臂丛神经有无损害，竟然建议电击。不知这方法出自何典，有无先例，她呢，欣然接受。这一对医患算是一路货，一个敢做，一个敢当。

她的暴烈不足为奇，令我惊诧的是，在这疾风骤雨的形势之下，彭小莲保持着格外的清醒和冷静。她桩桩件件地处理身后的琐细，枝末到将她的香港交通卡"八达通"交到我手里，去港时好用。卡套里还有一张科技大学的游泳卡，照片上的人，活生生的，真是恍惚啊！所有的善后中，她顶重视的是公证，她托我做这件事，而我心里不情愿。我等待奇迹发生，奇迹也已经发生了。春节刚过，全脑放疗，她挺过来了；静脉化疗，也过来了；三月下旬，许导去看她，回来给我短信："小莲很痛苦，但气势还在。"说得太准确了！可她执意要做，谁拗得过她？其时，因声带压迫，发音微弱，形势逼人，不能再拖了。那一日，她单独在公证室录音录像，久久不出来，我们在外面等得心焦，帮不上忙。某些事必须本人亲力亲为，比如签字，她手臂沉重，握笔困难，还要写繁体字。我说：好了好了，将就点吧！她说：习惯了，怎么办？因晚上有课，只得提前离开，肖元敏和她大姐继续等待。晚上，她来一条短信，告诉事情完成，说，幸亏你走了，否则，我就要大哭！可不是吗？两个女人在公证大厅相拥而泣，多少的狗血！这份公证，是为了遗赠帮助过她的人。我说她没常情，自觉有责任教她。有时带去些点心，叮嘱说要是不吃，就送给制片崔建华，她一日三餐在人家里吃，太叨扰了。这回，她很听话，"哦"地应一声。其实呢，她并不像我以为的那样人事懵懂，心里有数的，不是出于世故，而是感情。还有很多潜质等待我去了解，可是时间不够了。做完这些，自己和自己的较劲也到了尽头。彭小莲终年差一周六十六，无论怎样，长过她父亲彭柏山的五十八岁。

2019年7月13日　上海

（原载《收获》2019年第5期）

晨昏之间

◎汤世杰

　　有点年纪，不用起早贪黑地上班了，清晨照样醒得早。"人老去西风白发，蝶愁来明日黄花。回首天涯，一抹斜阳，数点寒鸦。"读元人张可久《折桂令·九日》，每到末尾这句，便陡生感慨。也未必尽可归咎于年岁，早年无论于公于私，晚睡早起地赶工，家常得很——也不知哪来那么多的事，仿若世界都在肩头，怎么做都做不完。直到去秋，某个清晨与一枚枕头一起醒来，见眼前突兀的一朵菊，一直深秋不写花黄，那时却一苞鼓胀、纷繁的紧致，就要撑破王维的南山了，倒依然隐忍着欲放非放。抟气致柔，能婴儿乎？半晌方有所悟：一株菊，一年就开一次花，着什么急呢？那样的清醒从容，顿时就让我有些羞愧——它醒得更早也更勤勉，似乎在说，别以为你什么都能，一生能做好一两件事就好，最好的时光，自当留给该做也必做的那件事——绽放，余下的，就莫去费那个神了。

　　记着那话，转眼春去夏来。季节变换着，不变的惟晨昏间的些许清雅。忆起普鲁斯特说"生命只是一连串孤立的片刻"，一时间，朝暮晨昏见过的种种，便倏然涌上心头——

　　比如某天早晨散步，见有一只正在花间忙碌的蜂，振翅声虽细弱如无，倒专注得叫我倾倒，就在心里说，愿你永记我注视你的目光——瞬间从来都是永恒。又如，某个晨光和花儿一起映红天空的日子，许久后想起，似乎连自己至今也仍在那些枝头，随风摇曳着。更早些，有一次在腾冲清水乡，清早出去，原说是去看茶山，路过一个村子，见晨光拨开浓密绿树斜斜地照过来，似乎缕缕都伸手可触；人家的灶屋炊烟冉冉，几畦菜园子清霜如雪，皆腾腾冒着热气，日常的人间烟火，一下就把我击倒在自己心里。又有一回，是在元阳梯田，摸黑起床去迎候日出，当几抹带彩的云从头顶飘过，放满水如同大地心镜的层叠梯田里，倏地便凝满了云影霞彩，作为那个时刻的见证，心绪一下就斑斓了起来……

"生命中真正重要的不是你遭遇了什么，而是你记住了哪些事，又是如何铭记的。"（加西亚·马尔克斯）清晨与黄昏，乃一天中至情至性的时段——白天的明亮通透，夜来的黝暗壅塞，大体恒定不变，招至事物层次尽失，惟朝暮时分光影明暗浓淡的匀匀变化，才叫人可见大千世界立体而又悠然的显露或隐匿，真切地觉出时光如何一点一滴地匆匆流逝。时光本无区别，区别只在光影。那时，你才能探得日常难见的深邃、宽阔与某些无人触及的隐秘。于是，李白谓"画堂晨起，来报雪花坠"，杜甫吟"小雨晨光内，初来叶上闻"，苏轼谓"暗香浮动月黄昏。堂前一树春"，闺中的李清照更是心细如缕，道是"梧桐更兼细雨，到黄昏，点点滴滴"。这个自有地球有人类就在着的道理，我却直到老来才明白，真是愚钝得可叹。

　　一夜休憩后，清晨总是清醒的，思绪有纷纭的活跃，就像早年忙碌一天后，午夜常陷于疲惫与混沌一样。如今踱步于早晨清癯的时光，思绪倒丰腴得似总难找到位置安放，偶尔加快步子，无非让它跟腿脚一样，变得稍稍坚韧、结实一点。南国的清晨总是披纱而起，那些云纱雾幔，间常都带着一抹糖色；经夜的沉思后即便有梦，凸显的也是轻盈，要不，整整一夜的苦思苦熬，又哪里值得？这时走在树影草丛之间，眼见着清晨如同锦缎一般的光影，其色可餐，其质可抚，其味可沁，其情亦可以心与共呢。

　　细斟，原来对于人，每个日子的开始，是晨，它的将要结束，是昏。晨昏之间，便是我们的人生了。不知晨昏，何以了然人生呢？这么一想，几乎把自己也吓了一跳！原来几朝几暮间，一生便倏忽而去，如此，晚上的沉思与清晨的清醒，或就不止是个人的一点小事了。

　　春来夏去，万物的心醉神迷，百花的争奇斗艳，皆隐于无声，潜于肃然，连流水都摒弃了无谓的奔腾，宛然若梦。与人间动辄鞭炮齐鸣的节庆剑拔弩张的较劲不同，与浮华的浅薄空洞的喧嚣有别，自然世界常有的，多是无声的狂欢。太多为闹腾而闹腾的闹腾，太多为表演而表演的表演，实在不是智慧生命该有的举止。平常人犯下自己不能理解也无法承担的错，固然叫人悲哀又同情，也就罢了。偶见被著名的著名者的浩然冲天，也不知是否真有点儿底气？学着像那朵菊一样安安静静地做好一件事，或许更好？说来无论你我，都非万能，无力包打天下。如若你一幅将万水千山都涂满虹彩的巨幅画作背后，掩藏的竟是岁月的褴褛与黎民的悲愁，就算得了大奖，又怎能心安？希腊神话中尽日迷恋自己水中影子的纳西瑟斯，最后可是坠水而亡的。

相对于清晨，我似更喜欢黄昏薄暮。索福克勒斯曾说："只有在黄昏时分，才能欣赏到白昼的壮丽。"想着当寂静降服了整个夜晚，回望烟火缭绕的世界，影子总在我之先就已睡着，而翌日清晨，我则总会先于它醒来。偶尔翻看几幅旧时照片，往日的霞光，便又在眼前晃动不已了。透过夜色看到的日常，褪去了虚浮炫光，方更真实。活得旧些，或是对太过新炫的今朝善意的反拔吧？清晨日间的太多思绪，有时连我自己都不知起于何时，盘桓何处，这时便都沉淀得清澈明晰了。孤独于此，听鸟鸣微雨，见花开残春，方知世事间那些隐隐的牵连，尽是些生命的秘密——某日在西双版纳，当那片最为隐秘幽暗的林地，也透出一抹如血夕阳时，一种无以言说的美才显现出来——上苍的智慧，何止叫人惊叹！

也不止在远处。傍晚偶尔路过院子北门，路灯下那片方寸空地，间常就有卖水果卖鲜花的小贩。芒果、香蕉、柑橘和菠萝蜜，都摆在小货车后厢里，鲜亮诱人；成束的玫瑰、月季、百合……则插在自行车后架上马驮似的竹篓中，各自芬芳。一遇有人驱赶，转眼便作鸟兽散，待那些人走了，瞬时又是一派琳琅。偶一回眸中的果味飘香，花色迷人，灯火可亲，总叫人蓦然感动于人间的辛苦与不易，有时忍不住，也不问贵贱，要上两斤水果一束花，慢慢踱回家去。

——如果幼年对应早晨，老来便是黄昏了。人的一生，家事国事天下事，白天为生存奔波，夜来便交予睡眠，真属于自己内心，值得日后反复咀嚼的，也就那么几个有意味的晨昏。古人是极谙个中滋味的：渭城朝雨，长河落日，庭树晓禽，老树昏鸦，清晨古寺，日暮乡关……无数千曲百回的经典瞬间，尽皆晨昏须臾间的点滴人事。该做当做的事，自然要做，可闻鸡起舞，可秉烛夜读，但人非万能，世界亦绝非一根柱子就能撑起，不妨把清晨黄昏，留给一己之心吧。甚至不如就做一片树叶，湮没于茫茫林海，无关名姓，只面对朝暮日月与风雨，自然地生长和消失……

夏天到了。凭谁道已是红了樱桃，绿了芭蕉？虽春行辽远，赏花亦仅一人，倒不寂寥。古来匆匆，时光倏忽，世事料峭。尝记苏子《行香子·述怀》有云，"清夜无尘，酒满十分"，面对"浮名浮利，虚苦劳神"，亦堪"叹隙中驹，石中火，梦中身"。而我等又算得了什么呢？"虽抱文章，开口谁亲"，不妨也学东坡先生，"且陶陶，乐尽天真"。虽亦难如他那样，问"几时归去，作个闲人"，至少也可于晨昏间，"对一张琴，一壶酒，一溪云"吧？

何况，记得前秋那晚，也是须臾之间，那朵菊鼓胀、纷繁的紧致竟终于完全打开，于无声中绽放得有些惊天动地了。隐隐约约，我似能听见它绽放的声音，安静得如此嘹亮，连最卑微的生命，似乎也能听到它一声声秘密的呼唤：盛开再盛开，绽放再绽放……

2019年4月26日于湖光里

（原载《文汇报·笔会》2019年6月23日）

血之源

——《风过草原》续篇

◎ 熊育群

一

进入霄南，脑海里浮现加格达奇的那个早晨，街道上不见人影，半夜3点小城就被太阳照耀。大兴安岭，漫长一夜，火车从北往南没能走出这条巨大山脉。

霄南是广东鹤山市龙口镇的一个古村落，东南绕村的龙口河，从西江流入南海，随大海潮起潮落。村口古码头的大榕树遮天蔽日，四面塘池汪洋一片，潮湿的空气让榕树悬空的气根猛长。

鹤山与加格达奇，不同的两个世界，一条隐秘的血脉正在将它们连接，指向大兴安岭的一个山洞——嘎仙洞。

那是9年前的夏天，我从漠河一路南下，穿越中国北方的大版图，由黑龙江、内蒙古、河北，直到北京，小兴安岭、大兴安岭、呼伦贝尔草原、燕山山脉、华北平原……都是大地理，草原辽阔，山脉低缓，河流岑静，大湖白亮，人烟稀少，世界只在青与蓝中交替。嘎仙洞的出现使得一次漫游变得目标明确——在现实与逝去的时空里，寻觅一个民族迁徙的足迹。

嘎仙洞是一个原始的山洞，藏匿于茫茫大兴安岭中。1980年的一天，洞口岩壁上发现了一篇石刻祝文，它是1500多年前刻下的。那一次刻石行动，记录在《魏书》中：太平真君四年（443），中书侍郎李敞被北魏皇帝委派，前来寻找山洞，并祭祀祖先。他们走了4个多月，行程达4500多里。祭祖是学习汉人的做法，用了马、牛、羊三牲供品，场面十分隆重。

石刻祝文的发现，确定了嘎仙洞就是拓跋鲜卑祖先居住生活的地方，也是他们大迁徙的出发地。一场长达300年的迁徙，鲜卑人从原始森林的狩猎到草原的游牧，再到中原的农耕，伴随着生存方式的巨大改变，他们从一个没有文字、靠刻木纪契的原始部落，成为中原汉民族的统治民族，先后建立了燕、魏、秦、凉等12个政权，特别是北魏统一了北方中国。汉族人3000多年累积起来的文明，仿佛一夜间，他们就进入了。这是一个怎样的文明历程呢？这一历程肇始之地就在这个山洞。而这条迁徙之路正是我南行的路线。

山腰上的山洞，巨大的岩石拱起，洞口向着峡谷敞开，视野开阔。山坡上草木繁茂，遍地开着金莲花、马下芹、百日红、百日紫，颜色绚烂。

祖居之地、祭祀重地被发现了，嘎仙洞却没有后嗣来祭祀。走进山洞，如此荒凉、冷清，不见一炷香火，像洞中深处的黑暗，我感受的是一种生命的空寂。一个曾经强大的民族早已消失在历史时空中。

走出洞口，眺望山脉与森林，想象带领拓跋鲜卑走出山洞的酋长拓跋毛，"聪明武略，远近所推，统国三十六，大姓九十九，威震北方，莫不率服……"一切遥远得像是传说。

二

10年了，一个来自岭南的人孤独地寻找自己的祖先。他坐了四天四夜的火车，跑到了加格达奇。无人为他记下这一笔。他曾经站在洞口眺望，心情远比今日的我复杂，那是一种血脉的回响与呐喊。

那年夏天，一场雷雨将一位年轻女子赶到了他的诊所。来者眼睛四处张望，看到墙上悬挂的执业医生的名字，她的脸上掠过一阵惊喜。在确认眼前的人就是医生后，她好奇地问：你们怎么从大兴安岭来到这里了？被问者一脸疑惑。这个叫李曼华的女子却很兴奋，她是广西民族大学的学生，正在研究民族历史。她说，你的祖先是鲜卑人，来自内蒙古的呼伦贝尔，是从大兴安岭的林海雪原中走出来的。

医生名叫源可就，他是霄南村人。这个村的人都姓源。他们常常会疑惑：为何世上只有他们姓源？

无独有偶，在香港中文大学读书的源月霞，上历史课时，老师对她说，你的祖先是鲜卑人。源月霞感到惊奇，老师怎么知道自己是哪里人？她以为鲜卑是地名，便去图书馆查找。源月霞在香港出生，她的父亲早年从霄南村移居香港。平日与人交往，她的源姓常被人写成袁，人家还质疑她是不是写错了，因为没有听说过姓源的。

旅居香港的源国振听到消息，回到了霄南村，找出压在柜底100多年的《源氏大宗族谱》。他打开包裹的油纸，反复阅读，仍然读不太明白，于是，打电话给珠海的同学源荣枝，让他回来一起解读。也是巧合，《源氏大宗族谱》从台湾传回来了一部。源氏人决心搞清楚自己的身世，他们成立了一个源氏历史文化研究会。

古老的族谱是一条时光隧道，谱写着一个家族的血脉流程，它一直抵达源氏的始祖——鲜卑族南凉国王秃发傉檀的幼子——源贺。

源可就的生活自此失去了平静。他去找村里的老人询问，埋首族谱，在祠堂里察看古旧的字画、雕花、对联，在古巷和古城墙间寻寻觅觅……他寻找着自己身世的蛛丝马迹，得到确证之后，他走上了祖先的迁徙之路。

源氏迁居鹤山的始祖叫源潜夫。公元1273年，他带着三个儿子和一个同父异母的弟弟源学海，从西江大雁山上岸，最先定居于云蓼，后来迁到楼冲。楼冲是片沙滩地，常遭洪水，于是搬迁到了霄南，后来又迁至鹤城，最后还是迁回了霄南，一住就是740多年。

鹤山之前的祖居地在珠玑巷，源氏人在此生活了100多年。再之前，则要追索到南宋建炎年间，临漳与洛阳的源氏祖先会合，从洛阳分两路南下，鹤山源氏的祖先沿着运河往东南方向走，走到了应天府，又改乘船，经山阳到达高邮、泰州、扬州一带。金兵南侵，他们随皇室继续南迁，到达江西的上饶，再经抚州、吉安、赣州，从大庾走梅关古道翻越南岭，落脚广东南雄珠玑巷。

寻根就从珠玑巷开始。源可就组织源氏族人来到了南雄。

珠玑巷是珠三角广府人共同的祖居地。祖先们都从中原迁徙而来，到达的时间相差并不远。寻找源氏居地，当地文化局局长把他们带到了祠堂旧址，源姓人生活过的"大社头"。他们还帮源可就找到了相关的资料……

嘎仙洞进入源可就的视野是在3年后，源可就寻根的视线由此望向了鲜卑人遥远的源头。这段历史源氏族谱并无记载。源可就要找到祖先最初出发的地方，找到鲜卑民族的孕育地。他关了自己的诊所。当时的香港亚洲电视台得知源可就去寻根的信息，派了记者同他一起上路。

出了加格达奇火车站，源可就找到一家寿衣花圈店买了香烛，到水果店买了家乡的水果香蕉，他要以自己家乡拜祭祖先的方式来祭奠他们，希望祖先的灵魂得到安息。

大兴安岭即便孟夏，树林里风一吹，哪怕穿了罩衣，身上也感到阵阵凉意。一年里，植物生长的时间只有3个月。冬天温度降到零下四五十度。对比四季如春的岭南，这里的生存环境无疑是严酷的。祖先在这样恶劣的环境里生活，源可就对他们生出了敬意。在寻找祖先南迁的缘由时，他首先想到了气候。有人研究了鲜卑南迁与当时的气候关系。《后汉书》记载，公元46年北方发生严重干旱和蝗灾，"草木尽枯，人畜饥疫，死耗大半"。同时，北方频下大雪，大雪厚达丈余。在如此恶劣的气候下，鲜卑无法生存而被迫南迁是可信的。

鄂伦春民族博物馆馆长田刚听说拓跋鲜卑的后人前来嘎仙洞祭祖，感到十分惊讶。过去也有一些前来嘎仙洞的人，自称是拓跋鲜卑的后人，但都没有根据，多是附会。源可就是有证据的，他的到来令他无比兴奋。这是他任馆长以来第一次见到拓跋鲜卑后人。

田刚领着源可就登上洞口石级，打开围住洞壁上石刻祝文的铁栏门，指着一行行已经模糊的文字，一句一句给他讲解。因为石刻祝文的出现，可以断定过去的大鲜卑山就是现在的大兴安岭，而非从前认为的外兴安岭或贝加尔湖一带。

源可就在洞中点燃香烛，在一块大石上摆好供果，烧了一叠纸钱。他双膝跪地，合掌于胸，深深弯腰拜祭。这一刻，他觉得祖先的灵魂来到了自己身旁，离他好近。两千年的岁月只是意念中的阴阳之隔。

离开大兴安岭，源可就踏上了祖先南迁之路。他穿过呼伦贝尔大草原，来到海拉尔和满洲里。

千里草原他一路陷入了沉思。一步步挨近了满洲里拓跋鲜卑人的墓地。

旷野无人，车上没有祭品，想到草原上也许能找到鲜花，他在路上拦车询问。一个面包车司机告诉他，前面就有。很近，30公里路。草原上的花很小，源可就问他花是大还是小的。对方答黄色的。再问有没有大一点的，司机说，有，单子梅。

不知道单子梅是什么颜色的花，源可就最希望采摘到白花或者黄花，找到单子梅时才知道它是紫红色的。

源可就在草原上疾走，四处寻觅，手中小小的黄花渐渐积成了一把。紫红的单子梅也采到了。单子梅有枝秆，花朵大一些。

1000多年里，源可就是第一个来祭祀鲜卑人的后人，面对陌生又空荡的大草原，他胸中涌起一种忧伤与惶惑的情感，他相信自己的用心祖先是会看到的。寻觅花束走得出汗了，他脱了罩衣，一会儿下坡，一会儿上坡，草地在他的眼前起伏、抖动，一股荒野之气弥漫，他体会到了祖先走过茫茫草原的艰辛。

这处墓场建成了鲜卑古墓陈列室。挖开的棺木埋在地下两三米深处，上面罩了玻璃。一具完整的人骨，头向北，脚朝南，头骨下有一条条小辫子。尸骨头对着的地方是他祖先迁徙的出发地嘎仙洞。脚对着的地方，是他要迁往的方向。源可就献上一束花，向尸骨三鞠躬。望着森森白骨，他发起了呆……

时空相隔，缈远迷茫，源可就真切感受到没有这些先人，就不会有霄南村的后人。这里无疑是源氏人生命的一个源头。源氏族谱不能缺少这一段历史，他要把它补写进去。

三

鲜卑源于东胡，出现于秦末。他们在大兴安岭过着游猎生活，男人伐木、打猎，女人驯鹿、采野果、做家务，劳动成果按户平均分配。

进入草原，他们开始逐水草而居，鲜卑迅速分散为多个部落。拓跋毛五世孙拓跋推寅南迁到"大泽"落脚。大泽位于现今内蒙古翁牛特旗科尔沁。拓跋推寅的八代孙拓跋诘汾再度向西南迁徙，走到了匈奴莫顿发迹的阴山。

拓跋诘汾儿子众多，他死后，幼子力微继位，长子匹孤被冷落。不久，匹孤率领数千人马离开阴山，西迁到了河西走廊一带游牧。他们发展壮大后，以河湟流域的西平、乐都与河西走廊武威一带为活动中心。匹孤的八代孙秃发乌孤在公元397年建立南凉王国。而力微的后代拓跋珪于公元386年建立了北魏王朝。秃发与拓跋，同一血脉的两个分支，相同的读音不知为何变成了不同的文字。

公元414年6月，南凉被西秦所灭。凉王秃发傉檀投降，一年后被毒死。太子虎台被杀。外逃的子孙，保周、破羌兄弟俩逃到了河西走廊的北凉，后又投奔北魏，分别被太武帝拓跋焘封为张掖公和西平侯。延和三年434秋天，破羌随拓跋焘征讨北部山胡，因功召见，赐姓源。迎讨北伐的南朝宋军时，破羌战功显著，拓跋焘再赐他名"贺"。从此，破羌以源贺名彰于世。

源贺转战东西，为北魏统一北方，立下汗马功劳，他撰写的《十二阵图》成为重要军事著作；出牧地方颇有政声；太武帝被奸臣杀害，他统领禁军平叛；献文帝卒，他坚决站在冯太后一边，交帝玺于五岁的孝文帝拓跋宏。孝文帝改革，特别是施行鲜卑与汉民族融合的政策，使得北魏不断发展壮大。

源氏家族从此繁盛显赫，在魏、齐、周、隋、唐成为望族。家族血脉从源贺开始，传至唐代，源氏有名的人物达80余人，进入《魏书》《北齐书》《隋书》《北史》《旧唐书》的有20多个，如源延、源怀、源绍、源子雍、源延伯、源子恭、源纂等北魏名将名臣，北齐大将军源彪，隋时源文宗、源师、源雄等，唐代源贺七世孙源乾曜为唐玄宗宰相，霄南源氏从他的血脉下传。《全唐诗》收录源乾曜诗4首。源乾曜曾孙源寂以诗与刘禹锡、白居易、张籍等唱和，留下佳话。源氏家风素有口碑，源贺的遗训成为源氏家训，传至今日⋯⋯

四

失传的家族史一旦赓续，霄南村人明白自己的身世后，就再也按捺不住了。他们寻根问祖的愿望强烈萌动起来，一场20多年的漫漫寻根路从此拉开，100多人次走上了祖先的迁徙之路，行程数万公里。

源氏历史文化研究会向江西、贵州、重庆、湖南、湖北各地发出了寻亲信，寻找可能存在的源氏族人。然而，没有得到期待的回复。会长源荣枝向几十个县的地方志办公室、博物馆、文物局打电话，询问有没有源氏，得到的也全都是否定的回答。

2006年5月的一天，源荣枝又在网上浏览，发现了一个叫源书城的人，家住河南方城县东厂坡村。他立即搜寻方城县的地理位置，马上找到方城县地方志办公室电话。接电话的是一位姓白的主任，他告诉源荣枝，方城确实居住有源姓人，他答应帮忙联系，并约好下午3点，要源荣枝在家等电话。

源荣枝等啊等，感觉4个小时等待的时间好漫长。他一直处于亢奋状态，午休也不能入眠。3点整手机响了，源荣枝手颤抖着按下接听键，一个洪亮的声音传了过来，他们互相问候后，对方说："我是源贺的后代源家大院的源书旭，你也姓源吗？"

源荣枝屏住呼吸，一时说不出话来，声音颤动着，哑哑地低沉地回答："对！我也是源贺的后代，哎呀，可找到你们啦……"他激动得眼里溢出了泪花。两个从部队转业地方的人，喊操似的，说话声越来越大，几乎喊起来了。源书旭浓浓的河南口音让源荣枝感觉既陌生又亲切。一个小时不知不觉就这样过去了。

10天后，源荣枝和源景林、源景新赴方城"探亲"。汽车到达方城县车站已是晚上7点多钟。源书旭兄弟俩早已等在车站。出口通道上，一个中等偏胖的魁梧男子，源荣枝与他目光一遇，彼此就认定了对方。源荣枝迎了上去，问："你是书旭兄弟吧？"对方忙说："是，是，我是源书旭。"他们一下紧紧抱在一起，激动得哭了起来。

源书旭喃喃地说："我们找你们找了几百年啊！今天终于找到了！"他突然想起什么，松开手，说："你姓源吗？水源的源呀。"源荣枝答："是。""请把你的身份证给我看一下。"源荣枝掏出身份证递给他。源书旭看着看着，说："没有错，没有错，是兄弟！源贺的后代。"于是，他们又拥抱在一起。

旁边的人看到两个大男人又是抱又是哭，不知道发生了什么事情。看热闹的人把出口堵塞了，后面的人大喊：前面让路，让路。他们让到了通道边上。源荣枝发现身份证不见了，四处寻找，不见踪影。最后，发现粘在自己的鞋底上。

第二天，他们来到了东厂坡村。全村过节一样，二十几个人夹道迎接，把霄南三位贵客迎到一座大院里。村里的长者一个个拥抱他们，每个人无不热泪盈眶。东厂坡人慨叹，寻找源氏家族几百年了，洛阳、郑州找过，山西的大槐树也去找过，一点音讯都没有。

院子里两张大桌，摆满了糖果花生。柴火灶里，正飘出饭菜的浓香。源荣枝看着青砖青瓦的老屋，房屋矮小，短的檐小的窗，沿院墙堆着玉米棒子，院子里种了花花草草，笼子里关着鸡鸭，河南乡音绕着耳边说个不停，本是完全陌生的地方，却有一种奇妙的熟悉感。

源荣枝一心想了解东厂坡族人生活得怎么样，有什么家族的痕迹没有，有没有祖先传承下来的东西。村里没有祠堂，有人找出了一个明代纯铜的马镫，有人找出家训。源荣枝捧在手上细看，家训跟霄南村一样，只是表述有些不同。他感慨祖先一路迁徙，什么都可以丢下，唯独家训不会忘记带上路途。

一位参加过解放战争的老革命讲起东厂坡村的历史。他们的祖先因为与父母顶嘴，负气离家出走。一对箩筐挑着两个孩子，从洛阳方向走出来，往南一直走到了方城。起初他们做药材生意，儿子孙子也跟着做，生意一直传承下来，成了家族生意。现在北京有源太恒开的源氏春源堂，还开办了一家国际中医研究院。

春源堂在嘉庆七年创办，清代时家族生意达到顶峰，建了很多家中医药铺。鸦片进入国门后，家道因子弟食吸鸦片而败落。为了拯救家族，族人在离县城约二十里路的地方买下一块地，举族离开县城，脱离鸦片场所，迁到了乡下。这就是东厂坡村的来历。村里现有源氏后裔300多人。

翌日，依依话别，又是泪眼婆娑。源荣枝一行三人要去洛阳。

洛阳是源氏必去之地。源氏先人生活过的地方有平城（大同）、洛阳、临漳、长安等地，洛阳始终被视作家族的中心。源氏家族自公元494年迁到洛阳，渐渐成为世居洛阳及周边郡城的大家族。他们在此生活了600多年。一部分族人随北齐政权迁居现今河北临漳，但他们仍以洛阳人自居。隋唐特别是唐代，源氏有人在朝廷任要职迁居长安，但无论多长时间，他们仍视洛阳为家乡。族人认同洛阳为他们离开西平后的共同故乡，死后都要归葬洛阳北面的邙山祖茔。

在洛阳，源荣枝打电话联系上了洛阳姓氏研究会会长姬传东，告诉他去邙山祖茔祭祖的想法。姬传东说，邙山不是一座山，是一条大山脉，在洛阳的北面，沿黄河南岸绵延一百多里。不知道祖茔的位置，怎么去祭祖？

茫茫山岭何处是祖茔？走一趟邙山还有意义吗？

三个人上了路，来到一片山地前，不知道这里是不是邙山。问路人，对方好奇地看着他们，反问他们要去哪里。源荣枝说，邙山，有坟墓的地方。那人手一挥，到处都是。

踏着一片薄阳，走在低矮的丘陵间，果然到处是乱葬坟。田野上，不时出现一座孤峰一样耸立的皇家陵墓。祖先的墓地在哪里呢？黄土地，青青的小麦，高耸的杨树，星零的屋舍，远处隆起的山包在视野里延伸，一种怅惘的情绪强烈笼罩。他们停下脚步，向着烟蓝色的远方遥遥祭拜。

姬传东知道他们一无所获，便推荐他们去洛阳古墓博物馆。

源荣枝在博物馆说明了来意，工作人员十分热情，不但不收门票，还主动带着他们去看北魏皇帝的陵墓。这是一座建在地下按原大仿建的北魏皇帝陵墓。入口有两条石狗，狗脸拟人化，造型有些狰狞。源荣枝疑惑地问，为何陵墓没有用狮子？馆员解释，鲜卑人是不用狮子的，他们是游牧民族，草原上居无定所，只有狗能把死者灵魂带回到亲人身边去。

第二次再去洛阳，源荣枝听从古墓博物馆馆员的推荐，打算去新安县的洛阳千唐志斋博物馆。他事先做了很多功课，从网上买到了《隋唐墓志辑绳》，从书中发现了源氏祖先的墓志。这次寻根，霄南有18人报名参加，身患绝症的源沃珠也报了名，组织者劝他不要去了，他发火："你们不应该阻止我行孝嘛，这可能是我最后一次机会了。"他坚持让弟弟陪着来。方城东厂坡村一对年轻夫妻也加入了他们的行列。

中巴车进入新安县时下起了小雨，通往博物馆的路正在维修，副馆长柳海峰闻讯特地开车前来带路。

千唐志斋博物馆收藏有1000多块墓志，一块块嵌在地下墙壁上。源氏先人墓志收藏了12块，有男有女，男性的5块属唐代，1块属北宋，其中有唐朝刺史源光乘、北宋尚书兵部郎中源护。

源氏后人寻根寻到了博物馆，这样的事情在馆里还是第一次发生。博物馆以非常隆重的礼节接待他们。柳海峰亲自为寻根团讲解。他们一个个墓志查找。

源光乘的墓志出现了，墓碑特别大，标明了出自邙山墓园。寻根者一拥而上，头碰到了头，大家忘了痛，眼睛都盯着源光乘的名字，一双双手不停地抚摸，有人开始流泪、哭泣。参观的游客不知道发生了什么事情，也拥了过来。

源沃珠"嗵"地跪了下来，他百感交集，一边摸着墓志，一边流着泪。他把此行当作自己最后一次行孝。他的生命已经走到了最后时光。回霄南不久，源沃珠就去世了。

在博物馆后山，举行了一场祭祀仪式，上面是"鹤山源氏洛阳寻根团"的横幅，下面竖着一块5米宽、2米高的红色绸布，绸布上用黄色字喷写了源光乘、源护等6位先人的名字。香烛、纸钱、纸扎莲花、苹果……长长的鞭炮在雨中炸响。祭祀者头发淋得滴水，谁也没有动。一个千年心愿今日得偿，所有人进入冥想，思绪绵绵，既欣慰又感伤，还有些许生命的迷惘、惆怅……

源沃珠说："1000多年来我们源家无人来拜祭过，我为祖先上几炷香圆了个心愿，这一辈子我满足了。"

馆长知道源氏祖茔所在地，在邙山北麓靠近黄河的一个地方。寻根团一路找去，那里已是一片工业开发区，到处是水泥马路和工厂。望着成片的厂房，寻根者个个都是失落的眼神……

又是一年春天，源氏族人的寻根在向着时光深处推进。他们获悉西宁市人民政府正在修复南凉虎台遗址公园。这个遗址是西宁城西区的一座土台，它极可能是南凉王国建都西平时期，第三代君王为太子虎台修建的阅兵台。源氏族人经多方联系，最后，西宁市政府同意他们参加虎台遗址公园开园仪式，并进行寻根祭祖活动。

霄南村近湖源公祠楹联写有："发源由北魏，晋爵纪西平"。以前霄南人不知道"西平"是什么意思，现在明白西平就是现在青海的西宁，源贺就出生成长在那里。他8岁那一年，虎台太子被西秦王杀死，源贺跟着哥哥保周从西平逃到了北凉。源氏家族在长达200年的时间里，视青海西平、乐都为故乡，对它产生了浓烈的乡愁。

4月，西宁市园林局向霄南村源氏恳亲团发出邀请函。

4月底，源氏恳亲团一行19人抵达西宁。源氏族人举着绣有"源"字的族旗，拉起"南凉后裔源氏寻根团"的横幅，进入会场。源荣枝代表源氏家族发言。他们在三王像前献上香烛纸钱、挽联，鸣放鞭炮，全体成员肃立于族旗下，向塑像三鞠躬，环绕三王一周。最后，将族旗、《源氏大宗族谱》《源贺列传》影印版、《南凉后裔今何在》文章以及霄南村的一些照片，赠送给公园古代民族融合文物展览馆。81岁的源可森激动地说："今天我把祖先找到了，百年之后，我也来这里陪伴他们。"源荣照说："我们找到了根，真正找到了自己的故乡，把寻根的梦变成了现实！"

寻根团第一次来到了日月山，看到了青海湖和高原牦牛。

源荣枝想起5岁那一年，他跟爷爷放牛，下雨了，爷爷把他拉到蓑衣里，跟他说，听说我们的祖先是鲜卑人，在很远很远下雪的地方。他现在跑的地方都是冬天下雪的地方，离霄南已经很远很远了，有的地方甚至终年积雪。他耳边不时响起爷爷的声音，感觉自己正在走向祖先。

到祖先生活过的地方寻访——这个愿望一经萌动，就成了源荣枝余生的追求。

他去甘肃张掖寻访的那一年，得了急性肝坏死，医生说再多活两个月。这时他想到了保周、源贺两兄弟。回到村里，得到族人同意，他在荷塘边种了两棵榕树，称他们为兄弟树，就是为了纪念保周和源贺。保周晋爵张掖王后，乘手中有兵之机，企图复国，于是公开叛乱，被拓跋焘派兵剿灭，得了个"穷迫自杀，传首京师"的下场。

源荣枝来到了张掖，他打上一辆的士，围着张掖转了一圈。车到东面一个山包下，他叫停车，让司机等他一下。他爬上了山头，放眼眺望眼底山河。太阳正在下山，一团残云裹着夕阳徐徐降落。天地一片玄黄、凄凉，很快变得昏暗……

第二天他去了博物馆。寻寻觅觅，保周的痕迹什么也没有找到。

又有一次，他从青海到了西安，直奔青龙寺去，为的是寻找源寂的蛛丝马迹。源寂当年就在青龙寺出家。他出使新罗时，刘禹锡以《送源中丞充新罗册立使·侍中之孙》相送："相门才子称华簪，持节东行捧德音。身带霜威辞凤阙，口传天语到鸡林。烟开鳌背千寻碧，日浴鲸波万顷金。想见扶桑受恩处，一时西拜尽倾心。"源寂出家为僧后，郎士元、薛能等人仍与他唱和，薛能写了《赠源寂禅师》《夏日青龙寺寻僧二首》。

青龙寺是佛教八大宗派之一密宗祖庭。唐时为佛教真言宗祖庭。现时仿古建筑保留着唐代风格，重檐高阁，气势不凡。遗址博物馆更是气魄宏大。源荣枝找到住持，打听源寂的情况，住持不知道源寂，反找他寻求材料。

与源荣枝一样，旅居加拿大的源志藩经常回国寻根。他根据自己找到的材料，写了《鲜卑遗民，源氏源流》一书。2016年，他来到了大同。这里是源贺当年投奔北魏的地方，古称平城，是当年北魏的首都。源贺投奔北魏直到去世，都在平城度过。北魏迁都洛阳是源贺去世15年后。源贺死后陪葬于金陵。金陵找寻不到，源志藩却找到了琅琊康王司马金龙的墓地。原来司马金龙是源贺的女婿，源贺女儿钦文姬辰跟他合葬在一起。

找到源贺女儿这是源氏家族的大喜讯，源志藩激动得打电话到霄南，全村人都很兴奋，大家奔走相告。他们又开始酝酿着组团来祭祀……

五

霄南是个水乡，池塘成片，水系相连。夏天莲花曜村，荷香十里。先人们从福建运来了花岗石，铺出一条条巷道，疏挖了一条护城河，建城墙、修祠堂，用水磨青砖精心砌出一栋栋饰有雕花栏杆的小楼。他们将村名取作坚城村。

坚城村四方城墙以东、西、南、北四个大门与外通行，西北方为正门，面朝南凉故国方向，源家人称其为迎龙闸。大门形似洛阳白马寺门楼。村的布局仿南凉国都乐都城。他们挖一方、一圆两口井，唤作日月井，为的是不忘青海的日月山。

鹤山有民谣唱：嫁女嫁霄乡，霄乡好地方，出门石板路，夏秋鱼米香。

我曾三次进入霄南村。两年前第一次进村时见到了源可就，他已是70岁的老人了。看香港亚洲电视台拍他嘎仙洞之行的片子，那时他还是半百之年。抱了一份好奇，明知道鲜卑人北魏时期就开始汉化，北齐时源师曾被后主高纬的宠臣斥责为"汉儿"，所谓"泼墨汉家子，走马鲜卑儿"，霄南不可能还保留有鲜卑人的特征，但我心里还是期望有所发现。

村口出现了镬耳山墙、红灰色筒瓦的岭南建筑，期望被兜头浇了一盆凉水。珠玑巷南迁的北客早成了广府人——岭南文化的主体之一。散落于珠江三角洲的村落，尽管村落里的人来自中原不同的地方，但他们都有一个共同的祖居地——珠玑巷。几乎所有的族谱都指向了这个共同记忆。也许正是基于构筑祖先的共同记忆，一个民系得以形成。源氏后人也不能例外，他们首先是广府人。

走进霄南街巷，初一看，它与周边古村落没有太大差异。第一个出现的人是个中年妇女，我不能确定她是不是源氏后人，直到男人出现，我观察他们的脸，黝黑的皮肤，凸额凿齿，这与广府人的面部特征并无太大区别。

村中心的房屋与村口有些不一样，老房子檐短窗小，青砖的人字山墙，墙顶无檐，只有盖瓦，麻石门套，大门出檐也很短，隐约可见四合院的影子。石板巷麻石直铺。顿时感觉到一种北方干燥的尘土味。这样的建筑从黄河一带往北都是如此。窗小在北方是为了御寒，岭南据说是为了守住家财。

只有祠堂是珠三角典型的宗祠建筑。最先进入视野的是乐隐源公祠，面阔三间，两进一天井，抬梁与穿斗式混合构架，石柱石梁的前廊，硬山式屋顶，碌灰筒瓦，屋脊、筒瓦笔直，屋脊上高高的灰塑雕花博古脊，堆砌了博古头、仙鹤、凤凰、鸳鸯、金鲤、麒麟、荷花，寓意鸳鸯戏水、丹凤朝阳、麒麟赐福、鱼跃龙门等吉语。宗祠楹联写道："华胄开东粤，明禋祀北平"。全村这样的源氏宗祠有 9 座。村里曾发现源西平堂牌位、北魏太武帝题写的"与卿同源"的大匾。西平堂就是源贺，这个始祖神位是屋主"文革""破四旧"时从垃圾堆偷偷捡回来的。

霄南村由霄乡和南安两个村合并而成，人口不足2000，有超过一半的人口从这里迁去了江门、广州、佛山、南海、顺德、乳源、新会等地；也有迁去香港、澳门、台湾地区的，人数很少，但彼此来往密切；有下南洋去海外谋生的，到了新加坡、越南；民国初年有人远迁到了日本、美国、加拿大、澳大利亚、英国等国。源氏总人口加上河南方城的大约4000人。从霄南走出去的源氏后人看到族人寻根的信息，纷纷回到霄南。他们大多出生在海外，有的娶了洋媳妇，有的嫁给了洋人，有的是混血儿，从没有回过家乡，但他们都有一个源姓的中文名字。他们走进源氏祠堂，以家族祭祖的方式，给祖先神位供果、上香、叩头，聆听长者解读祖训。

站在乐隐源公祠广场上，前面和侧面是宽阔的莲塘，岸边榕树以纵横交错的根系疯一样生长，四季常青。想到"厥土昏冥沮洳，谋更南徙"，鲜卑嘎仙洞的祖先做梦也想不到，自己的子孙会迁徙到南海之滨，更想不到从这里，又迁徙到了地球的各个角落。

在霄南村居住的人并不多，不少旧屋空置。我打电话给源荣枝，他在深圳刚做完一个大手术，谈起源氏家族的事情，他强撑着，直到我们说完了，他才告诉我病情。在珠海见面时，他又做过一次小手术，我见他身体虚弱，他才说出了实情。当时他正忙于写源贺传记的事情，收集了大量资料。我们在村里见面，是我第三次来霄南，他与人合作的源贺传已经出版，我与广东的散文作家们在村里找到了一栋可供写作的老屋。

中秋节他邀请我来霄南过节。村里大摆筵席，家家盛情邀请亲朋好友一起相聚。源氏族人有豪放之风，大碗喝酒，大块吃肉。他们特别喜欢吃牛肉，霄乡曾经是广东有名的牛市，他们把当天的新鲜牛肉放入火锅涮了吃。源氏后人还发明了一种甘和茶，这种凉茶在华南和东南亚风行了100多年。

乐隐源公祠广场，晚上村民们搬来了桌子，摆上了鸡、月饼、水果等贡品，男女老少穿着盛装来到广场。他们不是为了赏月，而是为拜天神烧番塔。8点，点燃了鞭炮。鞭炮声中，族长上香、敬酒，宣读祭文，祈求天神赐福，保佑源家五谷丰登，家族平安，兴旺发达。人群跟着族长向天神三鞠躬。

音乐响起，族长开始点番塔。番塔用砖砌成疏眼筒塔，高4米，塔底放了干柴。大火中有人把青毛竹、盐、鞭炮投入塔里，砰砰嘭嘭的爆炸声里，火星溅起、腾飞，飞向天穹。人群手拉手围着火焰又唱又跳。他们唱《敕勒歌》："天苍苍，野茫茫，风吹草低见牛羊……山寂寂，水殇殇，纵横奔突显锋芒。"这习俗或许与鲜卑人祭天或烽火台有关，还与萨满教有关。

春节、端午、中秋三大节日霄南村都要祭祖，师公歌婆唱歌酬神。村里有土炕式的大床，族人睡觉喜欢裸身，喜欢喝茯茶式的饮料，语言有不少倒装句。以前"起学"有叫开笔礼的习俗。天未亮，父子打着灯笼提着装有纸笔墨和红糖的藤荚，踏着月光，来到源氏宗祠，举行拜孔圣人和启蒙老师的仪式。孩子爬梯上神台敬神，每爬一级吃一只角仔，寓意步步高升。返学也打着灯笼，家长将灯笼拿回家中大堂挂起来，要让它自己熄灭。

源荣枝请了郑州大学文学院的院长，给族人讲授源乾曜的诗歌创作。那天，乐隐源公祠广场坐满了人。人们鸦雀无声，听得全神贯注。讲授者激情奔放，洪亮的声音回旋在祠堂上空。这些以耕种养殖为业的人，平生第一次接触诗歌，听得似懂非懂，但肃穆又认真的神情，却是对祖先对文学的虔诚敬意。

我感到意外的是，今年元旦，霄南青年与孩子穿的衣服、跳的舞蹈大不一样了。他们在寻找祖先的服装。霄南把大兴安岭鄂伦春人戴的鹿角皮帽拿过来了，把鄂伦春的服装作为重要参考，他们研究设计鲜卑民族的服装。这些衣服模仿了鄂伦春族，也有蒙古族风格，还看得到青海少数民族服装的影子。黑与白的长靴，靴上图案似曾相识。胸前、头顶长串的饰物，有珍珠、珊瑚珠、玳瑁珠，这些又是西南少数民族喜欢佩戴的饰物。帽子既有蒙古族的尖顶式，也有云南少数民族特别是哈尼族、撒尼人的平顶帽。服装让人想到这些民族之间隐秘的关系。孩子们梳起了小辫，戴上五彩串珠，系上金腰带。这些五颜六色既熟悉又陌生的服装，围着广场起舞，像草原上的节日，一张张相迎的笑脸，似乎是霄南人又不似霄南人了。这一刻，霄南村变得有些异样……民族的记忆正在重构。这是政府旅游开发的目的，还是村民的愿望？或者，共同的需求正在改变着霄南。

20年的寻根路改变了霄南。当地政府帮助改造了东湖公园。整治村容村貌，重修了乐隐源公祠。建起了源贺纪念公园，雕塑了一座源贺铜像。源氏祖训被中纪委选入"廉史镜鉴"。村里建起了鲜卑历史展览馆、村史民俗文化馆和冰心奖儿童图书馆。石器、木棺、桦皮器、骨器在霄南出现了；撮罗子式的方形帐幕，驯鹿的皮帽，桦树皮制作的弓袋、箭囊、壶形器、罐形器和"圆牌"，珠饰、骨镞、骨扣、骨饰、骨鸣嘀、骨弓弭、骨刀把……或以仿制品，或以照片，在霄南出现，人们对此不再陌生。

这一刻，我在沉思。拓跋焘派李敞来嘎仙洞祭祖，那是公元443年。源贺公元423年来到平城，祭祖这一年他在平城已经生活了20年。作为太武帝的重臣，祭祖队伍从平城出发，又是史书大事，古代国之大事在祀与戎，筹划与送行，不可能没有源贺的身影。鲜卑人第一次回到嘎仙洞，到嘎仙洞重现天日，源氏是鲜卑出现的唯一后人。

源可就孤身一人前来祭祀，与当年浩浩荡荡的祭祀队伍，落差之大，多少历史的兴衰藏匿其中！同样是首祭，意义虽有不同，但都重大，可供品味的东西实在太丰富了。前后两次都有源氏参与，首祭之时正是源氏之始。时间仿佛就在源氏的瓜瓞绵延中展开。时光里的波澜壮阔，时光里的永恒瞬间，时光里的兴替交织、沧海桑田，时光里的迁徙，时光里民族的融合……一部历史的话剧就在天南地北、在一个家族的命运起伏中演绎！

堪可告慰的是，鲜卑人的香火仍然得到了延续。当年的那场大迁徙，在遥远的岭南找到了历史的回音。它回响的时空是这么壮阔、浩荡和悠远。

2019年2月15日

（原载《收获》2019年第3期）

家住百万庄

◎彭　程

一

第一次走进这里时，我并没有想到它会有什么不同之处。

那是三十多年前，1987年的春末夏初时节。那时我在北京已经生活了将近七年，大学四年，然后是工作三年。那时候城区还没有像后来那样膨胀，住集体宿舍的我，周末经常骑着一辆自行车，在京城的大街小巷里闲逛，自认为对很多地方都很熟悉了。

这一带就更是如此。读大学那几年，多次从海淀乘坐332路公交车到动物园总站，再换成102路，经过二里沟、百万庄、甘家口商场、甘家口，在阜外西口站下车，再步行到解放军报社西边的一条胡同里，表姑家住在那里。因为经过的次数多了，虽然从来没有下过车，我对途中百万庄站马路东侧那一片叫作百万庄的地方，却无端地觉得并不陌生。

但真正走进这里，这是第一次。我是从南城虎坊桥的工作单位附近，乘坐102路来这里，走的是和以往相反的方向。车降低速度驶入百万庄站，我看见她站在站台上公交车标牌前面的位置，身着白色运动衫和深蓝色灯芯绒裤子，望着前门，表情中有几分羞涩、紧张，但又努力装得平静。不知为什么，我原本忐忑不安的心情一下子变得轻松了。我故意移到后门下车，从站台后面的自行车道上走到她的身后，本来想拍拍她的肩膀，抬起手又放下了，只是叫出她的名字。

她惊讶地转头，有一点意外，但瞬间笑容浮现。

我跟着她，返身向后走不多远，就是十字街口，然后向东沿着百万庄大街，去百万庄午区她的家里。那时街口东北处是一个公共澡堂。从门前经过时，恰好几个女孩子推开门走出来，脸庞鲜艳红润，头发湿漉漉的，一股雪花膏的浓郁气味扑面而来。

<h1 style="text-align:center">二</h1>

　　走进这一片区域之初，就有一种异样的感觉。这有些出乎意料。

　　前行不久，喧嚣的车水马龙声便隐去了，眼前是一排排的红色小楼。那时，城区内的建筑主要是二十世纪七十年代以前的楼房和大量的平房，高低错杂。但这一带的楼房样式，和别处居民区看到的那种千篇一律、单调呆板的模样很不一样，都是三层高的楼房，一律红砖墙、坡屋顶，显得沉稳雍容，有一种特别的个性和美感，就像从人群中看到一位气度不凡的人物。

　　第一次的印象总是特别深刻。

　　初夏的阳光明亮灿烂，轻风摇动树冠，在地面上洒下跳荡的光影。楼房不是在别处看到的那样横平竖直地排列着，而是纵横围合，错落有致，掩映在绿树丛荫中。每个楼门都是木质门窗，阳光照射在红色的油漆上，格外鲜艳。有的楼门上方的屋檐上长了杂草，随风摇曳。楼门两旁，往往用木棍或者栅栏围起来一个长方形的小园子，里面栽种着花草菜蔬。在楼群中穿行，仿佛处处相似，但又处处不同。记不得转过几个弯，好几次由西向东又由南向北，走到一个楼门口，她停下脚步说：到了。楼门左右有几棵槐树，正值花期，一簇簇洁白的花瓣累累垂垂，挂满了树冠。一阵微风拂过，一股带着甜丝丝味道的浓烈香气扑面而来，让我不禁有片刻的恍惚。

　　如同它独特的外貌，这一片被命名为百万庄住宅区的小区，的确身世不凡。它于五十年代中期建成，是当时的一机部、二机部、三机部的宿舍，可以说是第一批国家公务员宿舍。这些用数字命名的机构，也就是后来的机械部、电子部、航天部、地质部等部委的前身。这个苏式风格的建筑群，在当时堪称是京城最高档住宅区，让无数人羡慕。

　　当然，这些是我后来才了解的。我还知道，这个小区的设计者是著名建筑设计大师张开济，天安门观礼台、国家历史博物馆、钓鱼台国宾馆、北京天文馆等知名建筑，都是出自他的手下。作为新中国最早自主设计的居住小区，百万庄住宅区是上了教科书的样板小区，对全国的居住区规划曾经产生过深远的影响。

因此，当几年后已经在这里安家时，在一次媒体同行的集会上，一位北京出生长大的女记者得知我住在百万庄时，表情夸张地表示羡慕，说那里可不得了，那是"北京的曼哈顿"。当时，一本名叫《曼哈顿的中国女人》的书正在畅销。

三

第一次后，便是许多次，多到记不清次数。有时是乘坐公交，102路，或者是从小区东边展览路下车的15路，有时则是骑车。小区里的宽街窄道、房前屋后，两个人走过的脚步，总该以十万为基本计数单位吧？有几次看到一个中年人，拿着一个日本产的计步器走路，觉得很稀罕，女友说他是旁边楼门里的邻居，从事外贸工作。终于在两年后的1989年，我搬进了这里，从此生命纳入一条新的轨道。

我比大多数同龄人幸运。成家后，即住到了岳父母家提供的一居室单元楼房里，而报社同事那时正在为争取到一间集体宿舍作婚房而煞费苦心。妻子当时大学毕业留校任教，百万庄离位于中关村的大学校园不远，上班方便，岳父母也舍不得女儿搬到外面住，便将他们老两口住的这间房子腾出来给我们，自己搬回去和妻子的外婆一同住，就是我第一次上门时的那个小两居，此前妻子一直住在那里。这个住处离那边不到一百米远，在午区的东边，是二十世纪八十年代中期建造的那种个性模糊的房子。出了朝北的楼门，隔着一道围墙，就是部里的幼儿园。下一步的事情都不用操心了。

我感恩于这一份命运的眷顾。

九十年代的情形，如今回想起来，就像隔着一层毛玻璃，影影绰绰，又仿佛写意画的境界，细节不甚分明。有两年左右，日子单纯轻松，周末两人一同骑着自行车，去附近的玉渊潭或紫竹院公园游玩，去红塔礼堂看一场新电影，去中国美术馆参观画展。生活和心境，都更像是此前状态的延伸。

然后记忆变得丰富鲜明起来，转折点便是女儿的诞生。一连串的画面烙印在脑海里。得知消息后，母亲第二天就从河北老家乘车来京，从永定门长途汽车站下车，再换乘102路到这里。进门时，她拎着一个很重的帆布包，气喘吁吁。里面装着她自己制作的一个门帘，是将旧挂历纸按照尺寸裁剪开，卷成一个个中间粗两头细的纸卷，用胶水粘牢，再用结实的丝线穿起来，当时正流行。门帘很重，我提起来都费劲，何况她还带着别的东西；在开头的两三个月里，女儿放在姥姥家，因为早产，让她自然熟睡是一件困难的事情，常常要一边抱着她来回走动，一边哼着歌谣，才能催眠。看着她睡熟了，才敢小心翼翼地放到床上，但常常刚放下就又惊醒，哭闹起来。那段时间，西昌卫星发射中心有一颗商业卫星未能发射成功，电视直播了现场画面，我们就把这种情况戏称为"发射失败"。

那时，妻子姐姐的男孩也才几岁，每次来时，都像看玩具一样地盯着婴儿看，做鬼脸和怪动作。家里电话一响，他总是抢着去接，奶声奶气地问"您找谁"？有几次我给家里打电话是他接的，告诉他"找你毛毛姨"，他还不会人称转换，"找你毛毛姨啊，您等着啊"！几年前他也已为人父，对待宝贝女儿的耐心和细致，比当年的我可要强上多少倍。

还有姨姥姥，妻子的姨妈。那时她已经退休，数年中多次从新疆来京，因为儿子从北京一所大学毕业后留京工作。每次来都会住上一段时间，陪伴九十多岁的老妈妈，也帮着照料女儿。当年因为家境贫寒，她出生不久就被送给别人抚养，那家人待她很好，几个哥哥像对待亲妹妹一样呵护她。她二十世纪五十年代中学毕业后，响应支边号召从湖南老家去了新疆，后来找的丈夫也是湖南人。家里有一张褪色的照片，年轻的她健康秀丽，笑容欢快，穿着洗得发白的列宁装，一条粗壮的大辫子搭在肩膀上。

几年过去，女儿上了家门口的幼儿园。每天早上我们送进去，下午岳父岳母接回自己家，我们下班回来后再过去接，通常都是吃过晚饭才回自己家。岳母做得一手好菜，人又热心，老家湖南江西一带不断有拐弯抹角的亲戚来，带着腊肉和腊鱼，以及有一股烟熏火燎味道的茶叶。

这样一些事件和场景，构成了我对那段时间的个人记忆：电视剧《渴望》热播，人们见面都会谈论它；街上到处跑着黄色的"面的"，十块钱起价；好像每个人都有BP机，蛐蛐般的叫声此起彼伏，公用电话前经常排队；装一部电话机要五千元，为了能尽早安装，托关系给电话局打招呼，还请上门的工人吃了顿饭；大街小巷里都有货摊，南边的百万庄大街上，农贸市场占去了半条街；很少下饭馆，都是在家里招待亲戚朋友，炒一大桌菜；农产品十分便宜，蔬菜水果一买一大堆。

四

我还记得一些邻居们。

这里是国务院八个部委的宿舍，因此居民主体是机关干部和知识分子，老一辈的人说的是各地的口音。对门的郝伯伯刘阿姨，都是一口浓重的山西话。外孙女跟着老两口住，一个胖乎乎的小丫头，喜欢坐在门槛上吃冰棍。女婿公派到英国读博士后，女儿跟过去陪读，后来开了一家中国餐馆。外孙女小学毕业后去了父母身边，前些年听说已经从剑桥大学毕业了；楼下对门那家，女主人是旁边幼儿园的老师，独生女毕业于北京外国语学院，模样有几分像当时走红的歌星程琳，后来全家移民去了澳大利亚。隔着马路，对面就是已区了，正对着的单元里，有一家的老奶奶和外婆年岁仿佛，妻子姐妹几个都称她柳婆婆，前些年手脚还利落的时候，时常过来，纳着鞋底，用山东家乡话和外婆唠家常。

还有一些记忆是属于在这里长大的妻子的，是她的童年印象。她家住的楼房东边二十米，面对幼儿园，是一栋门口朝东的单元楼。当年机械部的一位局长，把两个女儿托给一位保姆照看，就住在这栋楼里，夫妻两人经常走路过来看望。两个女孩当时也都是妻子的小伙伴，一同玩过家家游戏。几十年后，这位局长担任了正国级的领导人。

这栋楼旁边，是一栋南北走向的筒子楼，著名女作家张洁曾住在里面，带着母亲和女儿。两栋楼之间的空地上，几棵大树下面，是孩子们的乐园。那时没有电视，作业负担不重，孩子们玩疯了不肯回家，家长也很少管，但张洁的母亲到时候就会来催：书包，该回家了！书包是张洁女儿的乳名。小伙伴们都知道，书包回家后姥姥就会教她读书。书包后来去了美国，嫁给了美国人，生了一对儿女。而张洁也在多年前移居美国，住在纽约曼哈顿中央公园旁的一处公寓里，我的一位年轻同事几年前曾经去看望过她。听他说，张洁女儿住在新泽西，每周都去看望母亲。如今已经年逾八旬的张洁，是否会经常回忆起她曾经住了多年的这个地方？我还曾经到更南边的辰区，向《林海雪原》的作者曲波约稿，老人站在楼门口旁等我，黄昏时分的光线照在一个被多种疾病折磨得衰弱疲惫的老人身上，已经看不到当年小说中英姿勃发的少剑波的影子。

人生何处不相逢。妻子工作的单位数年前与中央芭蕾舞团有过合作，觉得对方的联系人似曾相识，聊天时得知，原来她小时候就住在子区，小学也是展览路一小，中学时是学校舞蹈队的，后来考进了中芭，曾经跳过《红色娘子军》中的吴清华；我带孩子在楼前的空场上玩耍，看到一个带着女儿的年轻妈妈，感觉有几分面熟，几天后聊天时得知她在某部委的法律部门工作，再一打听，果然是同一所大学法律系的校友，正是当年经常在男生宿舍楼门口走过的那个人，那个年龄段里我没有理由地留意过的众多异性中的一位。

照看女儿的小保姆小傅，一个质朴善良的农家女孩。十七八岁，个子矮矮的，四川巫山人，初中毕业就出来打工了。她照料孩子十分上心，小小年纪就显露了强烈的母性。有一次她从外面回来，气呼呼的，原来是别人家的小阿姨说女儿长得黑。每周她休息一天，回来时常常抱怨我们给孩子喂饭次数不够，或者脸没有洗干净。女儿生日那天，她跑出去用自己的钱买了生日蛋糕。女儿上了幼儿园，她去了别的人家。几年后，一次去紫竹院公园秋游，又看到了她，在给一对年轻夫妇带孩子，自己也要当母亲了，挺着个大肚子。她嫁给一个在北京建筑队的四川老乡。她已经不像几年前那样活泼欢快了，眉眼间有一种淡淡的沉默和忧虑。

这一片住宅区中，还有一种生活，却更多是让人们想象猜测的，虽然近在咫尺。

百万庄住宅区的申区，位于中心区域的北面不远处。与其他几个区不同，这里是一个个相连的小院，都是两层楼房，住着级别很高的领导。因同名小说被改编成电视剧《亮剑》而成名的作家都梁，还写过一部长篇小说《血色浪漫》，描述了一群部队高干子弟在"文革"期间残酷而茫然的青春经历。小说里，在与当时为人熟知的"部队大院"的对比中，有这样一段对作为"地方子弟"代表的百万庄申区的描写：

"在非'老兵'类顽主的眼里，百万庄地区无异于敌占区，特别是在百万庄的诸多区块中，申区简直是百万庄的灵魂。这是一片二层小楼的高级住宅区，里面的住户级别最低的也是副部级干部。他们的子女，都是'老兵'中最有影响的人物，也就是说，谁要是得罪了他们之中的一个，后果将是相当严重的，他们有能力在很短的时间内召集数百人进行报复。"

这当然是那个年代的故事了，今天，它只是一片十分安静的住宅，有着隐约的神秘威严，而这种感觉主要来源于第一排房屋前站岗的武警。那些年间，我多次散步走过申区，曾经遇到过两位后来成为共和国总理的人：一个是在申区最南边一排前面马路上，刚从车上走下来，脚步正迈上自己家院子的台阶；一个是在申区北面车公庄大街的人行道上，正带着女儿散步，迎面走过来。

五

真正弄清楚整个住宅区的分布情况，以及相互之间的关系，还是在住了几年后。

那时，百万庄中里一带的平房区拆除，在原址上盖楼，我们便把原来的房子调换了一下，从午区东边向西移动了七八百米，搬进了中里新建的房子。楼下自行车棚的东边，一墙之隔，就是展览路第一小学，妻子小时候的学校。又过了两年，女儿也进了这所小学，从楼门走到学校大门只需要五分钟。从房间北面的窗口探出头去，能够望见孩子们列队做早操，校服鲜艳，节奏齐整，口号响亮。

中里是整个百万庄住宅区的中心。

二十世纪五十年代，一切都向苏联老大哥看齐，包括建筑。张开济在设计这片住宅时，也参考了当时苏联建筑学界流行的被称为"扩大街坊"的思路。但实际上，在意识形态高度对立的美国，同一时期，由社会学家佩里提出的"邻里单位"规划理念也正在盛行，即在不被汽车干道穿越的街区单元之内，通过合适的步行距离，组织起人们日常生活的各种需求，既安全又方便。这两种理论其实是异曲同工，都追求更加完整地满足家庭生活的基本需要，重新找回随着城市增大、交通快速化而消失的亲近感和归属感。这些，在百万庄住宅区的设计中得到了充分的体现。

整个住宅区按照传统文化中的天干地支纪年历法，用十二地支的前九支命名，被划分为"子、丑、寅、卯、辰、巳、午、未、申"九大区域。这些颇有些洋气的房子，命名却又是地道中国式的。以中里为中心，北边是申区，东西方向则对称地分布着其他八个小区，布局上借鉴了古代八卦阵的样式。西边，从北向南依次是子区、丑区、寅区、卯区，东边，从南到北则分别为辰区、巳区、午区和未区。整体上看，是用一种逆时针的方式排序。八个小区，按照今天的说法就是八个组团，分别是前面说到的不同部委的宿舍。为了适应北京的气候特点，每个小区的建筑都被设计成回纹环绕形状，以增加南北向的建筑，减少东西向的房屋。小区外形方正，内部宽敞，每一栋楼中的每个单元的楼门，入口都是朝着外侧的公共道路，而内侧则是相对安静私密的院落，每家住户均有两个朝向的房间，分别可以看到外侧公共领域以及在内部庭院里玩耍的孩子。每两个东西对应的小区，楼房和庭院的布局都一样，体现了鲜明的秩序感。

根据规划理念，每个住宅区，都要配备商场、粮店、理发店、幼儿园、学校、卫生所等设施。住区的核心地带是一片空地，种树植草，作为居民的公共活动空间，这也符合新社会以人民为中心的理念。妻子说过，小时候外婆烙馅饼，和好了面剁好了菜馅，才给她几毛钱去买肉馅，出门走上几分钟，就到了合作社的副食店。

我新搬入的这一组几座楼所在的地方，按照二十世纪五十年代的设计，正是社区中心绿地。其后许多年中，随着单位不断扩大，便在这里建了一些平房，给司机、厨师等后勤服务人员居住，慢慢因为私搭乱建，变得杂乱无章，八十年代到九十年代，陆续拆除平房，在原址上盖了几栋楼。楼房是最普通的样式，显然和周边原有建筑不协调，但当时没有人认为这是个问题。

我还进一步了解了它更早的历史。

这一带早先为北京城的西郊荒地，是城里人埋葬逝者的地方，散布着很多坟茔，俗称"百万坟"。一直到新中国成立之初，周边也还是人迹稀少，只有建设部的大楼，孤零零地矗立在一片荒野之上。五十年代的北京城，范围主要还是在老城墙之内，最近的阜成门离此处也有两三公里。建造住宅区施工时，挖出不少无主尸骨，登报请人认领，没有人认领的，听说后来统一拉到更远的地方埋葬了。稍后到了"大跃进"时，还曾挖出过两座辽代的古墓。这就让人感到生命的渺小和飘忽。在漫长的岁月中，这一片土地上发生过什么样的故事，又收纳和封藏起了哪些秘密？我及时地让想象止步，它们总是会让人望见虚无的广阔深渊。

只需要知道这一点就行了：在长久的荒凉死寂之地，新的生活热闹蓬勃地开展起来了。

六

住在这里，隐约有一种都市里的村庄的感觉。

这是一幅近景：自中里楼房四层的房间朝下面望，在这座楼和对面楼房之间，是一个茂盛葳蕤的花园，被齐胸高的铁栏杆围成一个完整规则的长方形。花园里有二三十棵大树，有更多的灌木丛，它们之间的空隙则被野草完全覆盖。那种葱茏恣肆的野趣，不像是位于城市楼群之间。有一株高大的桑树，树干粗壮，树冠像一把巨伞，遮住了一大片空间。夏季，树上挂满了紫黑色的桑葚，还有不少掉到地上，引来众多鸟儿啄食，腾跃鸣啭。我猜想它该是栽种于五十年代小区初建之时，因为最早这一片正是中心绿地。

走下楼去，我在小区里大小宽窄不一的各条道路上行走。这个过程长达十年之久。东边的展览路大街，西边的甘家口大街，南边的百万庄大街，北边的车公庄大街，将小区整个围了起来，而每一条街脚步都可以轻松到达。我从一个个组团之间的道路和庭院中穿行，得以完整地掌握了它的样貌，也深切地感受了它的氛围。

那些年，小区的几条主要街道上没有多少汽车，显得很宽敞。街道旁有不少枝干粗壮的大树，远远高出三层的屋顶。我能认出的就有杨树、柳树、槭树、梧桐树等。有风的日子，白杨树叶会哗啦啦作响。到了五六月份，槐树会将浓郁的槐花香气向四处播撒，而被叫作"吊死鬼"的小虫子也会在半空中晃晃悠悠地飘浮，如果落在一个女孩子的头上，就会发出一阵尖叫。

每一组团中围拢着的楼房之间，有一种宽敞疏朗的风致。每个单元的一楼门口两旁，通常都各有一个小小的花园，用松柏矮墙围起来，种植着各色花草。窗台上往往也放着一排小小的花盆，有文竹、鸡冠花和俗称"死不了"的太阳花，等等。有的地方种了爬山虎，密密的藤蔓一直爬到三楼的窗子顶端。妻子上小学时有学农课，学习如何养蚕，同学们就向住在斜对过单元一楼的爷爷要桑叶，他家小花园里有一棵桑树，每个孩子都得到了几片。

在这个地方也更容易感受色彩的盛宴。绿树、红墙和蓝天，构成了它的日常色调，而秋天到处飘坠的黄叶，又添加了一抹酣畅浓艳。当冬天来临时，一场大雪会让这里具有一种异域的情调。曾经从网上读到过一位百万庄老住户的文章，当年她谈恋爱时，第一次把男友带到家里那天，正赶上下大雪，白雪红墙就像一幅画，给男友留下了深刻的印象，多年后还提起来过。

记忆中，那些年的雨水比今天要多很多，特别是经常在夜里降下。楼下花园里的树木，被灯光照射得绿幽幽一片，泛着隐约的光亮，来自枝叶上的雨水。邻近光源的地方，绿色显得鲜嫩而透明。将窗子打开一条缝，伴随着淅沥的雨声，会有凉爽清新并略带腥味的空气悄然涌进来。这样的夜晚，总是让我感觉到身体里的活力，生发出对未来的憧憬，想象一些缥缈而美好的事情。

七

回想起来，那些年也是我的阅读时光。那种沉湎的程度，此前不曾达到，此后也不复能够重现。

如果一个人天性不喜欢热闹和交际，不认为觥筹交错是什么荣耀的事情，那么，还有什么能够像读书那样给他带来丰沛的快乐呢？更巧的是，那几年我的工作就是编一份与读书有关的杂志，这样阅读就理所当然地成为生活的一部分。

读书和买书，总是既如影随形又彼此怂恿。周边就有两个常去的书店。南边的百万庄大街上，国家外文局西边，有一家名为地球村的书店，是这家单位开办的，名字倒是十分契合它的工作性质。北边，车公庄大街对面，中国建筑设计研究院旁边，有一家席殊书屋，造型很是独特，没有书架，书摆放在一个个带轮子可以转动的小车上，寓意"学富五车"。设计者是张开济的儿子张永和，也是一位著名的建筑学家。那时正是实体书店最辉煌的时期，席殊书屋在北京就有多家。好几年中，我来这里的次数最多，购书也多，占到了家中藏书的相当部分。此外，甘家口大厦北边路边的一排新旧书摊，也是我时常盘桓的地方。

那些年里我读了数量可观的书，就像一个没有明确的目标的游客，自由散漫，东张西望。除了因为工作考虑，对当时一些重要的或者走红的书需要留意之外，大多数的阅读是即兴随意的，从个人嗜好和关注出发的。这些书分属不同的类别，彼此之间也并无联系，但在不知不觉中，在经历了时光的发酵后，它们依据某种内在的逻辑线索勾连起来，一部书通向另一部书，构建生成了一个精神的有机体，影响着我对世界和生活的认识。

这件事情最突出的作用，我想还是进一步培育了我的文学感受和梦想。文学作品的阅读占了最大的比重，它们以潜移默化的方式，让我获得一种独特的眼光，来看待发生在周边的生活，并与某些书中的内容加以对比。在平静处看出某种波澜，在光亮里发现浅淡的阴影，在庸常中品味到一缕诗意，这样的感受带来的是一种深长的愉悦。我逐渐意识到，每一种感受或者领悟，总是能够获得印证。既然"日光底下无新事"，既然哲人说过"世界是一部大书"，那么世间的诸般形相，都可以在书里的某一页、某一行，甚至某一个标点符号中，找到记录或者暗示。

譬如，住在这栋楼最西头单元里的一位年轻母亲，每天早晨领着一个女孩，匆匆走过我住的单元楼门口，送到东边的幼儿园，大约两年中都是如此。在旁边商店里偶尔遇到几次，或者是她单独一人，或者带着女儿，不曾看到过第三个人。女儿长得很好看，母亲也是眉目端庄身材窈窕，但脸上从来没有笑容，这就让人觉得反常。曾经有什么故事发生在她的生命中？是关于轻信和失望，还是由于背叛，甚至某种意外的灾祸？我曾经玄想不已。这样的反应自然是个人化的，纤弱的，无足轻重的，有充分的理由被人嘲笑。后来某次外出培训，半个月后回来，就再也没有看到过母女，想来是搬走了。

有一次，到百万庄大街南边不远处一位朋友家聚会，认识了一位同龄人，在某政府部门工作，饭桌上他口才滔滔，为自己勾画种种仕途前景和实现途径，其雄心壮志令我自惭形秽。他的口音和经历，也让我联想到巴尔扎克笔下那个名叫拉斯蒂涅的外省青年。他供职的单位，工作内容与我所在报社的报道范围有一些交集。后来他数次主动电话联系我，要来家里坐坐，也来过一次，但估计是在聊天中意识到了我的迂腐无助于他实现远大目标，此后再无联系。这种消失，显然是他主动的选择。

更有一些感受缺乏具体的附着物。在周边的建筑和风景变得无比熟悉后，有一天我意识到，我行走时有时会张望那一个个狭窄的窗口，想象其中的人物和故事。某个房间里传出的钢琴声，随着某一扇玻璃窗推开而瞬间闪现出的一张俏丽面孔，会让我多年前经常体验的某种情绪，得到片刻的复苏。而从我四楼窗口的眺望，则更多具有主动的意味。探头出去，能够看到东边午区、巳区的一部分屋顶，连绵错落。目光掠过这些屋顶向前方伸延，直到被远处的高楼阻断。

在搬离这里几年后，我读到葡萄牙作家费尔南多·佩索阿的作品，有一种深切的会心之感。我意识到，其实那段时间，我是最接近于他所描写的那种内心状态的。这样一些句子让我沉醉，目光久久不肯挪移开来——

> 我们中的每一个人都是若干人，是很多人，是丰富的自我，比我们自己每一个人的无限增值更为丰富。

> 一个人为了摆脱单调，必须使存在单调化。一个人必须使每一天都如此平常不觉，那么在最微小的事故中，才有欢娱可供探测。……我一直被这种单调佑护。一样的日子乏味雷同，我不可区分的今天和昨天，使我得以开心地享乐于迷人的时间飞逝，还有眼前人世间任意的流变，还有大街下面什么地方源源送来的笑浪，夜间办公室关闭时巨大的自由感，我余生岁月的无穷无尽。

> 我们周围的一切，成为我们的一部分，成为渗透我们血肉和生命的一切经验，就像巨大蜘蛛之神布下的网，在我们轻摇于风中的地方，轻轻地缚住我们，用柔弱的陷阱诱捕我们，以便我们慢慢地死去。一切就是我们，而我们就是一切。

> ………………

它们不正是我能够意识到、但没有能力分析清楚尤其是无法清晰表达出来的东西吗？当时那些颇为飘忽的感受和意念，实际上有着自己的指向——试图窥测和捕捉生活的某种本质，那种平静掩盖下的悸动，狭小连接着的广阔，单纯后的复杂，清晰中的混沌，具象里的抽象……我陷溺于自己的思绪和梦幻中，时而慵倦烦闷，时而欢悦振奋。

八

生老病死，人生这一场戏剧中的不同章节，在这里也像在任何别的地方一样，轮番地上演。房屋本质上是一种生活的容器，彼此之间尽管有着外在形态上的差异，但其中展开的内容，却没有明显不同。"在这黑暗的或者光亮的洞穴里，生命在延长，生命在梦想，生命在受苦。"在《巴黎的忧郁》中，波德莱尔从阁楼上眺望高低远近的一个个窗口，写下了这样的句子。

平淡庸常的生活中，最能掀起一些波澜的，无过于死亡了。与这里安宁静谧的环境相称，发生在小区里的死亡也是悄无声息的。譬如某一天你忽然意识到，那个经常遇到的坐在轮椅上被人推着行走的老人已经好久不见了——这是生命消失的惯常方式。家人的悲伤哭泣，也总是在关闭着的房间内，好像死亡是一件私密的、羞于告人的事情。

一天深夜，岳父母被急促的敲门声惊醒，开门一看是对门阿姨，神色惊慌。伯伯起来上厕所，心脏病发作倒地，昏迷不醒。赶紧拨打120，不得要领地忙乱一番，一直到望着急救车闪烁着蓝色顶灯疾驰而去。黎明时分传来了消息，伯伯未能抢救过来。不久后，阿姨从小带大的外孙女去远在英国的父母身边读书，她也搬到了百力庄中里我的住处南边的那一栋楼房，单独一人住，儿子每周来一次。我和妻子去看望过她，房间在一层，南窗外有个小小花园，树木藤蔓遮挡了光线，屋子里有些昏暗。她参加了社区的老年国画班，画了不少花鸟鱼虫，散乱地堆放在餐桌上。暮年岁月在缓缓流逝，就像日光在房间里慢慢移动。

几年后，姥姥以九十五岁高龄去世。在那之前很长一段时间，衰弱以极其缓慢的步伐悄悄地逼近，直到有一天她无法下床。意识到她的日子不多了，家里人便时常坐在床头陪伴。头一天，姥姥招手把她带大的三姐妹叫到床边，挨个摸着每个人的手，说我喜欢你们。第二天，也是同样的时间，三姐妹正围坐在她身边聊天，忽然意识到什么，转眼看时，老人已经永远地睡过去了，神情平和安详。

但最难忘记的，是一次非正常的死亡。

岳父母家住的房子的北面，是一座锅炉房，为周边多栋楼房供暖，每到冬天，煤块便堆积成山。煤堆旁边的一间平房里住了四人，父亲和儿子一家三口。一天早晨，儿子精神病发作，抡起木棍打死了父亲。

这一幕惨剧发生后，我才第一次试图了解他们的身世经历。这一家是老北京人，儿子下乡插队时精神受了刺激，病退返城，自然也找不到工作，家里在河北唐山农村给他找了个媳妇。女人身材高瘦，枯黄色的脸上长年挂着悲苦的表情，时常自言自语。男孩子十分白净，眼光总是怯生生的。虽然他们就住在二三十米之外，经常在楼前路上遇到，但不曾有过任何的交集。他们所过的是一种在我日常经验之外的生活，我想到了陀思妥耶夫斯基的许多作品。

我们离开百万庄几年后，岳父母一家也搬到郊区，此后也就很少再来。但十年生活的经历执拗地存在于记忆中，时常会像阳光下的玻璃碎片一样地闪亮。有关这个地方的各种消息，也总是更能够让我留意。

妻子是家里的老小，上面有两个姐姐。三姐妹之间，年龄依次相差五六岁，都有自己幼儿园、小学和中学的同学和伙伴，因此涉及许多人。如今大多数人都已经退休，有了时间，联络也开始多起来，时常相聚，还建了微信群，主题便是怀旧，追忆这个大家共同出生和成长的地方。家人聚会时，听三姐妹说起各自的发小辈的命运遭际，仿佛看到了一出出浓缩了的人生悲喜剧——

某某终身未婚，如今也快七十了，一直与已过百岁的老母亲相依为伴。某某当年另寻新欢，现在身患重病孤身一人，儿女不怎么理他，十分凄凉。某某当上了副部级的领导。某某全家多年前就移民了。某某因经济犯罪关了几年，不久前刚出狱。某某最忧虑患重度自闭症的儿子，自己过世后他怎么办。还有某某死于疾病，某某车祸去世，某某得了抑郁症，深夜在卫生间自缢了。

"从一粒沙看世界，从一朵花看天堂，把永恒纳进一个时辰，把无限握在自己手心。"威廉·布莱克这首名诗，早晚总有一天会让你产生共鸣。生活的普遍性本质，都可以通过有限的现象获得体现，就仿佛一个小小的器官切片中，有着身体状况的丰富信息。

时光的不断伸延，让我关于这个地方的记忆，重重叠叠地增加，今天与昨天的穿插闪回，更使它们变得纷乱驳杂。

一些人不再需要回忆，他们也成为亲人记忆的一部分。三年前，岳父因病去世。他们二十世纪五十年代初从武汉调到北京，推辞了单位分给的三居室，在两间房子里一住就是半个世纪。他最后的归宿是昌平南口的一处陵园，那个三人墓穴里，姥姥已经提前几年住进。他一生对岳母至爱至孝，一如伺奉亲生母亲。

不久前，女儿的姨姥姥也在广州辞世。她的儿子、妻子的表弟后来去广州创业和置业，数年后，她也最终卖掉了回龙观的房子，搬去南方照看孙女。儿子给她买的墓地，在郊区的一座山坡上。记得很多年前，有一次她抱怨母亲，小时候不该把她送人，脾气偏犟的姥姥气呼呼地反驳：不送人你早就活不成了！那个时代生活的艰难贫穷难以想象。她退休后来京居住的几年，终于有时间与母亲厮守了。但如今，母女两人却又是关山阻隔迢遥相望，如同生前的大部分时光。

我望着一张多年前的大合影。岳母的一个粤北韶关的表亲，全家来京旅游，岳父母招待了他们，并将在京的几个远近亲戚叫到家里聚会。照片上将近二十人挤在一起。姥姥当时还很壮实，岳父母更是神采奕奕。我头发乱蓬蓬的，女儿还没有出生。如今，这个合影中已经有多人辞别人世，几个抱在怀里的孩童也都已经为人父母了。

每个人的离去，都带走了一部分有关的记忆。早晚有一天，所有这些记忆，终将无所附着。

一切都在消亡，一切都是丧失，不曾改变的只有变化本身。但有一个地方作为固定的背景，这种意味就更容易得到凸显和认知。因此，物是人非便成为人们经常的感慨。

九

物是人非——这当然只是个比喻。实际上，物并非一成不变，它同样也在演化、衰老，一步步走向自己的暮年。

人的衰老体现为一系列生理指标：血脂黏稠、钙质流失、感觉迟钝、步履蹒跚，等等。建筑物也有自己的生命体征。各种老化了的管线，是不是很像淤塞了的血管？因渗漏而发霉的墙体，是不是仿佛脸上晦暗的老年斑？

我在百万庄住了十年，离开它至今又已经过了二十年。记得住在那里的后几年中，就已经在传说小区的房子老旧了，即将拆掉重建。的确，即使在二十多年前，也已经能够明显地看出它的老态。

在二十世纪五十年代，作为国家重点建设项目、"首都第一住宅区"，百万庄小区有着令人艳羡的充足理由。除了少量三居室，大部分都是六十平方米的两居，有独立的厨房和厕所，这在当时的住宅中还很罕见。房间里不仅都是统一装修好的，并且配好了家具、厨具、电灯和窗帘，可谓是拎包入住。建筑材料也十分讲究，用的是烧制良好的上等红砖，门窗木料都是东北的红杉木，经过高温处理，不变形不生虫。门把手、合页、水管、龙头、淋浴喷头以及马桶上的金属部件，都是苏联铸造的黄铜。甚至细节也十分讲究，譬如深红色的木楼门和楼梯间的外窗，采用同色系的中国传统回字形装饰，而白色的楼门挑梁、阳台栏板和楼梯间隔墙，则采用同色云纹装饰。

这样的比喻想来不会有人反对：当年的百万庄就仿佛一位风姿绰约的新嫁娘，容光焕发，楚楚动人。

当时虽然设计超前，但随着时光推移，一些当年不曾想到的不足之处也显现了：室内没有客厅，室外也没有规划停车的地方。另外就是岁月造成的磨蚀，市政设施老化，电线老旧，屋顶漏水，木质檐口掉皮。外来人口的租住及私搭乱建，迅速增多的私家车，侵占了原来的绿地和庭院。因为室内狭窄，一些旧家具随意堆放在室外。就连当年栽种的杨树，尽管长得比楼还高，有的也因树干中空而摇摇欲倒。因为二十多年来一直传说要拆迁，公共设施只是很被动地维护，住户也是将就着住，不敢装修更新，舒适程度、生活质量都受到了明显的影响。曾经风华绝代的丽人，已经步入迟暮之年，粗服乱头，邋遢不堪。今天如果一个外人走进这里，他的目光中恐怕更多的是一种同情怜悯。

由于在中国建筑史和规划史上具有重要影响力，百万庄小区自诞生之日起，就成为建筑规划学界的研究对象，曾经作为经典案例，被收入高等学校教材《城市规划原理》，并被若干建筑学方面的著作收录。在接下来的几十年中，百万庄社区居民换了几茬，城市环境也发生了巨变，累积了丰富的社区记忆、历史遗存和建筑多样性，形成一种独特的社区生态。它让人想到一种经历丰富的人生。

这种浓重的历史感，是它的光荣，也是它的负担。在实用和美学之间，应该如何取舍？而且，在随处可见的破败芜杂的后面，它的美是否仍然完整自足？

对于后一点倒没有太多的分歧。整个小区的整体格局尚属完好，地基依然坚固，已经发生的变化，也都被限制在张开济当年设计的区块网格之中。这种规划结构，预设了对于变化的极大的容忍度，也因而具有更强的生命力，耐住了岁月的消磨。后来的种种局部的变动，并没有影响整体的骨架。那种从容悠闲、波澜不惊的气度，仍然能够鲜明地感觉出来。在光怪陆离纷纭嘈杂的都市喧嚣中，在面貌雷同难分彼此的楼宇群落里，这种气质越来越成为空谷足音。

这些难以替代的品质，凸显出小区的重要和独特，也为在原地进行保护性改建提供了充分的理由和可能性。

我从报刊网络上了解到，一个由清华大学建筑学院毕业的青年建筑师为主体的专业团队，从几年前就开始关注小区的前景。这些年轻人大多是"八〇后"，敏锐地认识到了它的文化价值和诗意蕴涵，希望能够将小区的"九区八卦阵"布局完整地保留下来，在不损伤其肌理的前提下，对各项设施进行升级更新，使之能够满足现代生活的需求，并且拿出了详细完备的改造方案。其实不仅仅是他们和许多中老年一代建筑学家在努力，小区住户、文化学者、城市管理者等许多不同身份和行业的人，多少年来，也都在关注这个地方，形成了很多共识。而一年多前发布的一条消息，更是让人感到鼓舞：它被列入由中国文物学会、中国建筑学会确定的第二批二十世纪中国建筑遗产项目名录。

当然，所有这些信息，也只是允诺着某种可能性。它未来的命运如何，现在还不明朗。它将被彻底拆除，在旧址上建造全新的建筑？还是得以存续下去，见证传统风致与新时代脉动的交汇融合？

我当然希望是后者。将那些赘肉割掉，那些黑斑祛除，让松弛的肌肤绷紧，伛偻的躯体挺直。就像在童话中，落叶飞回树上，老妪变作少女，目光明亮，秀发飘洒，步态轻盈。

十

不久前的一天，并没有特别的理由，我忽然想到回百万庄看看。

西三环外我现在住的地方，二十世纪七十年代末还是农村，妻子上中学时，曾经走很长时间的路来这里学农。我离开家门，步行近二十分钟，进入地铁6号线花园桥站乘车，在车公庄西站下车。两地之间的空间距离只有两站，但从搬离这里算起，时间上的跨度却是整整二十年。

出了地铁口，向东不远就是展览路大街，南行百米，就向右拐上了一条小路。当年住百万庄时，骑车或者坐公交车上下班，这是每天必经之路，离开后，这一带每年也总会来若干次，但都是开车走百万庄大街，很少再走这条路，最近的一次大概也是三年前了。小路前方不远，一个直角拐弯处，右边就是我最早住过的那一栋楼房，左边本来是一个由防空洞改建的收费低廉的地下小旅馆的入口，如今却是铁门密封紧闭。当年时常有旅客半夜投宿，敲门和大声喊叫的声音能把人吵醒。继续前行，小路左边那一道低矮的围墙里面，是一所小学校园，当年是几排火柴盒一样排列的平房，如今却是一幢体量巨大的十几层高楼了。

我拐进宿舍楼的前面。原先一墙之隔的幼儿园被拆除了，盖成了堂皇气派的部长楼，门口有门卫。听说当年曾经围绕是否拆除有过不小的争论，但最终还是没能留住。论起百万庄小区保存最好的公共建筑，应当首推这所幼儿园，没有居民区里的种种私搭乱建，完整地保持了二十世纪五十年代建造时的格局，空间疏朗，设备完好，大树、灌木丛和草地高低错落，井然有序。记得滑梯旁边，挂着一张用粗大的绳子编织成的大网，孩子们可以攀着绳结爬上去玩耍，女儿刚进幼儿园时，有一次大着胆子爬上去了，却再也不敢下来，岳父去接她，只好找个凳子站上去把她抱了下来。

场景清晰如在眼前，但分明是二十多年前的时期了。有一首歌曲怅惘地唱道：时间都去哪儿了？

小路走到尽头，接续上一条名为百万庄北街的道路，便进入百万庄午区了。岳父母当年住的地方，也是我第一次来时进入的房子，就在十几米外，街的北边。从初次登门的胆怯忐忑，到成为家庭一分子后的坦然平静，再到今天与家庭几代成员之间血缘般牢固亲密的情感，这个过程也该是一部微型的情感发展史，无关宏旨，微渺无比，却关涉到具体生命存在的感受和意义。

这条百万庄北街，将巳区和午区南北分隔开来。两侧都停满了车，将原先颇为宽敞的道路挤成狭窄的一条，映衬得房屋也好像比当年低矮了。我在南北两边的庭院中无目的地穿行，视野里的景观和当年没有明显不同，只是更为破旧。在好几处都看到服装上有电力公司标志的工人，好像是在更换电线线路，是又有临时险情需要解决，还是为即将到来的夏季用电负荷高峰做准备？

街的尽头就是展览路第一小学，妻子和女儿共同的母校。从校门向北，走过一段弧形的弯路，就是申区的范围了，平行的几排两层房屋，很像今天的连体别墅。这里明显地比别处要整齐幽静。当年我散步时，经常从它们之间穿行，如今这里却被铁栏杆整体围了起来，只在西边的街道上，留了一个开口。

我走到了中里的楼房下，这是我在这里居住时后几年的住处。楼前花园的铁围栏已经除掉，毫无遮挡，可以随意进入，但花园里的树木却稀疏杂乱，不复当年蓬勃茂盛的模样。最令我惊讶的，是我原来居住的四楼房间朝北的窗户外面，垫在防护窗底部的几根铁栏上的，依然是原来的那几片瓷砖——一点没错，我记得它那粉红得有些特别的颜色。

从这里向东边走，当年的自行车棚还在。几十米后，眼前又是展览路一小门口南边的一段弧形道路，与刚才通向申区的那段路相对称。是下午快要放学的时间，路边聚集了不少等着接孩子的家长。二十年前我也经常站在这里，那一页早已翻过。我沿着南北方向的百万庄中街，一直走到百万庄大街上，街口的东北角，还是那个头发卷曲、长相有几分像西北少数民族的安徽籍师傅，修鞋、修拉锁、换锁芯、配门卡等等，一把遮阳伞下便是他的工作空间。多少年过去，当年的小伙子也成了中年人。对面的顺天府超市，记得是搬走之前不久开张的，也是地下防空洞改建而成，为周边居民提供日常生活的基本需求。

沿着百万庄大街，向西，朝甘家口方向走去。因为是主街，便显得宽敞整洁了许多。这里是卯区，西斜的阳光泼洒在人行道灰色的方砖地面上。一位老人扶着助步车迎面走来，步履蹒跚，旁边跟着一个中年保姆。一只白猫飞快地跑过去，消失在一丛冬青后面。头顶上方吱呀的一声，循着声音的方向扭头望去，二楼的一扇窗户刚被推开，玻璃上一片阳光倏地闪亮。一个老妇人探头向下面看，满头白发，年龄和外婆当年仿佛。

再向前，就是热闹的甘家口大街了。十字路口，绿灯亮了，两边的人群匆匆相向而行。两辆送快递的小车眼看着就要相撞，戛然停住，发出嘶哑的刹车声音，但没有人多看一眼。

春末夏初，阳光明亮，树叶绿得闪光，清风拂面的感觉十分惬意，天地间喧响着一种欢快的声音。我忽然意识到，我此时站着的地方，正是当年的澡堂。三十多年前，也是这个时节，我从它的门口经过时，与几位刚刚沐浴完的少女擦身而过，鼻腔中霎时盈满了馥郁的气息。

一对年轻恋人迎面走来，步态矫健，笑声清朗。树叶细碎的光影，在他们的脸上肩上，跳荡晃动。一瞬间，曾经刻骨铭心的青春感受，久已消逝的美和梦想，从记忆的深处飞快地上升、浮现，就仿佛身旁正在开花的梧桐树的浓郁香味，骤然间充塞了全部感官。

我泪眼模糊。

（原载《人民文学》2019年第7期）

馅饼记俗

◎ 谢　冕

在北方，馅饼是一种家常小吃。那年我从南方初到北方，是馅饼留给我关于北方最初的印象。腊月凝冰，冷冽的风无孔不入，夜间街边行走，不免惶乱。恰好路旁一家小馆，灯火依稀，掀开沉重的棉布帘，扑面而来的是冒着油烟的一股热气。但见平底锅里满是热腾腾的冒着油星的馅饼。牛肉大葱、韭菜鸡蛋，皮薄多汁，厚如门钉。外面是天寒地冻，屋里却是春风暖意。刚出锅的馅饼几乎飞溅着油星被端上小桌，就着吃的，可能是一碗炒肝或是一小碗二锅头，呼噜呼噜地几口下去，满身冒汗，寒意顿消，一身暖洋洋。这经历，是我在南方所不曾有的——平易，寻常，有点粗放，却展示一种随意和散淡，充盈着人情味。

我在京城定居数十年，一个地道的南方人慢慢地适应了北方的饮食习惯。其实，北方尤其是北京的口味，比起南方是粗糙的，远谈不上精致。北京人津津乐道的那些名小吃，灌肠、炒肝、卤煮、大烧饼，以及茄丁打卤面，乃至砂锅居的招牌菜砂锅白肉等等，说好听些是豪放，而其实，总带着一股大大咧咧的"做派"。至于许多人引为"经典"的艾窝窝、驴打滚等，也无不带着胡同深处的民间土气。在北方市井，吃食是和劳作后的恢复体能相关的活计，几乎与所谓的优雅无关。当然，宫墙内的岁时大宴也许是另一番景象，它与西直门外骆驼祥子的生活竟有天壤之别。

我这里说到的馅饼，应该是京城引车卖浆者流的日常，是一道充满世俗情调的民间风景。基于此，我认定馅饼的"俗"。但这么说，未免对皇皇京城的餐饮业有点不恭，甚至还有失公平。开头我说了馅饼给我热腾腾的民间暖意，是寒冷的北方留给我的美好记忆。记得也是好久以前，一位来自天津的朋友来看我，我俩一时高兴，决心从北大骑车去十三陵，午后出发，来到昌平城，天黑下来，找不到路，又累又饿，也是路边的一家馅饼店"救"了我们。类似的记忆还有卤煮。那年在天桥看演出，也是夜晚，从西郊乘有轨电车赶到剧场，还早，肚子饿了，昏黄的电石灯下，厚达一尺有余的墩板，摊主从冒着热气的汤锅里捞出大肠和猪肺，咔嚓几刀下去，加汤汁，垫底的是几块浸润的火烧。寒风中囫囵吞下，那飘忽的火苗，那冒着热气的汤碗，竟有一种难言的温暖。

时过境迁，京城一天天地变高变大，也变得越来越时尚了。它甚至让初到的美国人惊呼：这不就是纽约吗？北京周边不断"摊大饼"的结果，是连我这样的老北京也找不到北了，何况是当年吃过馅饼的昌平城？别说是我馋的想吃一盘北京地道的焦熘肉片无处可寻，就连当年夜间路边摊子上冒着油星的馅饼，也是茫然不见！

而事情的转机应当感谢诗人牛汉。前些年牛汉先生住进了小汤山的太阳城公寓，朋友们常去拜望他。老爷子请大家到老年食堂用餐，点的就是城里难得一见的馅饼。

老年公寓的馅饼端上桌，大家齐声叫好。这首先是因为在如今的北京，这道普通的小吃已是罕见之物，众人狭路相逢，不免有如对故人之感。再则，这里的馅饼的确做得好。我不止一次"出席"过牛汉先生的饭局，多半只是简单的几样菜，主食就是一盘刚出锅的馅饼，外加一道北京传统的酸辣汤，均是价廉物美之物。单说那馅饼，的确不同凡响，五花肉馅，肥瘦适当，大葱粗如萝卜，来自山东寿光，大馅薄皮，外焦里嫩，足有近寸厚度。佐以整颗的生蒜头，一咬一口油，如同路边野店光景。

这里的馅饼引诱了我们，它满足了我们的怀旧心情。此后，我曾带领几位博士生前往踩点、试吃，发现该店不仅质量稳定，馅饼厚度和味道依旧，且厨艺日见精进。我们有点沉迷，开始频繁地光顾。更多的时候不是为看老诗人，是专访——为的是这里的馅饼。久而久之，到太阳城吃馅饼成了一种不定期的师生聚会的缘由，我们谑称之为"太阳城馅饼会"。

面对着京城里的滔滔红尘，遍地风雅，人们的餐桌从胡同深处纷纷转移到摩天高楼。转移的结果是北京原先的风味顿然消失在时尚之中。那些豪华的食肆，标榜的是什么满汉全席，红楼宴，三国宴，商家们竞相炫奇出招，一会儿是香辣蟹，一会儿是红焖羊肉，变着花样招引食客。中关村一带白领们的味蕾，被这些追逐时髦的商家弄坏了，他们逐渐远离了来自乡土的本色吃食。对此世风，也许是"日久生情"吧，某月某日，我们因与馅饼"喜相逢"而突发奇想，为了声张我们的"馅饼情结"，干脆把事情做大：何不就此举行定期的"馅饼大赛"以正"颓风"！

当然，大赛的参与者都是我们这个小小的圈子中人，他们大都与北大或中关村有关，属于学界中人，教授或者博士等等，亦即大体属于"中关村白领"阶层的人。我们的赛事很单纯，就是比赛谁吃得多。分男女组，列冠亚军，一般均是荣誉的，不设奖金或奖品。我们的规则是只吃馅饼，除了佐餐的蒜头（生吃，按北京市井习惯），以及酸辣汤外，不许吃其他食品，包括消食片之类的，否则即为犯规。大赛不限人种、国界，多半是等到春暖花开时节举行"大典"。大赛是一件盛事，正所谓"暮春者，春服既成"，女士们此日也都是盛装出席，她们几乎一人一件长款旗袍，玉树临风，婀娜多姿，竟是春光满眼。男士为了参赛，嗜酒者，也都敬畏规矩，不敢沾点滴。

我们取得了成功。首届即出手不凡，男组冠军十二个大馅饼，女组冠军十个大馅饼。一位资深教授，一贯严于饮食，竟然一口气六个下肚，荣获"新秀奖"。教授夫人得知大惊失色，急电询问真伪，结果被告知：不是"假新闻"，惊魂始定。遂成一段文坛佳话。一年一场的赛事，接连举行了七八届，声名远播海内外，闻风报名尚待资质审查者不乏包括北大前校长之类的学界俊彦。燕园、中关村一带，大学及研究院、所林立，也是所谓的"谈笑有鸿儒，往来无白丁"的高端去所，好奇者未免疑惑，如此大雅之地，怎容得俗人俗事这般撒野？！答案是，为了"正风俗，知得失"，为了让味觉回到民间的正常，这岂非大雅之举？

写作此文，胸间不时浮现《论语》的侍坐章情景，忆及夫子"喟然叹曰，吾与点也"往事，不觉神往，心中有一种感动。夫子的赞辞鼓舞了我。学人志趣心事，有事关天下兴亡的，也有这样浪漫潇洒的，他的赞辞建立于人生的彻悟中，是深不可究的。有道云，食色性也。可见饮食一事，雅耶？俗耶？不辩自明。可以明断的是，馅饼者，此非与人之情趣与品性无涉之事也。为写此文，沉吟甚久，篇名原拟"馅饼记雅"，询之"杂家"高远东。东不假思索，决然曰：还是"俗"好，更切本意。文遂成。

岁次戊戌、己亥之交。除夕立春，俗谓谢交春，"万年不遇"之遇也。

（原载《文汇报》2019年3月2日）

133

石上岩下

◎陆春祥

天地至精之气，结而为石。

缙云山孤石干云，高三百丈，黄帝炼丹于此。

石　上

一

如果不是一场灵异事件，缙云这块挺天巨石，不会那么出名。

唐天宝七年（748年），对李隆基来说，是一个快乐的年份，他龙心大悦，加封连连，随侍左右的高力士，被封为骠骑大将军，杨爱妃的三个姐姐，分别被封为韩国夫人、虢国夫人、秦国夫人，贵妃的干儿子安禄山，竟然赐丹书铁券，他不知道，他的随性，他的短视，为强盛的王朝埋下了不可逆转的祸根。

又有喜事来了，处州刺史苗奉倩飞报：六月八日，我州李源溪上空，有彩云飘起，覆盖缙云山独峰之顶，云中仙乐响亮，鸾鹤飞舞，不久，就听那特起的孤石上空，山呼万岁者九，诸山皆有回应，从下午三点一直延续到晚上九点（自申至亥乃息）。音乐迷李隆基一听急奏，大为惊叹：如此美事，真乃我朝盛事，那里是仙人荟萃之都也！于是亲书"仙都"二字，宋代乐史的《太平寰宇记》和李昉的《太平御览》，都记载了这件事。

有了李隆基的"仙都"御笔，建县不久的缙云（696年），和黄帝的关系，算是得到了官方认可。

二

其实，缙云是极有名的，因为它和黄帝紧密相连。

下面三种记载，都将意义指向了黄帝。《左传》文公十八年，说缙云氏是黄帝时的官名：缙云氏有不才子。——黄帝受命，有云瑞，故以云纪事，他置五官，春官为青云，夏官为缙云，秋官为白云，冬官为黑云，中官为黄云。

唐代张守节的《史记正义》，则直接说缙云氏就是黄帝：黄帝有熊国君，乃少典国君之次子，号曰有熊氏，又曰缙云氏，又曰帝鸿氏，亦曰帝轩氏。

南朝刘宋裴骃的《史记集解》，又进一步考证了缙云氏的姓：缙云氏，姜姓也，炎帝之苗裔，黄帝时任缙云之官也。

我更愿意相信第一种说法的可能性。

这个号称缙云氏的官，或者这位官的后人，来到了南方括苍山脉的缙云，将黄帝的势力扩张至此，并结合缙云地理人文，制造了关于黄帝的所有传说，缙云县城就叫五云镇，缙，赤色帛，五彩祥云，一个很好的诠释。

三

如果没有那块顶天巨石，黄帝和缙云仍然没有太大的联系。

天地间，突地竖起了一块耸天巨石，它是云的根，灵气的精华，犹如天柱，天下第一，高 170.8 米，底部面积 2468 平方米，顶部面积 710 平方米。神奇的是，顶部树木茂盛，树林间还有一个湖，水深数米。坐看人间万事，仰望流云星空，这样一个与天相接的平台，自然应该是黄帝炼丹升天的极好场所了。

于是，黄帝与缙云，与巨石，联系产生了，这里，自春秋时期起，就与黄山、庐山并列，成为轩辕黄帝的三大行宫之一——三天子都，成为南方黄帝的祭祀中心。缙云堂，就是江南人民最早祭祀黄帝的建筑。李隆基题词之后，缙云堂索性直接改为"黄帝祠宇"了。

历代文人对天下第一石，赞不绝口。魏晋南北朝时期，道教名士，葛洪、陆静修、孙游越、陶弘景、徐则，等等，都在缙云山中传教，缙云堂名气极大。

山水诗鼻祖谢灵运，一见此石，从此心中念念不忘：漾百里之清潭，见千仞之孤石。历古今而长在，经盛衰而不易《归途赋》；本文题记中的第二句，则出之他的《游名山志》；他还在《山居赋》的自注中标记：方石，直上万丈，下有长溪，亦是缙云之流云。

我的桐庐老乡徐凝如此赞：黄帝旌旗去不回，空余片石碧崔嵬。有时风卷鼎湖浪，散作晴天雨点来。

徐诗的诗意广阔，黄帝升天后，只留下"片石"，这巨石，在巨人眼里，自然是小的片石了，但我最喜欢后面两句，朗朗晴日，大风从顶峰吹过，湖中的水浪，会散作雨点纷纷飘下。多么让人欢喜的场景呀，童真，童趣，只不过，它是由缙云山的风调皮捣蛋造成的。

四

此刻，己亥三月初十日的下午，晴空高照，我伫立鼎湖峰下，我在等缙云山的风，等它挥手落下的雨点。

此前的两天时间里，我已在心中和现场，试图从一千个角度，观察和想象这根擎天柱——鼎湖峰，为什么会生长？顶上有什么？柱石中心有多少隙缝？

站在朱潭山湖的丁步桥正中，水流急湍，昨天的雨下得挺猛，急流将双眼晃得有点颤颤的，不能久视，正望前方，鼎湖峰就在眼前，它特立独行，和群山格格不入，似乎伸手可揽，那光光的身子，顶上的树林如同发丝，总之，它像一根粗针，牢牢地钉在大地上，唯一的方法，用一只手，装做托住它的样子，留下你的影像，如此而已。

在太极广场，鼎湖峰则要低调许多，也许，它博大的胸怀，想让身边的三块岩石，更加出彩一些。三岩石，也是三奇，左边一块，顶端长有一棵松树，树的造型，酷似繁体字的"華"，"華"通"花"，人们谓之"妙笔生花"；中间一块，似天狗喘月；靠近鼎湖峰的右边一块，似猫头鹰。三石各自向天，一个标准的"山"字，你，读者，游客，观望者，都是人，加个单人旁，那么，就是个工工整整的"仙"。李隆基没到过现场，不过，他的"仙都"，似乎正巧合。

鼎湖峰下有好溪，它属于瓯江的上游支流，以前叫恶溪，险滩遍布，水势湍急，段成式做处州刺史的时候，曾经对恶溪进行了大规模整治，恶溪就成好溪了。站在好溪的桥上，直面鼎湖峰，感觉它粗壮阳刚，鼎立如山，有一种大力士般稳定，阳光下，它的倒影映在溪面上，就在我眼皮底下。鼎湖峰上的白云走得极慢，是那种无所事事的悠闲，鼎湖峰底部的水边，有数粒小白点，那是游人在戏水，石的巨大，人的渺小，竟是那么的明显。

黄帝祠中，瞻仰过黄帝，登上缆车，上步虚山顶，那里有个亭子，正对着鼎湖峰，我要从另一个角度，平视它。

终于，它完全出现在我的对面了。顶上树木森森，看不清是什么树，应该是一些平常树种，惊奇鸟们的勤奋，是它们的不倦行动，寸草不生的石顶，才有了如此的生机。鼎湖，看不见，它隐藏在树林中，面积不会太大，湖有多深？水从哪里来？自然是天水，独峰上不会有泉。峰顶有野兽吗？湖里有鱼吗？一切，都让人好奇，深深地好奇。

有采药人上去过，巨石的腰间及峰顶，说不定有珍贵的石斛。现代，有登山者上去过，据说是花了八个小时才攀上去的。石高任鸟飞，自然，飞鸟尽可以将它们当成乐园的。

峰顶上有什么，猜也猜不透，也许，这就是鼎湖峰的神秘之处。空山新雨后，云雾缭绕时，缙云山，黄帝祠，令人万般遐想。

石城，缙云的另一个称呼。

千岩竞秀，重岩叠嶂，我想到了《石头记》，想到了美猴王，想到了原始人汪洋恣肆的岩画艺术。岩石，就是地球诞生的最初状态。

小赤壁，婆媳岩，大肚岩，舅甥岩，缙云那些大大小小的岩石，似乎都在各自诉说着千万年的悠长故事。

近云丽舍，在仙都景区的入口处，临溪背山，他们递给我一间"早起"的房间，不知道是不是有意安排，是想让我早起去看景吗？还是他们知道我有早起阅读的习惯？

餐后，我和裘山山，在缙云宣传部潜春红部长的陪同下，走溪边绿道。

溪就是好溪。好溪连着段成式。

这些年，我一直沉浸在历代笔记新说系列的写作中，自然对段成式极为熟悉，段的文学成就巨大，他的诗，和李商隐、温庭筠齐名，《全唐诗》就收录其作品三十多首，他比别的文人更胜一筹的是，他还有一本笔记巨著，三十卷的《酉阳杂俎》，笔记中的翘楚。这书我至少读过三遍，我将其当作天书，内容繁杂，包罗万象，称它是一本博物的文学的辞典，也不为过。

唐宣宗大中九年（855年），五十三岁的段成式，从京城长安到处州任刺史。此前，他应该已经完成了《酉阳杂俎》的写作。有文学情怀的段，做事也挺有思路，他在处州最突出的政绩，就是治理水患，兴修水利。恶溪源出磐安的大盘山，段刺史科学决策，方案详实，将水路疏浚和筑坝开渠相结合，不仅水路成黄金运输线，更使溪水浇灌大量农田，百姓受益一千多年。恶溪终成好溪。

我们走绿道，潜部长讲绿道。缙云的绿道建设，自三年前启动以来，已经有景城绿道22公里，乡村绿道52公里，山地绿道236公里，我们走的这条仙都风情绿道，今年获评浙江省十大最美绿道。

潜部长说，这条绿道一直走，直通缙云县城。晚风拂脸，空气沁人心脾，两边时有锻炼人群急急走过，跑过，他们都在吸氧，缙云的平均负氧离子含量，每立方厘米高达4600个。

次日晨起，我和王必胜，又沿着小赤壁下的绿道去吸氧。右边崖壁赭白相间，酷似长江赤壁，如焰火炼过，时有岩泉滴下，石壁上有不少苔藓，有的小如豌豆，但都有浓浓绿意。六百五十米后，转向大肚岩方向，一小女孩坐在绿道上，父亲在拍照，女孩身后，红蓝黄三条直线伸向远方。

绿道旁，好山脚下，有独峰书院。南宋淳熙七年（1180年），大儒朱熹在此讲学。出倪翁洞，有骑行驿站，右边绿道旁，一大片草坪醒目，阳光正好，几顶帐篷搭着，大人孩子追逐嬉闹，风筝在蓝天飞翔。

缙云绿道，是缙云的绿枝，有这样一个比喻，我以为十分贴切：缙云山是骨，好溪水是脉，以满眼满山的绿为底，王羲之、谢灵运、李白、白居易、段成式、李阳冰、朱熹、范成大、王十朋等历代文人雅士抒写缙云，自然就是绿道的魂了。

由表到里，如此底蕴深厚的绿道，也是千年时光的精神之道了。由此及彼，我要去岩下了。

岩 下

一

岩叫百丈岩，数道飞瀑直接撞下山谷，白练如丝，险峰下的村子，自然就是岩下村了。岩下藏在括苍山脉的起始峰处，海拔六百多米，东临仙居，北接磐安，距缙云壶镇十五公里。

岩下有一条古道，从缙云到仙居，曰普通岭。但普通岭不普通，它在一千五百年前的魏晋南北朝时期，却是条重要的盐道，婺州、处州到台州，盐夫们挑着盐，必须要经过此地，然后通过水陆路集散。

汉开始，盐铁一直国家专营，到魏晋南北朝时期，商品经济不发达，食盐更特出地显现着国家财政与社会发展的重要地位。浙东濒海一带，基本上都是盐业生产的重要基地，历朝都重视。

普通岭上下，常见的场景是，崇山峻岭间，古道蜿蜒曲折，两旁的树木交叉掩映，盐夫们挑着盐担，挂着搭柱，一步一步稳稳地走着，尽管重负，尽管艰难，几百米就需要补充体力，但他们的脚步却迈得坚实，担子上是他们全家的生计，唯有安全送达，才有生存的希望。一月一月，一年一年，年复一年，他们从青年挑成了中年，从中年挑成了老年，挑不动了，儿孙们接着挑，一个朝代结束了，盐夫们的后代依然在挑盐。

望着百丈岩上飞溅下来的白练，踩着盐夫们走过的古道，我的思绪也随古道向前延伸，一直延伸到东海边，盐田上。

二

朱元璋的孙子朱允炆，建文帝，继位后的第五年七月（1402年），就被他的叔叔朱棣打得不知去向，而这一年，有个叫朱庆的朱姓人士，他率着族人，迁居到岩下建村。朱姓是明朝的皇姓，但不是朱皇帝的后人，他们的始祖，是五代梁太祖时期的朱国器，曾任山东淄州刺史，后被贬至永嘉司户，后人就一直散居在南方各地。

朱氏宗祠，坐落在岩下村南的显眼处，从祠前往卜走，就是普通岭。三进两院的宗祠，紧致灵巧，外墙正面青砖，其余立面均为石砌。现有祠堂建于1683年，三百多年，也算经历了不少世事的沧桑。这里是朱姓后人议大事断家务的权威所在，一个决定的作出，如同那些石头一样，坚固而不可更改。

下午四点，我在村口朱伟萍的烧饼店前停下脚步，肚子并不饿，但我还是特意买了一个烧饼，为的是和她闲聊而不影响她的生意。五十来岁的朱，几年前自己做出了回家做烧饼的决定，当然，这个决定并不需要放到祠堂去讨论，现在看来，回家十分正确。岩下村每年约有十万人来玩，以前她在外面做烧饼，现在家门口就能赚钱，外面卖八块一个，家门口五块一个。不要小看这缙云烧饼，松脆香软，诱人得很。潜春红部长说，缙云烧饼已经全国开炉烘烤，十八个亿的产值让缙云烧饼风光无限。

三

初次踏进石头村，到处都是风景。

山高路远，岩下村的朱姓后人，修路造桥建房，均就地取材，里坑溪、百丈前溪、岩下溪，还有那深深的大山，溪中山上，到处都是石头，大小不一颜色各具的石头，极好的建筑材料，削去棱角的乱石，一一堆叠，它们变得十分听话，尽管有些小缝隙，但都互助团结，组成结实的联盟。看那些门梁，竟然都是长条青石，尽管不规则，却也是石头中的杰出者，它们的肩膀宽阔，担着比别的石头更重的大任。石头房冬暖夏凉，极具艺术气质，我们走进岩下村，仿佛进入古希腊古罗马的城堡，神秘而新奇。

看一个村子有多古老，有时候只要看看村里的树就行。里坑溪边，毛竹山下，四棵红豆杉，一棵香榧，粗壮茂盛，它们都和岩下村同龄。这应该是建村之始就栽下的，古树们会说话，会思维，它们见证了岩下村六百多年的风雨，如今依然葱萃，迎接着四方纷至而来的游人。

几乎家家门前，都挂着像鲳鱼形状的扁笋，大小不一，扁扁的身材，白白的，一个个在风中招展，它们是经过煮熟压干后的嫩笋头，经过阳光的热烈拥抱，挤去所有水分，就可以长久保存。这种笋干，四季可吃，经过水的复活，味道依然鲜美。

岩下村周围的大山里，有三千多亩竹子，竹子长在山上是风景，清明时节，黄泥土深处，笋们露出毛茸茸的惺忪个头，胖乎乎傻乎乎，它们东蹲西卧，个大鲜嫩，几成独特风景。砍回来的成年竹子，可以制成各种竹工艺品。缙云宣传部副部长樊建亮说，壶镇有一个青年店商，专卖那种挠背上痒痒的俗称"不求人"的竹制品，一年就卖了一千多万。

在岩下村，人也是风景。

楼下明堂，一座石头老屋，建于康熙年间，18间房，七百多平方米。两位老婆婆坐在屋角突出的石垛上，她们眯着眼，看来来往往的行人，我们站在边上和她们闲聊，一问，银白发老婆婆已经九十三，花白发老婆婆也已八十四。我们夸银白发长寿，也夸花白发健康，银白发却笑着说，她娘才长寿呢，前几年刚去世，一百零八岁生日过后去世的。王必胜看着银白发，赞她穿着的北京布鞋，银白发调皮地要求和他换鞋，必胜兄笑了：老太太，我有脚臭！银白发说我不嫌。必胜兄后来和我们说，老太太手劲挺大！

与世无争，静看人生，石头村的日子，不会催人。

四

我们住村头的民宿，岩下时光。

黄昏中，门前那棵枯了的枫香树迎我进了院子。枫香虽枯，却有生机，细看，原来是粗壮的凌霄藤，已经长出了朵朵新叶，它们枝枝蔓蔓，纵横交错，依偎着枫香，散发着春的气息。

岩下时光，原由一所小学的旧校舍改造而成，学校的操场就成了一个非常舒适的院子，青石板走道的左边空地上，种着一些芥蓝、青菜之类的蔬菜，右边有一排桂花树，两边的草坪上，青草长短不齐，高大的盆景正在泛青，这个院子，在眼下四月的春光里，正灿烂着笑脸。

清晨六时，我站在二楼的走廊，望山的深处，前方山峦间，薄雾层层，整个石头村很安静，偶尔几声鸡鸣犬吠，石桥上有三两早起的人们经过，他们往山里去，内心笃定，做着未完的各种琐事。溪水很热闹，淙淙作响，它们是好溪的支流，从岩下村奔腾而出，汇入好溪，而后，再一直流到瓯江。

封溪桥边，我碰到了昨天下午为我们导游的小金，她背着儿子，正要去浦江，她说去学习，她没有导游证，昨天为我们解说的导游词都是她自己写的，她从百丈岩上面的岩背村嫁下来，1976年出生的她，有两个儿子，大儿子已经在杭州师范大学读书。她匆匆和我告别，司机催着她上车。

看着小金匆忙的背影，我思忖，岩下村古老的气息里，亟须新鲜血液的输入。年轻人回家，山也熟，水也熟，石头更亲，石头的家园，一定会生机无限，盛放出五彩祥云般的花朵。

（原载香港《大公报》2019年5月19日）

女作家的衣裳

◎林那北

其实是这样的，写作的女人写到一定层面，就可以很自豪地号称文字是自己最好的衣裳。这话挺有光泽，把一个有文化素质的女子笼罩得华丽且高傲。读者在一定程度上似乎也愿意认同，毕竟总是先看到她们的文字，然后在概率非常小的情况下，才可能见到本尊。又不是一起生活，能够把汉字组合得眼花缭乱，就是人间一枚积极建设者了，鼻子什么样眼睛什么样，关我什么事。

女作家自己则很少跟他们观点一致，登台时脖子一梗，似乎蔑视外壳，煞有介事地鼻子哼哼做不食人间烟火状，关上门对着镜子，我不相信哪个是一脸漠然的。对生活一切细节敏感，这是写作者最基本的素养，即使天赋低劣，在其中混久了，滚出一身泥巴，那根神经多少也稍微苗壮一些了，总不至于两眼只盯着别人敏感，落到自己的身上，就瞎了。镜子诚实地告诉你脸黄了脸皱了有雀斑了，有办法吗？没有。这种绝望夹着大海涨潮般的无奈，但也只能接受，不接受难道拿刀捅死自己？再有钱再有名再有才华又怎么样？认命是高低贵贱者一生最神似的心理命题。然后从脸往下看，越过脖子，越过脖子上越来越显著的颈纹，就抵达可以有所作为的领地了。

现在购物方便了，微信朋友圈看到这个今天在日韩那个明天在欧洲，退一步还有万能的网络。网上也不全是低端货，很多大牌旗舰店正在冲锋抢占地盘中，另外不是一些大V也大汗淋漓地做着海外代购大业吗？万紫千红的颜色与千奇百怪的款式齐飞，接下去考验我们的时刻到了：你选择哪一件衣哪一条裙哪一双鞋哪一顶帽？

20世纪三四十年代出过一群争奇斗艳的女作家，她们首先运气好，率先获得开蒙识字的机会，若是字离她们远，被今天的我们记住的概率就几近于无了。老有人夸林徽因漂亮，她长相上其实并不像福州人。倒是长得特别像福州人的浙江人郁达夫，曾动用文字浮夸过福州女子，他不知为何能在南大街和仓前山一带看到许多皮肤柔嫩雪白的美妇人，认为比苏杭好几十倍，我相信多半是诗人酒后浪漫失控的胡扯。闽地数朝数代源源不断有从烽火中拖家带口仓皇南下的北方移民，杂居和杂交后导致人种智力飙升这是不争的事实，至于相貌，原本也应突飞猛进，事实上却因为颧骨发育太猛，加上天气炎热，鼻子忙着散热而来不及高挺起来，也不给鼻尖留出些许位置，把鼻孔弄得又粗又大，而太阳穴那里却没来由地迅猛往里一缩。从老照片上，林徽因的母亲何雪媛虽来自浙江嘉兴，却窄额、高颧、凸唇，一张橄榄状的脸怎么看都很福州。而林徽因脸无棱无角，反倒显出温婉柔媚的江南水乡质地。脸上线条越柔顺流畅，性格往往越绵软温婉，反之则刚烈刻薄，这一点何雪媛可以印证。林徽因似乎却印证不了，她长得柔软，脾气据说却也火爆。火爆会不会是因为被周围男人众星捧月捧出来的？而且温婉的人一般唇都懒得动，她却奇怪的是太太客厅里的"话痨"。我因此就不太相信面相了，关于这个被人反复夸奖的福州女子，该说的倒应该是她的服装。

那个时期的女作家中，她应该是留下照片最多的一个。长得好看就爱拍照是个原因，关键是也得有钱有机会碰到照相机。这在如今不是问题，往前推近百年，就是个大鸿沟。没有美颜可用，又不能P，她的美就是原汁原味的。杏眼、高鼻、小唇、酒窝、尖下巴，该有的全有齐了，连略单薄、个子偏矮和哮喘导致背微驼都淹没不了如花颜值。有一天我突然不再看她的脸，而注意起她的穿着。少女时的白褂黑裙，成年后的旗袍、洋装，至少照片所体现出来的无一出错。对，"出错"这个词很重要，什么年纪、什么场合，选择一款什么服装真是危机四伏。男人一辈子都只需要在休闲或西服间做个简单A、B选项，女人这个倒霉的性别却每天都是考验。过了四十岁还穿吊带装是不是傻啊？露出来的部分，已经被岁月侵蚀得倦意无限，松了垮了塌了，终日垂头丧气恨不得抱头鼠窜远离每一寸光，却偏要被扯出来游街示众，这是多大仇多大恨？与露正相反的是赘，分明背凸腹鼓大腿壮硕，却披挂上带汤带汁坠满各种蕾丝或荷叶边的战袍，整个人仿佛是淹没在羽毛中的母鸡。世上所有的花朵都有无限霸道的侵略性，这是天赐美貌所决定的。女人斗胆把它们引到身上，就一定得做好引狼入室的思想准备，被反衬是分分钟的事。如果年幼，靠天真无邪还有一线转机，中年与暮年后弹性节节消亡，体内哪还有与之抗衡的点滴精气？一年一年的溃败中，与岁月握手言和的唯有没有一分多余的简洁剪裁，多一根线头都是负担。

我最喜欢林徽因的一张照片是她刚骑完马或者准备骑马，长靴、马裤，双手插裤兜，上面随意披一件外套，关键还系着一条丝巾。一个多病的人，娇弱身躯似乎唯有被绣花旗袍裹起，才相得益彰，突然英气起来，竟也如此惊天地泣鬼神。她应该对脖子这一部件异乎寻常钟爱吧？或者围巾或者项链，几乎没有断过。以亚洲女人扁平的五官和矮小的个子，衣服以外的装饰无疑是最凶险的存在，常常游走在矫揉造作的边缘。她还好，二十岁那年站在泰戈尔身边，虽项链略微偏长把她背坠得格外驼，但她不惜负重豁出去，好让外宾看看中国女子也不是穷得叮当响，其担当之勇还是该点赞的。

抗战，动乱，逃往西南，世事乱了，她的衣服却没乱，这就很像淤泥中的荷花了。1938年她带着孩子与几个朋友在昆明西山华亭寺合影时，项链是没有了，围巾也缺少，但毛衣、哈伦裤、长皮靴以及点到为止的笑容，一切都仍保留着岁月静好的安详。

我唯一不能认可的是她投入工作，爬上那么高的建筑物测量和维修时，还非得穿长及脚踝的旗袍。知道那天会有人拍照？唯一能解释的是，前一天下过大雨，她不多的长裤都浸湿了，或者本是去电影院休闲，中途灵感忽起，玉足一拐，就拐去工地了，再狭小的裙摆也挡不住她凌霄花般向上攀援的激情。一个长得敢跟花斗艳的女人，她美她说了算。

而冰心，始终明智地穿得规规矩矩，连袖棉布旗袍是常态，颜色也尽量深重，这就有点把自己收缩起来，不跟花红柳绿争个春的意思了。年轻时冰心可能对自己声势浩荡隆起的大额头自卑过，曾用重重的发量密实盖住，不是以刘海的形式，而是用长发从中间向两边拉出两奇怪的弧形，连婚纱照也用蕾丝代替头发遮盖前额，这样做的结果是生生把她有限的身高又切短了几厘米。当然我相信她后来对自己额头重塑了信心，至少1948年她在日本寓所写字的照片上，整张脸就已经无遮无拦，半根头发都休想延伸出来。算起来这一年她48岁，功成名就，儿女成仁，已经是人生赢家，小小的额头哪里还吓得住她？何况把所有头发全部集合起来在脑后挽个髻，进可称为知性，退可靠拢利索。当我们身体质朴得撑不起任何华衣丽服时，以守为攻，以不变应万变，难道不是最明智的选择吗？可惜很多人还是忽略了这个榜样。

估计很多女作家更愿意抬出张爱玲做榜样。与林徽因穿了也不说不同，张爱玲显然高调多了，那些鱼贯涌出的穿衣经，大约先把她自己架到高处下不来吧？好在她本事真是非常大，会画图能设计，还有长长的天鹅颈用来架起领子高耸的绸缎旗袍，又有足够傲视一切的冷艳表情用来对付照相机镜头。可惜那时都是黑白照片，除了那些异军突起的各种款式，我还好奇她对色彩是怎么把控的，色彩才最能把一个人内心秘密底朝天悄然外泄吧？现实中她有一件双大襟的墨绿旗袍吗？有一条深红色阔大无比的绒线围巾吗？有没有都不重要，小说家对任何东西的热爱都不至于浪费，最终都会成为营养化进文字里。"生命是一袭华美的袍，爬满了蚤子"，这是多么深的悟和痛啊。

因为心性的迥异，各人的喜好就会像空气一样偏执地存在着。大头大脸大骨架的丁玲就很少穿裙子，太阳照到桑干河上，却无法照进她每一个日子。孤傲倔犟的萧红一生动荡漂泊，照片中我们却看到这个呼兰河的女儿总是把瘦小的身子裹在紧绷绷的旗袍里，静水深流。

以前长辈总是认为，女孩子如果在穿着打扮上花太多时间，就无力进步了，所以拼命试图压制。不用花脑筋也知道这说法有多可笑，想把钱省下来自己打扮就明说吧，找这样的借口智商堪忧。说到底穿什么怎么穿，直觉罢了，天赋罢了，水到渠成罢了。林徽因病危躺在床上时，衬衫挽起袖子，外面罩个马甲，放现在这样穿都没过时，仍水汪汪地透着可人的清秀。气息奄奄中她已来日无多，停摆的肺部让她只剩一丝力气胡乱把衣服一套，却仍然可以套出山清水秀。张爱玲晚境孤寂，面相越发刻薄冰凉，虽缩在门内拒见外人，在照片里却眉该描照样描，唇该涂仍然涂，而衣服也没有哪件是不帮她守住尊严的。

美人在骨也在皮，皮囊外罩上什么样的一层布料，学问不大，也不会小。别造作就行。别失态就好。一副能看穿世象的眼光，驾驭起身上为数不多的布料，想必也不是一件太困苦的事。衣品不是人品，它只是一个微小作品。

（原载《文汇报》2019 年 6 月 9 日）

别吓着机器

◎黄永玉

前几天看到个短消息，一百三四十年的柯达公司停业了。说得清清楚楚，不是倒霉，不是垮台，不是跟人闹脾气，是自动不干。

开创人是乔治·伊斯曼先生，他发明照相的乳剂配方，干版和胶片和以后的胶卷，柯达盒式照相机，勃朗宁盒式照相机。

这种盒式勃朗宁有句广告语：

"只要手指头按一按！"（这句话百多年一直按到现在）

这是一九○○年的事。

一九三七年四月四日儿童节在长沙，家父三块多钱买了部这东西送我，一直带在身边。六月份跟家二叔到了厦门，七月份全面抗战开始。

一九四五年抗战胜利，我在江西寻乌县（毛主席写寻乌县长冈乡考察报告的那个寻乌县）。

一九四六年在广州，把这架伴随我八年苦难的小黑盒子转送给妻子的弟弟阿川，再由他用胶布粘补裂缝，不晓得又用上多少年……

所以我记得住柯达公司，也没忘记乔治·伊斯曼先生。每次想到他们，仿佛闻得到一种文化历史的香气。

这类消息并没有让我惊慌失措，也没听见别人在幸灾乐祸，只是让人温暖地翻阅历史文化大书的某一页而已。

不过，我仍然觉得这是个不小的文化动静。有了柯达公司与乔治·伊斯曼先生的发明，才有办法把世界这一百多年来的大事小事都活生生记录下来，让人们的眼睛亲自看到历史。

举个好玩的假定：

要是早两千多年，由秦朝的李斯或秦始皇、唐朝的唐太宗或吴道子，或宋朝的张择端，或是历朝历代的史官们发明了摄影技术而不是竹简、木牍记录本朝野万端杂事留给后世，让我们像看电影一样看到当年历史人物真身活动的记

录，该有多妙！（当然也有点害怕）

把这种梦想缩回现实，乔治·伊斯曼先生这一百多年记录功劳也足够可以的了。所以我想说：乔治·伊斯曼先生和他的柯达公司有点"伟大"，不晓得可不可以？

柯达公司停止活动了，"潇洒！"

做生意的看准形势，玩到这种水平还真不易。

世界上常发生这类换位变化。自然换位和社会换位，也让我想到木板拖鞋问题。

我是在闽南长大，在广东成年的。对于穿木拖鞋相当习惯。如果不上班，不开会，不访友，在家大都穿它。闽南厦门，泉州人称它做"茶（柴）枷"（"枷"这个字用得很勉强，原应是双音字，有个"K"音当头）。广东的广州，香港一带称做"莫枷"（上声）（木枷，"枷"也是个双音字，也有个"K"音当头）。

粤、闽两地人穿木板拖鞋很自在，甚至套在脚上可以飞跑。打架时捏在手上当武器。

这东西从古就有，它跟脚的关系比内地人亲密得多。追究历史完全犯不着。

大街小巷，随处找得到为人急修木屐的小摊铺，大多牛皮带两边掉了钉子。你知道这三两分钱的生意，养活多少赖以为生的男女老少家口吗？

满街的"搭啦！搭啦！"木屐声，只到中夜能得片刻消停，真用得上萨都喇《满江红》那词："听夜声寂寞打孤城。"

谁能想象自从塑料拖鞋上市以来，那个万家钉屐小摊子从此打锣也找不回来了。

这类变化，市面上没发生过惊涛骇浪；怪谁也怪不着。能设想千百年习以为常的生活方式一下子不见了！达尔文的"演变"规律也来不及这么快。

上中学的时候就晓得上海有个林语堂先生，跟鲁迅先生有来往，英文好，爱讲滑稽话。后来到美国去了。写好多介绍中国文化的书。我看过一点，觉得大部分是写给外国人看的浅话。不耐烦看了。

后来听说他在发明中文打字机。几万汉字的打字机比二十六个字母的打字机发明难多了，心里产生了尊敬和佩服，也以为这事深感造难。

发明出来有什么用？

能普及么？

贵么？

再过一些时候才想起另外的问题：

他不懂机械原理，"作用力等于反作用力"蒙昧跟发明热情打架，谁也熬不过谁。

他没有多少本钱。

做机器工艺容易烦躁，常会跟同伴吵架闹场合。

他没有机会享受成果的快乐，得到的只是饮恨。好不公道啊！天老爷！我见过那架结构非常复杂的成品照片屹立桌上，像一座巍峨的烈士公墓。

女儿在美国卫斯理大学读书的时候，听说体验过一年多语堂先生的打字机原理。

全世界一阵妖风刮起，飞沙走石——

新世界揭幕，电子芯片出现。

历史上流逝的汗水、眼泪、光阴、愿望、足迹都能找到去处，找到归宿。幼稚行为是开发的源头，甚至，甚至，看在文化分上，献一把鲜花给林语堂先生吧，别再嘲笑他那部中文打字机吧！

底下讲我耗费了大半辈子时光干的事。

"木刻"。

把一块画在木板上的稿子刻出来，挖掉不要的部分，留下要的部分。就这么简单。也教过学生这么做，不要听反了。

木刻艺术是跟着原木刻书籍版本正经大事演化出来的。

我年轻时候有幸拜识过老刻版匠的神圣工作，一字一字刻着某部分的某一页，某一行，某一颗字。天晓得他老人家哪年哪月哪天把这整部书刻出来？

谁计算过《四库全书》是由多少人刻出来的？中国历代所刻书籍能搭几条万里长城？要清楚，书的长城之下，一定也哭着孟姜女、杨姜女、熊姜女……

"一书功成万骨枯"啊！

我在报馆工作一段时期，熟悉印刷过程和机器，排字用铅字排版，用铅汁浇灌纸型，上印刷机印刷。机器一开动，松了一口大气。好轻松，好简单。好现代！好规模！

我十几年前去参观印刷厂。

单栋五层楼高的大厅装着三十米长，十五米高的机器。卷筒纸这头进，那头出来的彩色斑斓的书。自己往卡车上送，静悄悄像一群鱼。

楼上两男一女坐在电脑边，手指不停晃动。他们是楼下机器的司机。

楼底机器边站着三个人，也跟机器一动不动。

我对老板说：

"太安静了，你大叫一声试试！"

他说：

"不敢，会吓着机器。"

二〇一九年五月二十二日北京

（原载《新民晚报》2019年5月29日）

时间的表述及其他

◎任林举

一、时间的表述

天色将晚，我决定哪里也不去，就坐在那座老房子的窗户背后，盯着渐变的天光，等待夜晚来临。

于是，夜色，便如无声的潮水，从天上、地下以及四面八方一点点涨上来，先是淹没了摇摇欲坠的落日，接着是拖起长长影子的树木，然后是小小的村庄和远方的城市，浩瀚如海，最后淹没了广袤的大地。

天上稀疏的星星，已遥远、缥缈得如海岸上的点点渔火。

村子的另一端，偶尔传来一两声模糊不清的狗吠，无非是反衬了夜的静谧，此外，别无深意。一切声、光、物象终将消失，只有那比夜色更加难以描述的时间与我同在。

偶尔，有一种均匀、沉稳的声音从黑暗中传来，嘀嗒嘀嗒，宛如一个十分自信也十分固执的人，迈着方步从黑暗中走过。不可改变的节奏，恒定得令人恐惧，仿佛他的方向、里程和力量都属于永恒，不增不减或不可度量。我知道，那又是时间，走过时不经意踩响了墙上的挂钟。

记得30多年以前，我曾在这座房子里借宿。那时，我还年轻，墙上的挂钟也和我一样年轻。我以为，墙上的挂钟不过是为了见证时间的行走而存在，而时间也不过是为了见证我的行走而存在，它的全部意义不过是为了丈量我的成长以及成长的节奏和步伐。30年之后重回故里，我才发现，我们的一切都与时间有关，但时间的一切似乎与我们并无关联，它从来都我行我素，既不需要见证也不需要测量。

早年挂在墙上的那挂老钟，如今早已经不知去向，取而代之的是另一部完全陌生的挂钟，以另一个面貌、另一种姿态悬挂在另一个位置，但指针仍然敲打出从前的节奏，仿佛时间从来没有离开过须臾，它一直都在那里原地踏步。父辈们已纷纷离去，不再露面，很难确定他们究竟是藏身于泥土还是藏身于时间深处；而与我同一个时代出生的人们，全都放弃了原来的灵动与英俊，改换为一种面貌和心态，以至于彼此相逢也不能相认；曾经年轻、美丽的表姐、表妹们，狠下心将自己从里到外彻彻底底地妆扮成他们的父亲或母亲，拒绝一切与性别有关的爱慕与迷恋……而我自己，走了很多年，走过很多地方，经历过很多的悲欢离合，又悄悄回到了出发的地点，除了冷眼旁观却心知肚明的岁月，只有我仍然知道我还是我。

原来，墙上的挂钟、挂钟下无眠的我、我心里记挂着的亲人、与亲人们命运与共的乡亲，以及世间的万事万物都不过是时间的表述，尽管在这篇冗长得望不到首尾的文章中，我们都不过是轻描淡写的一句，但它还是利用了我们，以我们的有限描述了它的无限。

那一夜，我梦见了我自己。我变成一条鱼，在时间里游来游去。

二、初　雪

一场意料之中的雪，终于在立冬前一天落了下来。

虽说在意料之中，但清晨出门时的满目银光，还是让我有一些猝不及防和内心慌乱。街道、景物和房屋，似乎一如从前，但被一层厚厚的积雪覆盖之后，却已变得难以确认。雪，涂改的已经不仅仅是眼前的一应事物，也涂改了我部分记忆。有那么一个时刻，我甚至怀疑，自己昨夜是否住在自己的家中。

雪在小区的路上延展，像一张没有留下任何笔迹的白纸，干净而空落。我走过，那一行孤零零的足迹，便成为白纸上最突兀的内容，突兀得似无来由。雪延伸至小木桥时，浑然的白突然被木板间的缝隙割裂开。一条条细线均匀相隔，一张白纸就变成了一页打着横隔的信纸。我在桥头停了下来，踟蹰着不敢前行。

从前，每当我要给某人写信时，就这样在一张信纸前端坐很久，迟迟不能下笔。我会在记忆或情感里搜寻，我和那人之间种种的前缘和往事，然后慢慢地在信纸上一笔一画地描绘、抒发出来，以期通过这种方式在自己和对方的心里留下深深的印记。但今天，我却不知道要把我自己的行踪或心迹透露给何人？

我踟蹰，是因为事已至此，我已不敢再对眼见的一切轻下断言。多年之前，我可以很直接地告诉某人我内心的寒冷或温暖、孤独或充盈、恐惧或渴望，但现在我早已习惯对任何的遭遇和结果都韧忍无声，充其量是咬咬牙，暗暗鼓励一下自己。现在，尽管飞扬的和落在地上的雪，充满了天空和大地，如喋喋不休的闲言碎语，可我仍然觉得这世界是空的，空空如也，且沉寂无声。我明明喜欢这种纯洁可爱的白，如干干净净的记忆和干干净净的心，但我就是不敢相信我的足迹会是今日雪地上唯一的内容。

我刚从雪地上走过不久，就已经有新雪飘来，怂恿路，忘却了我的足迹。如此，我怎么确定在我之前是否有很多双脚走过？在我之后是否仍会不断有人走来？仿佛，一切都可以成为不可告人的秘密，但我却没有勇气断定这就是一个谎言，我只能怀疑我自己真实的重量。站在小桥的这端，回望那端，根据不着一字的一页纸或没有踪迹的一段路，完全可以推出这样的结论——生命原本虚无、轻飘，经过，如同没有经过。

望见一些失去了叶子的树，遂想起春夏季节的往事。那时虽说有红花也有绿叶，但也不是没有雷电、风雨，只不过那时总是盲目乐观，有泪水也说成雨水。其实，雪也是变了形的雨或泪水，如果不是冬天的话，就这么傻傻地站在天空之下，早已经满眼、满脸、满地皆湿。冬天是内敛的季节，寒冷，虽然有时彻骨，但只要把衣襟裹紧，那些难分咸淡的水珠就不会将我弄湿。

三、执　着

从我家洗手间的窗子望出去，大约十米的距离就是另一栋房子的一扇窗。不知什么原因，主人买了这栋房子，却始终没有入住，许多年就那么空着。静静的，如一座无人的庙宇，平日里只有一些麻雀穿梭于屋瓦之间。

空空的窗口，如一个永远没有内容的画框，却成了我每天清晨洗漱时一道避不开的风景。

这一日，窗子里突然就有了内容。一只着了魔似的小麻雀，整整一个早晨都在反反复复地做着同一件事——一次次不停地扑打着那扇玻璃窗。扑打一阵子，就暂时握住窗边垂下来的一截电线，稍事休息，积攒力气，然后继续一次次扑打或撞击过去。

这小小的麻雀，它想要做什么呢？看它乐此不疲的样子，也许是在游戏吧？来不及细想，我赶紧进入自己的书房，去写那些似乎永远也写不尽的稿子。时至中午，我已经写得腰酸背痛，便又一次想起了那只麻雀，很想去看看它在还是不在。结果，它还在。依然在不停地扑，不停地撞，对着那黑洞洞的空窗，但翅膀扇动的力度已大大降低，飞翔的姿态也显得有些凌乱。

我想，它肯定不是在游戏，而是被某些虚幻的东西所迷惑，否则哪至于如此拼命？有心想干预一下，但想想还是作罢。自己的事情、人类的事情还没有管好，哪有剩余的心力去管鸟事！或许，它知道累了，知道疼了，也就知道放弃了。毕竟，鸟儿不会像人一样，有那么多的执念。

第二天清晨，天刚蒙蒙亮，我透过洗手间的窗，又看到那只小麻雀。它还在那里，不屈不挠地扑打，并无意离去。看来，它也和我所知道的人类一样，有时会不可救药地被执念困锁。可是，在那黑洞洞的玻璃后面，它究竟"发现"了什么呢？理想的家园？心仪的伴侣？传说中的天堂？另一个自己？还是某种命运的呼唤？

小鸟儿的力气似乎已经剩余无几，比起前一天，它的动作显得虚弱而又迟缓。我不由得心生恻隐，决定一尽人类的"慈悲"，搭救一下这个可怜的小麻雀。可是，人不会鸟语，我无法隔窗告诉它，只要它转身，就会拥有一片广阔的天空。我只能走过去，走到玻璃窗下，强行把它"吓"跑。当我走过去时，它果然因为害怕，慌乱地飞到墙头上，站住了，但并没有远去。好像如梦方醒，也好像无限依恋。

此后的很多天，我都没有在那扇窗子前看到过那个小麻雀，不知它确如我愿，飞向了身后广阔的天空，还是因过度虚弱而身殒草莽，让不甘的灵魂再一次返回那扇窗前，继续着夜以继日的扑打。

四、剩 榆

起先，我家北窗外靠左的一边有两棵李子树，一棵是紫李，一棵是普通的玉黄李。春天时，两棵树都开白花，它们本是同类、同属，不细心的人很难发现它们的差别。但花期一过，紫李就生出了紫色的叶子，而玉黄李却生出了绿色的叶子。有风吹来，二树摇曳，枝与枝交错，叶与叶摩挲，如一对如胶似漆的情侣，在阳光下翩然起舞，好看，又和谐。

然而，开花也好，结果也好，生命的本质并不是为了"作秀"，而是竭尽全力让自己生存下来，并把生命的基因尽可能地传承下去。所谓的荣光和尊严，那也是人们一厢情愿的想象。让存在的印记深深地镶嵌在无情的时光之中，这本身就是尊严。夏日一到，窗前的草木们便无暇顾及人们的品头论足、留意或不留意，趁一季的好风、好雨、好阳光，以奔跑的速度，抓紧生长，为自己争夺、储备着生存的权利和空间。

夏末的某一天，我站在窗前发呆，突然发现两棵李树之间不知什么时候长出了一棵特殊的植物。不是草，是树。拇指粗的树干直直地从土里伸出来，像一条笔直的棍子或鞭子，从两棵李树的缝隙中蹿向天空。出于好奇，我特意绕到近前看个究竟。原来是一棵榆树。真奇怪，小区的院子里种的都是一些样子好看的名贵、珍稀树种，多年来就没人见到过一棵榆树的影子。它是怎么生出来的呢？难道是凭空或从天而降？

现在我要考虑的是如何处理。对榆树，我是很熟悉的，那是一种生命力极强的大型乔木。不出几年，它就会变成一棵形态粗犷、皮糙叶茂的大树。小时候，家住平原，到处都长着这种榆树。由于家境贫寒，食物常常不足，我们就拿榆钱儿、榆树皮充饥。除此，榆树还是一种十分优质的木材，可做栋梁，可打制结实的家具，用以支撑我们简陋的房屋和生活。平心而论，榆虽贫贱，但对我恩深义重。问题是，对于现在的我，它已经失去了意义。时代已经发生了翻天覆地的变化，我们，包括我自己，已经不再对食物和栋梁等事物感兴趣。在情感上或需求上，我们更偏爱李子，因为李子不但春天有花可看；秋来，还有酸甜可口的果儿可供品尝。而榆树一旦高可参天，李子就会被压抑在它的伞盖之下。于是，我决定一剪把这个将来一定威胁李树生长的榆树除掉。

就在我举起大剪的一瞬，心里突生恻隐，想到这棵榆树生之突兀、活之不易的命运。在小区这个人工植物群落里，这小榆树，不正是树木中的"寒门子弟"吗？我凭什么依据自己的权衡剥夺它的生存、竞争的权利？于是，我放弃剪除榆树的想法，返身，离去，让植物们遵循天意去安身立命，自由竞争。

（原载香港《大公报》2019年4月"乡愁的胎记"专栏）

送走一只狗

◎南　帆

　　这篇文字写于四年前，从未在任何一家报刊发表过。
　　卡普走四年了。

　　卡普没有了。

　　再也没有一只欢乐、贪吃、精力旺盛的拉布拉多端坐在阳台的玻璃门背后，眼巴巴地等待我们回家了。

　　事情的开端在哪里？想不起来。总之，卡普已生病了一段时间，不怎么愿意吃东西。它那个强悍的胃哪儿去了？不过，我们没有认真对待这个信号，太忙。晚上下班回来，懒懒地趴在阳台上的卡普撑起身子，踱到玻璃门边向我打招呼。它用力地咳嗽几声，表示身体不适，或者还伸了伸脖子，做出了想呕吐的动作。我觉得咳嗽和呕吐像是装出来的，如同邀宠。离开阳台之后，我并未再听到咳嗽的声音。卡普重新趴了下来，眼睛望着屋里，我不怎么理睬它。

　　那天卡普莫名其妙地摔倒了。太太招呼卡普到卫生间冲澡，这是它最热爱的一项活动。站在那儿等待热水的时候，卡普突然僵硬地侧向摔倒在卫生间的地砖上，如同一匹没有膝盖的木马翻倒在地。太太惊叫着跑过去，几乎不相信自己的眼睛。一两分钟之后，卡普才挣扎着起来，低着头神情黯然。

　　我们觉得情况有些严重，开始打电话联系一位大嫂，当初就是从她手里买回了卡普。大嫂麾下拥有一个庞大的拉布拉多团队，见多识广。大嫂开一辆小面包车来了，卡普使劲摇动尾巴。它认出了自己小时候的主人。大嫂看了看卡普的鼻孔，认为没什么大事，感冒而已。她给了些药，还喂卡普吃了两个"力克舒"——一种常见的治感冒胶囊。两天过去了，卡普的症状没有减轻，仍然不吃东西。大嫂又来了。她利索地用两腿夹住卡普，一手揪起卡普脊背上的肌肉扎了一针。卡普仅仅轻轻地挣了一下，它忍着痛。

　　又过了几天，太太要到东北出差。她不放心，和我商议将卡普存放在大嫂那儿两天，喂药打针可以方便一些。大嫂的小面包车停在门口，我们连哄带拖把卡普弄上去。尽管它认得大嫂，可是不愿意离家。太太后来伤心地说，她与卡普的最后一面竟然是卡普隔着小面包车的后窗向我们张望。

第二天，我没有联系上大嫂。晚上突然有些不放心，独自驾车到大嫂店里。店堂的笼子里，一群大大小小的拉布拉多正在嬉闹。大嫂一面忙碌一面说，卡普不适应这里，只喝了些水，而且一直不肯趴下。我在店堂角落的铁笼子里看到了卡普。笼子很小，它固执地站着，脑袋顶到了栅栏，双腿已经开始发抖。我打开笼子，它乖乖地上车跟我回家。我在电话里和太太商议，必须送卡普去宠物医院，大嫂那儿不能解决问题。网络上可以搜索到附近一家有名的宠物医院地址。

次日上午将卡普运到宠物医院就诊。一个医务人员帮忙将卡普按在二楼的一张金属病床上，刮去前腿的一小撮毛，抽血检查。它已经没有多少力气，稍稍反抗一下就任人摆布。等待化验单的时候，卡普不声不响地站在我脚边，低着头，如同一个犯了错误的孩子。我拍拍它的脑袋，让它卧在地上。

化验的结果让我大吃一惊。医生说是肾衰竭，卡普身上的酸碱度已经完全失衡。狗怎么可能肾衰竭？我无法相信。医生指点化验单上的一系列数据说服我，并且告诉我预后很不乐观。我还是决定治疗，并且按照太太在电话里的叮嘱，让医生用最好的药。交纳了一大笔费用之后，医院要给卡普挂瓶。沿着楼梯下来，卡普一扭头就往汽车上跑。我把它拖回来，推进一个小铁笼，把门插上。医生说挂瓶的时间很长，让我晚上再来。

晚上的宠物医院很安静。七八个小时了，铁笼子上方药瓶中透明液体通过一条细细的塑料管持续淌入卡普的躯体。它无声地看着我，对放在面前的一小盆清水没有丝毫兴趣。值班医生叹了口气说，不知能不能熬过这几天。卡普周围有四五个笼子。一只老狗在打盹儿。两只小狗在打闹。还有两只大肥猫无忧无虑地翻过来，滚过去。我问了问，都是出差的人家寄养在这儿的。我坐下，陪同卡普到半夜。

第二天大早我又到医院，卡普更为衰弱了。它不动，也不再发出声音，只是盯住我，一只眼睛慢慢地淌出了泪水。估计它意识到自己大限将至。我以为卡普仅仅是想回家，就摸了摸它的脑袋，说几句话安慰它，为它换了一盆清水之后就去上班。上午十点多突然接到医院的电话，说卡普已经走了。他们把卡普放出来上厕所，还没来得及回到笼子就咽了气。

我有些回不过神来，心中突然生出了一些恨意：怎么能就这么走了？我打电话给太太，她乘坐的火车正在东北大地上奔驰。我表示不想再到医院，让他们处理善后罢了。太太劝我还是去一趟，不能让卡普独自离开。我没有说出口的顾虑是，担心自己到医院会忍不住失态。

当然最后我还是去了。到达医院的时候，卡普已经被放在一个纸箱里。它安静地躺着，蜷曲的脑袋枕在自己的胳膊之上，仿佛正在熟睡。我用手机拍了几张相片，然后让他们用胶带封上纸箱。医疗费还剩余几百，跟医院的人说不必退了，但委托他们给卡普找个好地方，最好能葬在城郊东面的那座山上。交割清楚之后回到汽车上，我的眼睛一下子模糊了。

两天以后医院发来了几张安葬卡普的现场相片。他们在山上挖了一个坑，埋入纸箱之后填上土，从此卡普就在那儿了。我不清楚具体的地点。他们说在一个废弃的茶场附近，相片的边缘有几幢旧的农舍，一根电线杆上的电线斜斜地切过画面，四周植物茂盛。

很长一段时间，我无法和别人谈起卡普。一想到它，喉头会突然哽住，一下子说不出话来。悲伤时常出其不意地袭来，猛烈得让自己感到意外。

太太出差回来之后，那天我们驾车经过一个老街区，街道两旁有一些老店铺。太太说今天是卡普的头七，我们给它烧一些纸钱吧。太太在老店铺里买了一些镀上金箔的纸钱和一对蜡烛，我们去了工作室的露台。以前带卡普到露台上玩过，它肯定曾经跷起脚对准那些花花草草撒过尿。我们在一个小铁桶里烧纸钱，黑烟缭绕，桶底厚厚的一层纸灰，地上一对蜡烛的火苗在微风中摇曳。我一边烧纸钱一边说：卡普，到了那边还要做一只快乐的狗！遥远的市区夜空，有人在放烟花，砰砰连声。我觉得空气仿佛动了一下。太太突然非常肯定地说：卡普来过了。

两天之后发生了一件奇怪的事情。太太手机响铃的时候，屏幕上出现的居然是卡普的相片：卡普嘴里叼着塑料彩球，满脸调皮地趴在窗台上。这是一张很久以前的相片，似乎也不是这部手机拍的。由于伤心，太太已经删去了手机里所有卡普的相片。这一张相片为什么突如其来地显现？无法解释，我们有些惊悚。当然，我们坚信卡普不可能加害于人。一个月之后，太太不慎摔了手机，屏幕裂开了。太太换了手机，她不愿意看到屏幕上一张卡普破碎的脸。现在，那一部屏幕裂开的手机一直放在抽屉里。

那一天出门，太太驾车，我坐在副驾位置上。马路的前方一脉山峰，如同几扇深蓝色的屏风。太太突然问，那是什么山？我告诉她那座山的名称，翻过山峰是哪一个县城的地界。太太没有作声。我往旁边一看，一道泪痕淌过她的脸颊。我突然明白了，卡普正是葬在那座山上。

我们一直不敢将卡普去世的消息告诉身居北京的女儿。她知道卡普重病之后，哭得浑身颤抖。女儿从北京回来，我们说卡普送到大嫂山上的狗场去了，接近泥土有利于卡普养病。她将信将疑。去年春节的时候，女儿执意要到山上看望卡普。太太事先和大嫂商量好，并且挑出一只长相相似的狗冒充卡普，然后和女儿驾车上山。女儿回来告诉我，山上的狗场里有一大群拉布拉多奔蹿嬉闹。她拿了香肠和馒头在栅栏外面招呼，一只拉布拉多脱离群体跑了过来，吃掉了香肠和馒头之后又跑开了。她觉得它就是卡普，比往日胖了一些壮了一些。她愿意这么相信。

我和太太也愿意——愿意相信卡普仍生活在那座蓝色的山里，漫山遍野地奔跑，自由自在，而且，贪吃、顽皮、快乐。

（原载《作家》2019年第9期）

大白菜赋

◎肖复兴

又到了大白菜上市的时候了。最近，北京大白菜丰收，最便宜的只要一角八分钱一斤。

民谚说：霜降砍白菜。从霜降之后，一直到立冬，北京大街小巷，都在卖白菜，过去叫作冬储大白菜，几乎全家出动，人们拉着平板车，推着小车、自行车，甚至借来三轮平板车，一车车买回家，成为北京旧日冬天的一幅壮丽的画面。如果赶上下雪天，白雪映衬下绿绿的大白菜，更是颜色鲜艳的画面。

那时候，大白菜的价格，国家有补贴，一斤不过几分钱。谁家不会几十斤上百斤地买回家里呢？买回家的大白菜，堆在自家屋檐下，用棉被盖着，要吃一冬，一直到青黄不接的开春。可以说，这是老北京人的看家菜。过去人们常说：萝卜白菜保平安。

大白菜，不是小白菜，不是奶油白菜，而是个头硕大抱心紧实的白菜，一棵有十来斤重。在以往蔬菜稀缺的冬天，大白菜贫富皆宜，谁家也少不了。齐白石不止一次画过大白菜，却从来没画过小白菜，更别说奶油白菜了。

清时有竹枝词说："几日清霜降，寒畦摘晚菘；一绳檐下挂，暖日晒晴冬。"这里说的晚菘，指的就是大白菜。菘，是一个很古老的词，将大白菜说成菘，是文人对它的美化和拔高。菘字从松字，谓之区区大白菜却有着松的高洁品格，严寒的隆冬季节里，一样的绿意常在。

冬天吃白菜，在我们国家有着悠久的历史。新近读到我的中学同窗王仁兴在三联新出版的《国菜精华》一书，他所研究收集的从商代到清代的菜谱中，白菜最早出现在南北朝的南朝。在贾思勰的《齐民要术》中收录有白菜的吃法，叫作"菘根菹法"。这说明吃白菜，可以上溯至公元六世纪，也就是说，白菜有着一千五百多年的历史。《齐民要术》记载的白菜的吃法，是一种腌制法：菘根，就是白菜帮，将白菜帮"净洗通体，细切长缕，束为把，大如十张纸卷。暂经沸汤即出，多与盐……与橘皮和，料理满奠。"

清以来，文人对大白菜青睐有加，为它书写诗文的人很多。从清初诗人施愚山开始，极尽赞美乃至不舍之情："滑翻老米持作羹，雪汁银浆舌底生。江东莼脍浑闲事，张翰休含归去情。"就连皇上也曾经为它写诗，清宣宗有《晚菘诗》："采摘逢秋末，充盘本窖藏。根曾润雨露，叶久任冰霜。举箸甘盈齿，加餐液润肠。谁与知此味，清趣惬周郎。"一直到近人邓云乡先生也有咏叹大白菜的诗留下："京华嚼得菜根香，秋去晚菘韵味长。玉米蒸糇堪果腹，麻油调尔作羹汤。"

细比较他们的诗，会很有意思。施诗人写得文气十足，非要把一个不施粉黛的村姑描眉打鬓一番成俏佳人；而皇上写的却那样的朴素无华接地气；邓先生则把大白菜和窝窝头（蒸糇即窝头）连在一起，写出它的菜根味和家常味。

过去人们讲究吃霜菘雪韭，当然，霜菘雪韭，是把这种家常菜美化成诗的文人惯常的书写。不过，在霜雪漫天的冬季，大白菜和韭菜确实让人留恋。夜雨剪春韭，当然好，但冬韭更为难得，尤其在过去的年代里，这样的冬韭属于棚子菜，价钱贵得很。春节包饺子，能够买上一小把，掺和在白菜馅里，点缀上那么一点儿绿，就已经很是难得了。大白菜不一样，在整个冬天都是绝对的主角，家家年夜饭里的饺子馅，哪家不得用大白菜呢？即使在遥远的美国，一整个冬天里，中国超市里都有大白菜卖，尽管一棵大白菜要卖二十来块人民币的价钱，中国人也是要买来吃的。去年春节前，我正在美国看孩子，到那家常去的中国超市买大白菜，老板是个山东人，笑着问我："回家包饺子吃吧？"大白菜，永远是北京人的乡思，迅速连接起中国人彼此之间的感情，是一点儿也没错的。

大白菜，有多种吃法，包饺子只是其中之一。瑶柱白菜，栗子白菜，是上品；芥末墩，是老北京的小吃；乾隆白菜，是老北京的花样迭出的一种花哨，但借助大白菜确实做足了文章。

一般人家做得更多的是醋熘白菜，和邓先生说的"麻油调尔作羹汤"的白菜汤。

白菜汤做好不容易，一般人家会在做白菜汤的时候配上一点儿豆腐和粉丝，条件许可的话，再加上一点儿金钩海米，没有的话，用虾皮代替，味道会好很多。要想让汤的味道更好一些，如果没有高汤，要用猪油炝锅，如今，猪板油难觅，普通的白菜汤做得好吃，就差了一个节气。

醋熘白菜，我在家里常做，素炒肉炒均可。我做时一定要用花椒炝锅，一定要加蒜，一定要淋两遍醋。如果有肉，在肉即将炒熟时加醋；如果没有肉，将葱姜蒜爆香下白菜前加醋；最后，淋一些锅边醋，点几滴香油，拢芡出锅。这道菜，关键在这两遍醋上，不要怕醋多，就怕醋少。这成了我的一道拿手菜，特别是刚从北大荒回北京的那一阵子，朋友来家做客，兜里兵力不足，就炒这道最便宜的醋熘白菜，吃起来，谈不上"雪汁银浆舌底生"，却也吃得不亦乐乎。

《燕京琐记》里特别推崇腌白菜，说："以盐撒白菜之上压之，谓之腌白菜，逾数日可食，色如象牙，爽若哀梨。"这是我看到的对腌白菜最美的赞美了。腌白菜，对于老北京人而言，是一种太普通的吃法，只是各家做法不尽相同。邓云乡先生在文章中介绍过他的做法："把大白菜切成棋子块，用粗盐暴腌一二个钟头，去掉卤水，将滚烫的花椒油或辣椒油往里一倒，'嚓喇'一响，其香无比。"

我的做法是，将白菜连帮带叶切成长条状，先用盐水渍一下，挤出汤水，将其放进水滚开的锅里，冒一下立即捞出，置入凉水中，再用手把菜里面的水挤净，加盐加糖，淋上滚沸的花椒辣椒油和醋。吃起来，特别的脆，那才叫"爽若哀梨"。这样的吃法，可以说延续了贾思勰在《齐民要术》中说的"菘根菹法"。只是，不知道为什么都少了贾氏说的放橘皮这样一项。

《北平风物类征》一书引《都城琐记》，说到大白菜的另一种吃法："白菜嫩心，椒盐蒸熟，晒干，可久藏至远，所谓京冬菜也。"这里说的是储存大白菜过冬的一种方法，即晾干菜。不过，用白菜心晾干菜，我从来没有见过，大概属于有钱人家吧。我们大院里，人们晾干菜，可不敢这样的奢侈，都是把一整棵大白菜切成两半或几半，连帮带叶一起晾晒。白菜心，我父亲在世的时候，都是用来做糖醋凉拌，在上面再加一点儿金糕条，用来做下酒的凉菜。

除了晾干菜，渍酸菜也是一种方法。这是两种不同的方法，都属于大白菜的变奏。前者变形不变味儿，后者变形变色又变味儿。前者挤压成如书签一样，夹在我们记忆的册页里；后者换容术一般，变成里外一新的新样子。两种方法，都使大白菜尽显其姿态婀娜，只不过，一个干瘪如同皮影戏，一个如同休眠于水中的鱼。

当然，这是物质不发达时代里，为了储存大白菜，老北京人不得已为之的方法，或者说是一种生活的智慧。如今，大棚蔬菜和南方蔬菜多种多样，四季皆有，早乱了时序与节气。有意思的是，如此风云变幻下，晾干菜已经很少见了，但是，酸菜常见，而且是人们爱吃的一道菜品，由此诞生的酸菜白肉、酸菜粉丝、酸菜饺子，为人所称道。在大白菜演进的过程中，酸菜算是一种新创造吧。

将普通的大白菜变换着花样吃，真亏得北京人想得出来。

大白菜，也不仅是一般寻常百姓家最爱。看溥仪的弟弟溥杰的夫人爱新觉罗·浩写的《食在宫廷》一书，皇宫里对大白菜一样青睐有加。在这本书中，记录清末几十种宫廷菜中，大白菜就有五种：肥鸡火熏白菜、栗子白菜、糖醋辣白菜、白菜汤、暴腌白菜。后四种，已经成为家常菜。前一种肥鸡火熏白菜，如今很少见。据说，是乾隆下江南时尝过此菜之后喜爱，便将苏州名厨张东官带回北京，专门做这道菜。看溥杰夫人所记录这道菜的做法，并不新奇，只是要将肥鸡先熏好，然后和大白菜同时放进高汤里，用中火煨至汤尽。其中的奥妙，在读这本书其他大白菜的做法时发现，宫廷里都特别强调一定要将大白菜煮透。一个透字，看厨艺的功夫。透，不仅是断生，也不能是煮烂，方能既入味，又嚼劲儿。

不过，有一种大白菜的吃法，无论宫廷，还是民间，我是没有听说老北京曾经有过。还是在王仁兴的这本《国菜精华》中，介绍了一种"山家梅花酸白菜"，他引用了南宋林洪的《山家清供》，说这种吃法是将大白菜切开，用很清的面汤先泡渍，再加入姜、花椒、茴香和莳萝等调料，以及一碗老酸菜汤腌制。关键是最后一步："又，入梅英一掬。"所以，林洪称此菜为"梅花齑"。或许，这只是南方的一种古老吃法，北京有的是大白菜，却鲜有梅花。其实，在我看来，也不是鲜有梅花的原因，就跟我们做腌白菜不放橘皮一样，便想不到在做酸白菜的时候可以"入梅英一掬"。我们北京人做菜还是显得粗糙了些，少了一点儿细节的关注和投入。

教我中学语文的田增科老师，如今已经年过八十。他曾经教过的一个学生的家长，是川菜大师罗国荣。罗国荣在二十世纪六十年代担任过人民大会堂总厨。国宴菜品，都要由他排菜单，签菜单。他的拿手菜"开水白菜"，每次国宴必上，不止一次受到周总理和外宾的夸赞。一次家访，罗国荣非要留田老师吃饭，他说，田老师，今天中午我留您吃饭，我用水给您炒盘白菜肉丝，准让您回味无穷。那年月粮食定量，买肉要肉票，田老师对我说，虽然很想尝尝这道出名的开水白菜，但怎能随便吃人家口粮，赶紧骑车溜走了。

能够用简单的白菜，做成这样的一道味道奇美的国宴上出名的清水白菜，大概是将大白菜推向了极致，是大白菜的华彩乐章。颇有些丑小鸭变成白天鹅，一下子步上奥斯卡的红地毯的感觉。

不过，在我的心目中，将吃剩下不用的白菜头，泡在浅浅的清水盘里，冒出来的那黄色的白菜花来，才是将大白菜提升到了最高的境界。特别是朔风呼叫大雪纷飞的冬天，明黄色的白菜花，明丽地开在窄小的房间里，让人格外喜欢，让人的心里感到温暖。白菜的叶子、帮子和菜心，都可以吃，白菜头不能吃，却可以开出这么漂亮的花来，普普通通的大白菜，一点儿都没有糟践，真的就升华为艺术了。

如今，全城声势浩荡的冬储大白菜，已经属于北京人的记忆。不过，即便全民冬储大白菜的盛景消失，大白菜依然是新老北京人冬天里少不了的一种菜品。一些与时令节气相关的吃食，可以随时代变迁而更改，却不会完全颠覆或丧失。这不仅关乎人们的味觉记忆，更关乎民俗的传统与传承。

大白菜！北京人的大白菜！

（原载《文汇报》2019年1月4日）

格桑花姿姿势势

◎刘　琼

从张掖城区驱车两个半小时，然后弃车，爬上一道缓坡，用彩色藏文刻在石碑上的"马蹄寺"三字出现了。

愿意的话，停下来，转一转经轮。对面是祁连山，山顶的皑皑积雪此刻看得最清楚。马蹄寺挂在左边的石壁上，需要继续上坡。虽然深陷青藏高原和内蒙古高原合围的黑河冲积川地，毕竟海拔也有2400多米，这会儿节奏放慢点儿好。坡道两边，格桑花姿姿势势，在缺水少雨的西北高寒腹地，头顶八片纤秀的花瓣，浅粉，玫红，酱紫，橘黄……一枝一枝，一簇一簇，从意想不到的角落又一次冒了出来。

第一次看见这花，是在楼下邻居家的院墙上。小区落成不久，外国人以及中国台湾、香港人不少。他们是英格兰人，一大家子，夫妻俩加上三个大男孩，还有保姆，体型都很健硕，看起来更像北欧人。健硕的女主人经常穿着白色长袍在庭院里走动，影影绰绰间，我总把他们当作印巴人。或许是有在印巴生活的经历吧？没有问过，碰面只是微笑。他们的英伦特点其实很典型，比如安静的性格，比如对园艺的热爱。对园艺的热爱，使他们即便在北京这样一个雨水少沾、风沙时虐的城市暂居，也不忘种花植草。庭院像一枚狭长的书签，栽在盆里、挂在墙上的，便是这种草花。在北京，它们叫波斯菊。波斯菊蓬蓬勃勃，又纤纤柔柔，从仲夏一直开到初秋。初秋之后，我看见他们家的庭院里曾种过另一种枝叶和花都十分细小的草本植物。

花有千姿百态，各花入各眼。比如土生土长的老北京，甚至包括我们这些已经被改造的一代二代移民，有了露天阳台或者院子之后，首先种的总归是月季之类。各种各类各颜各色的月季，构成了北京的花草背景。如果是在风清气朗的日子，又恰好是月季盛开的日子，你就会看到全天下的月季似乎都被栽到了北京城，单瓣的、双瓣的，大棵的、小枝的，有香味的、无香味的，杂交的、纯种的，应有尽有，饱满、生动以至完美。此时此刻，仿佛所有的辛劳、疲倦、不适，所有的怀旧、比较、不满，都可以灰飞烟灭，留下的只是眼前这北京的好。北京的好，当然不止这一条。我在北京三四环边上住了二十多年，眼瞅着人多了、楼高了、路堵了，间或有外地朋友特别是那些一直住在山清水秀地方的朋友会调笑，问，住在北京到底有什么好？北京的不好显而易见，可以枚举，比如房价高、交通拥堵、空气恶劣。但北京的好更好，比如冬天有暖气夏天干爽，比如开放包容，等等，难以言尽。只冬天有暖气这一条，江南的朋友就艳羡不已。四季分明的江南，一进三九，大家只能生扛着挨过潮湿寒冷的冬天，那种阴冷的滋味可真是刻骨铭心。北京的四季里，最令人挂怀的还是老舍先生曾经怀恋和吟咏过的"北平的秋"。北京秋季的好，也与植物有关，比如银杏，比如秋菊，比如火柿子。天安门城楼旁边的太庙劳动文化宫，以前每年秋天都举办菊展，熙熙攘攘，去看的人不少。比较起菊花，我更爱银杏。三里屯东五街的银杏大道，在我的眼里，真是比巴黎的枫丹白露还要美。银杏的美是高贵的美，精致的造型，灿烂的颜色，美得如此洋气，却不娇气，银杏比杨槐好养。有了银杏的北京，整整一秋，都散发着诗意。在这样的季节，在北京，再加上枝头挂着的那些火红的柿子，不需要去什么香山后海，随时随地，都可以入画。

比较起来，波斯菊是北京庭院的外来户，不常见。因此，第一次在英国人的庭院里看见时，我想一定是它们的主人把乡愁种到了北京，温湿的西欧才是它的故乡。它们的模样看起来即便不是长在"牛奶和蜜之所"，也应该长在水源充足的地方。波斯菊这个名字，听起来似乎也是洋妞在北京。所以，很长时间里，我都没有把它们与格桑花，与高寒联系在一起。虽然，格桑花在我的记忆里，像唐古拉山，像青藏高原，像珠穆朗玛峰，仿佛比传说还要久远。

使劲想了想，第一次接触格桑花，应该是很小的时候。从一个双卡录音机里，听到藏歌《格桑花》。"格桑拉，祝我们大家幸福哟，祝我们大家吉祥，格桑拉……格桑拉，今天我们在一起，手捧洁白的哈达，格桑拉……"一遍一遍，循环地唱，自此，记住了。格桑花，又名格桑梅朵，是藏语和藏文化地区的在地叫法，"长期以来一直寄托着藏族人民期盼幸福吉祥的美好情感。格桑花名气大，大概也与"美好"之寓意有关。

格桑花究竟是不是波斯菊？为什么又叫波斯菊？争议不少。手头有广东科技出版社2018年6月刚刚出版的《中国植物（西北分册）》，从头翻到尾，既没看见“格桑花”字样，也没看见与波斯菊相关的图样。无奈，只能借助互联网，用“百度百科”搜索，在“格桑花”的词条下，图片很多，大致都是眼前这花的模样。“这是一种生在高原上的花朵，从植物学特征上讲，菊科紫菀属植物和拉萨至昌都常见的栽培植物翠菊，都符合格桑花的特征。”按这个解释，格桑花是个集合，即便在高原上，也还存在着大于一种的格桑花。那么，为什么会出现波斯菊的叫法？或者说是先有格桑花后有波斯菊，还是先有波斯菊后有格桑花？往下翻，看到一段补充，大意是说波斯菊植株要比格桑花高一点，只在七八月份开，也属于格桑花的一种。这就对了。波斯菊，大抵是青藏高原以外的叫法，它不只长在高原，在平原地带，在亚洲，在欧美，都是庭院草坪的主角。至于在西南、西北高寒地带，大概因为生长期拉长，实际开花时间要比平原地带要更长一些。这是我的估猜，也不知道对不对。

不过，在干旱得滴水不存，连人畜吃水都要到十几里外的山上去驴拉肩驮的临夏东乡族自治县布塄沟村，几枝玫红色的格桑花——在西北还是叫它格桑花吧，突然从落成不久的食品加工厂的大门边上冒出来，至少是我，吃了一大惊。

布塄沟村是个自然村，它的有名是因为它的贫困。它的贫困主要源于干旱缺水，土质又差，属于湿陷性黄土，分子空间大，松软，一下雨立刻塌方，滴水难存，因此这样的绝望之地，又被称为“地球裸露的肋骨”。自然环境恶劣到令人绝望的布塄沟村，今年夏天，我们去的时候，赶上劈头盖脸的大暴雨，以为可以舔舔舌头解解渴，结果，立刻发生大规模坍塌，道路切断，住房被泥石流掩埋。新的更深的绝望来了。

没雨没的喝，有雨还坍方，如果不是村前的三座古老的拱北作证，说破天，我也不能相信这里是唐蕃古道，也即古丝绸之路。一千多年前，正是沿着村前这条黄土路，唐皇室送文成公主入藏的车马，进入青海藏区。“从唐王朝的都城长安出发，沿渭水北岸越过陕甘两省界山——陇山到达秦州（今甘肃天水），溯渭水继续西行翻越鸟鼠山到临州（甘肃临洮），从临洮西北行，经河州（甘肃临夏）进入青海境内。”这是如今能够查找到的关于文成公主入藏路线比较权威的一种说法。史书记载，文成公主从长安走的时候，带了大量的医药、农业、佛教等方面的实物和书籍作为陪嫁。路途遥远，整个行程艰难、漫长，走走停停。各种谷物和芜菁种子，沿途分送给当地的百姓，书籍和知识也分散传播。沧海桑田，这些植物的种子，和书籍知识一样走得很远，慢慢地，以他乡为故乡。

1300多年来，布塄沟村前的这条古道，不曾断过人气，慢慢地形成了村落和人烟。人类向来逐水草而居，人们愿意在此居住并能流传有序，可以想见，从前，这里起码是水源充足适合人居的。水源何时了断，不得而知。村前的那条古道，现在修得有点规模了，据说再过两年柏油马路就可以畅通。自来水开始入户。经济贫困，老乡家里却比想象的要整洁，特别是着装，男男女女穿得都不邋遢，也常常让人忘了他们实际生活的贫困。在东乡族和保安族人家做客，女主人端来漂着油花的奶茶。据说，当年文成公主的行囊里携带有君山银针，高原上喝奶茶的习惯，也是文成公主入藏后慢慢养成。

村庄的四周，漫山遍野，触目都是十五到二十厘米的黄土浮土。今年雨水偏多，向阳的山坳里长出了一丛一丛的绿色，是各种荆棘和小灌木，格桑花夹在其中。看来，人类对于美的事物的向往和追求是本能。

距离布塄沟村不足两百里的地方，就是马家窑。前溯五千年，到新石器晚期，临夏马家窑产生了世界艺术史上登峰造极的彩陶文化。艺术是生活图景的折射。在我眼里，马家窑出土的彩陶上，最神奇美妙的图纹莫过于蛙纹和水波纹。青蛙是水陆两栖，生活在水中或近水的地方。水波纹更不用说了。这两种图纹在彩陶器皿上大量出现，说明五千年前，临夏这一带还是水草丰茂，"听取蛙声一片"的水泽之地。蛙纹，也有说寄寓了先民对于生殖图腾的崇拜。今天，人类已经无法创造出马家窑彩陶这样无拘无束的艺术了。

美和文明都是相对而言。高原环境里的格桑花，冲击力源于其与粗粝的环境相冲突的楚楚可怜。漂亮的姑娘是不是生在江南？美丽的花朵是不是都长在肥美的土壤里？眼见为实。江南水土虽好，风华绝代的江南女子并不多见。相反，北方由于民族成分多样化，美女的成材率反而高。这也合乎生物学进化规律：单一物种，最终都会减产、衰退，人种进化同此理。民间流传的盛产美人的地方，比如陕西米脂、山西大同以及中原某些地方，历史上都属于南北中外民族交往频繁地带。做过都城的城市，比如杭州、南京、西安、洛阳、大同、北京，容易出美女，也是因为聚集了众多人种的缘故。

没想到，在民族成分多样化的西北，不仅姑娘长得好，花儿也生得美。土壤贫瘠的大西北，花儿不开则已，一开竟是花魁之姿，比如牡丹。西北人家的房前屋后喜欢种牡丹。牡丹是花魁，被誉为国色天香。玫瑰也是花王，娇滴滴的玫瑰在甘肃和新疆竟成了经济作物，许多地方大面积地种植，或观赏，或食用，或淬炼香精花油。若干年前，有朋友从新疆带回玫瑰干花，说可以食用。觉得特别意外，玫瑰难道不是生在富贵温柔乡吗？植物确实远比我们预料的坚强。这瓶玫瑰干花一直放在桌上，直到今天。

说起花儿，想起花儿。后面这个花儿，是西北特有的民歌。西北民歌，大众知名度高的，除了信天游，就是花儿。信天游和花儿都发源于沟川交通不便之所。男人和女人隔着山，隔着沟，扯开嗓子对话，所以调门通常很高，歌词也热辣，大约时间和自然环境都不允许一叹三回慢悠悠地抒情。其中，信天游主要流播区域在陕北，所以称陕北信天游。花儿则再往西往北，发源地是甘肃临夏，在甘、青、宁三省各族都流行，且有流派，比如河湟花儿、青海花儿，等等。不管划成多少流派，作为民歌的花儿，在歌词里都把美丽的少女比作花儿。所以，民歌花儿还有一个浪漫的名字，叫"少年"。对了，苏联有首民歌就叫《花儿与少年》。不同国家不同民族的人，抒情方式竟能如此相似。

"红嘴鸦落的了一（呀）河滩，咕噜雁落在了草滩；拔草的尕妹妹坐（耶）塄坎，活像似才开的牡丹。"牡丹，是花儿里露面频率最高的词汇之一。花儿唱得好的女性，民间也称其为牡丹，白牡丹、黑牡丹……总之，到了牡丹，就是极致了，就是女神了。

第一次听到真切的花儿，是在柯杨先生的民间文学课堂上。民间文学界大咖柯杨先生，当时正是盛年，刚刚做中文系主任，风度极好，口才也极好。授课的诸多先生中，来蹭柯先生的课的外系学生最多。如今想来，柯先生可真是个妙人儿，极为儒雅，却又天真可亲，各种唱曲戏词烂熟于心，课堂上会随口吟唱。柯先生漫的花儿，是学院派对花儿的整理。对，西北人管唱花儿叫漫花儿。我听过的真正野味儿的花儿，也是三十年前在兰州读书时。三十年前的兰州很安静，沿黄河有一条长长的情人道。情侣没见几个，反倒是团团伙伙的青年学生一有空就去黄河边，捡捡石头，看看黄河里漂流的羊皮筏子。黄河石有特点，至今，我的书架上还留着一块。到了晚上，连羊皮筏子也少见了，中山桥上大半天都见不到一辆汽车。这个时候，整个城市都睡着了。突然，从对面的北塔山上传出一声高亢的男声，那个劲儿既放松，又粗暴，毫不怯场，悠悠闲闲地完成这一场独唱。

临到末了，歌词一句也没听懂。唱歌的人长什么样，在干什么，黄河对面黑漆漆，看不见。隔着黄河，我们是完全被声音本身吸引。现在因为工作关系听过各种花儿，从技术上讲，肯定是现在听到的更漂亮，但场景不对了，饭桌上也好，舞台上也好，本来都不是花儿的原生地，所以，这些花儿都没有让我的听觉恢复到从前的满足。生在土里的花儿大约要回到土里，才更像样。

关于格桑花到底是不是波斯菊的争议还在继续。有人说，波斯菊不是格桑花，波斯菊又名大波斯菊、秋英，学名 Cosmos，希腊文原意有宇宙、和谐、秩序、名誉、善行等正面意义。原产美洲墨西哥，系一年生或多年生草本，通常高1-2米。欧洲是它的第二故乡，在哥伦布发现美洲大陆之后，船员们采下种子，带回欧洲栽种，由于它长得美，又容易栽培，很快地从花园伸向郊野、山林，在欧洲大陆落地生根。英国人务实，藤本植物和草本植物好种，也好看，是庭院里的主角。这个逻辑，我信。

那它什么时候到达青藏高原？爆料者说，波斯菊进藏，与驻藏帮办大臣张荫棠有关系。这个张大人1906年受光绪皇帝任命，以副都统之身领驻藏帮办大臣之任入藏。当时，西藏各地政令多出，危机重重。张荫棠是实干家，入藏后严厉查办腐败的吏治兵制，极力进行整顿，并亲自起草上奏了"治藏十九条"。他的思想和做法得到了朝廷和西藏地方政府以及僧俗民众的赞赏。相传张荫棠爱花成癖，进藏时带来了一包波斯菊种子，分别赠送给了当时的权贵和僧人，撒播在寺院和僧俗官员的庭院种。这种花生命力极强，自踏上这片高天阔土，就迅速传遍西藏各地。西藏人因此称之为张大人花。

这个花的寓意，与格桑花一样，都有美好之意。这大概也是容易混淆的原因。真正的格桑花也叫翠菊，与波斯菊不同，是重瓣花。

从古至今，植物在流传中，早已渗进了彼此的根脉，哪里还分得出原初的基因。叫格桑花，还是叫波斯菊，还是叫大波斯菊，现在看来并不重要。重要的是，这种美丽且生命力极强的花，会在高原上安下自己的家，能从东海岸一直走到西海岸。

2015年春天，时隔二十多年，在北京再见面时，82岁的柯杨先生依然长身玉立，谈笑风生，说着说着，竟然又漫起了花儿。这晚的记忆永久地保留在视频里了。

（原载《雨花》2019年第2期）

浮来一棵树

◎简　默

　　我执拗地相信，眼前这棵银杏树与记忆中那棵银杏树，一定有着某种亲密而必然的联系。

　　四十多年前，黔南沙包堡镇东机厂宿舍区 20 号楼的一套筒子房里，住着我们一家。在楼后，隔着一道高过一楼的围墙，挺立着一棵银杏树，四下就这一棵树，这叫它看上去孤零零的。它粗壮的树干如孕妇的腰身，枝干散漫而收拢有度，我们六七个小伙伴，手拉手围起一个圈，才能环抱住它。它浓荫密布的树下是我们的乐园，我们坐在它暴出地面的老树根上，阳光倾泻如瀑，穿过枝叶花花点点地打在我们头上、肩头。黔南的天气像小孩的脸，说变就变，有时玩着玩着，山那边还出着太阳，树这边却突然下雨了，我们慌忙往树中央靠了靠，树撑开它的枝叶，像一把伞，替我们挡住雨水，但地面上潜伏的潮湿与霉烂，被雨水唤醒了，翻身纷纷往上涌来，呛得我们直皱眉头。

　　春天来了，我们在树下仰着脖子，等待大孩子爬上去摘一枝枝树叶扔给我们，我们将那扇形叶子对折成小鸟，一手捏着叶，一手扯着茎，仿佛一只大雁在不停地扇动翅膀，细微如发的气流淌来淌去；渐入秋季，秋风秋雨至，吹落黄金叶，铺满一地，层层叠叠，我们拾了洗净晾干，夹在书里，一整本书，夹了一个不长的秋天，随手翻翻就到了尽头。这是一棵野树，没人管它，听任它站在这儿自生自灭，也没人站出来认领它，荒野中的它享受不到此待遇。谁都可以扛着长长的竹竿，打树上结的果，没有人出面制止，但一般没人这样做，也不值得。累累果实摩肩接踵，悬挂枝头，被风扫荡，被雨痛击，相互追赶着坠落，滚入银杏叶铺成的眠床，深深浅浅地埋入时光中，也被漫不经心的脚步带到四方。银杏果外面包着一层皮和浆肉，成熟了几近透明，搓破沾到手上，味道不好闻，就着自来水管，哗哗地冲上半天才能洗净。我们用石块砸开壳，剥出里面的果仁，尝着又苦又涩。

　　我们家住在二楼，恰好与这棵树的下半身齐平，它自由舒展的枝叶，从厨房开始，一路平行掠过我们家卧室。我站在厨房和卧室的窗前，就可以探手扯过树枝，摘上头的绿叶、黄叶和果实。有时忘记关窗了，刮风了，下起了阵雨，将黄金一样耀眼的叶子纷纷吹入厨房和卧室，湿漉漉地贴在地下和床上，像栖落一地一床的黄蝴蝶。

不论在家里还是在家外，我都亲密接触着这棵树，它和我一样，都在以自己的方式，无拘无束、顺应自然地成长。每天早晨，我躺在床上，醒来第一眼看见的便是它，我亲热地向它问声早安，它摇摇枝叶，算是问候我了；到了夜晚，我躺在床上，临睡前最后一眼看见的也是它，我礼貌地向它道声晚安，它耸耸双肩，权作响应我了。我已拿它当我们家中的一员，它可以是我远方从未谋面的爷爷，也可以是我朝夕相处的老朋友，我愿意将我的心里话，包括那些藏在宝葫芦里的秘密，毫无保留地讲给它听，我知道它会洗耳恭听，会替我保守那些秘密，还会迎着风儿拍着巴掌鼓励我大胆地说下去。它默默地见证着我的成长，与我一同分享着一年又一年青黄相接的记忆，因此它完全有资格对我说"你是我看着长大的"，对此我心服口服，感恩它日日夜夜的深情陪伴。此刻当我回忆起我的童年时，我首先想到的是它，由它出发，我重新找回了自己的童年。

牢牢地扎根在记忆中的这棵树，是我童年的生命树，也是我成长之路上的消息树。它深刻地影响了我，从它开始，我钟爱上了树木，尤爱大树和古树，在雅鲁藏布江大峡谷，在腾格里沙漠边缘，在荔波群山簇拥的少数民族寨子，在跟随护林员徒步护林途中，我一次又一次地寻找着大树和古树，一遍又一遍地询问着有无大树和古树。这当中有惊喜，看见一棵大树或古树，尽管我尴尬的手臂拥抱不过来它，但我仍然尽可能地伸出手臂抱抱它，就像久别的儿子重逢了父亲，我是在以这种朴素的方式向它致敬，也向人类的生命之根致敬。更多的时候是失望和失落，贪婪的斧锯无时不在，无处不在，一棵大树或古树长成今天的模样，要经历漫漫时光，才能成为它扎根地方最古老的守望者和保护神，但伐倒它仅仅是一转身的工夫，千年历史就变成了空白。也是从它开始，我钟爱上了银杏树，它高大雄伟，宠辱不惊，静看炎凉，叶黄知秋，长寿古老，是树中的君子、智者与寿星，也是"汉语的菩提树"。在道观，在寺庙，在野地，我一次又一次地与它迎头遇见，它或被红色围墙锁闭，或挟葳蕤之势孤独地立在原野之上，无不老态龙钟，面目沧桑，只有一树叶子葱茏或华贵到底。大概是记忆中这棵树太根深蒂固了，我总认为它们都不如它老，它以它强大而顽固的气场笼罩和覆盖了我。

直到我看见这棵银杏树。其枝干四下横生，莽莽苍苍，不堪负荷，支撑以水泥桩子，像拄着拐杖；树身老气横秋，褶皱密集龟裂，根系暴露蜿蜒，仰之遮天蔽日。我承认，眼前这棵树肯定比记忆中那棵树老，不仅因为它是"天下银杏第一树"，更因为它四千年通天入地所承载和记录的历史。穿过烟云和尘土，我仿佛看见它密如蛛网的年轮间，盘旋着多少兴盛衰亡的往事……

其实我曾与它擦肩错过。那是七年前，也是在夏季，我们以林业的名义来到这座海滨城市采风，独木也成林的它本来是必看的景点，但由于通往它的道路正在维修，我们只能站在海边，望着它内陆的方向而兴叹。从进入这座城市，我们便听说蛰居在山上的它病了，叶片开始干枯，说者神情凝重，听者陪着担忧，四千岁的它牵动着老老少少的心，就像一把火，烧过它又蔓延向无数人的心，叶片似的心在蜷曲、在抽搐。三天后我们离开，仍然没有它好转的消息传来。一个多月后，台风"达维"在这座城市登陆，我愈加为它揪心。庆幸的是，它渐渐地好转了，也抵抗住了"达维"，毫发未损。

它也是一棵野树。它从一粒果实开始，也许是随着一阵风飘浮而来，也许是顺着一场雨漂浮而下，你不相信吗？我就亲眼看见过下雨时天上掉鱼的情景，既然雨能"下"鱼，为什么不能"下"银杏果呢？还也许是一只鸟，比如一只喜鹊，它不知从哪儿衔了一粒银杏果，它怕同伴抢夺，躲到了一边，想着独自慢慢地享用，它相中了一棵松树，准备跃到松树最高的枝头，这时它头顶上翱翔着一只鹰，它清楚地看见鹰爪下意识地探了探，这是鹰发起攻击的习惯性动作，它心慌意乱，一松口，银杏果摇摇晃晃地落了下去……当然，这些都是想象。任何想象都是逼近真相的一种途径，想象还可以有另外一些，但结局只有一个，那就是四千年前的一天，一粒银杏果落到了浮来山的山坳间，发芽生根，渐渐地枝繁叶茂，根系深入泥土数丈，扎在石灰岩溶蚀阶地上，像一只铁拳，紧紧地攥住山石，任尔狂风暴雨、地震海啸也撼动不了。浮来山——一座姓浮名来的山，山也可以浮来吗？像这棵树一样，飘浮或漂浮而来。我不得不说，这的确是一个好名字，动感十足，禅意也浓，浮来一座山，又浮来一棵树。

这棵树的生长过程是多么不容易呀，像世上所有的树一样，它要忍受和承担一棵树与生俱来的宿命，比如风摧、雨打、雷劈、霜冻、雪压、鸟啄、虫咬、火烧、斧砍、战争……除了这些，由于距离大海不远，它还得接受台风和海啸的洗礼，它们都是它生长道路上的劫难与定数，这个过程漫长而危险，它不会拔起自己躲避，只能站在原地一声不吭地逆来顺受，默默地往下扎根，朝上和四周扩张。它幸运地躲过了一次次天灾人祸，直到它足够健壮和强大了，一些宿命对它没了威胁，束手无策了，另一些宿命仍然如影随形地追逐着它，窥伺着它，时时刻刻，伴随它一生。它在与身边的同伴们赛跑，在年轮的跑道里跑，一圈又一圈地跑，这是些比它老和比它年轻的树，跑着跑着它就成了浮来山上最老的树。树当然比人长寿，此时人们才惊讶地发现，自己身边居然有这么一棵树，活过了许多代人，他们开始意识到它对每一个人的重要，是它将纵横驰骋的根系扎入包容他们生死的土地，成为土地的一部分，共同托起了他们。它眼睁睁地看着他们荷锄日出而作，日入而息，站在最高的枝头，俯瞰着比草芥高却如草芥一样一茬茬地生老病死的他们，却从不开口说话。他们无比信赖它，虔诚地膜拜它，因为它的力量与长寿，也因为它的生机与活力，他们在它身上看见了自己梦寐以求的东西，这些东西可以笼统地归之于生命力。他们生病时取一片它的叶子入药煎服，逢灾时对它祭拜祈祷化解为一抹祥云，没病没灾时系上一条红色福带，面朝它说出自己的心事、秘密甚至期望，借助它四千年的寿命，搭起与天与地对话的阶梯，也听到了雄浑苍凉的回声。

它是一棵长满故事的树。《左传》记载鲁隐公八年九月辛卯，鲁莒两国曾在此树下会盟，它见证了两国国君笙歌弦舞、化剑为犁的情景。莒国虽小，但"毋忘在莒"之典故，自春秋至西汉，犹如这棵树繁密的根系，在《管子》《吕氏春秋》《新序》等典籍中鲜活地延伸接续，逐渐地由庙堂之上臣子规劝君王居安思危，不可忘本，不要忘记过去的窘迫，演变为江湖之中普通人之间相互提醒或告诫，具有广泛的平民色彩和情感诉求。而"庆父不死，鲁难未已"，则有揪出罪魁祸首，不杀不足以求安宁、平民愤的意味……这些都发生在它眼皮底下，四千年不过它一年四季，由绿转黄，从繁华到凋零，周而复始，生生不息。它扎根于历史腹地，矗立在道义的制高点上，历二十朝代，阅人无数，以史为鉴，铭记多少成败是非，洞悉多少善恶兴亡。

到公元495年，一个叫刘勰的莒地读书人，先后经历了丧父和丧母打击，又以一介清贫白衣，在寺院中孤苦伶仃地苦读十年。在而立之年的一个夜晚，他梦见自己手捧红色祭器，追随孔子南行。醒来后，他将自己梦见孔子比作当年孔子梦见周公，认为这是孔子在暗示他要有所担当，遂下决心著书立说，树德建言。此后历经四个寒暑，他全身心地投入到著述之中，终生未娶的他终于有了他一生最得意的孩子——《文心雕龙》。

《文心雕龙》的问世，使刘勰人因文显，名噪一时，他也终于从寺院中走出来，做了一系列小官。正当他渴盼施展政治抱负之际，梁武帝下诏解除他的职务，敕令他重回寺院编纂经藏。两年后，完成编纂任务的他"燔发出家"，决然将自己的眉毛和胡子烧掉，上表请求出家为僧并得到允许，改名慧地。从此，俗世少了一个官，寺院青灯之下多了一个清高孤傲的身影。通往这棵银杏树的黄泥古道上，常常能够看见他鹑衣百结，竹杖芒鞋，目不斜视，飘然而过。万人如海，他孤身一人，本无牵无挂，滚滚红尘躲他于三丈开外，他无所谓藏，无所谓看轻看淡，也无所谓放下拿起。校经楼中，晨钟暮鼓，青灯黄卷，楼外银杏树绿了黄了，经年不辍，他无欲无求了此残生，渐如油枯灯灭……

一千五百年后，我到孔林拜谒孔子墓，耳畔犹自响亮着《论语》的泼剌水声，又来到银杏树下，我是在替刘勰还南行之愿，我以我抑扬顿挫的脚步，从泗水之源，捕捉着大海咸涩的气息，一路顺流而下至此，我才意识到一部《文心雕龙》是中国文学理论批评的乡愁，也是一棵结满累累成语、格言和警句的银杏树。这棵树何其有幸，氤氲着千载充沛文气，雕版着千年工笔乡愁。

我绕着这棵树走了一圈，又走一圈，再走一圈。我是想能够生长如此长寿树的地方，必得吸纳天地之精华，才可拥出抱出这么一棵树。我要围绕着它，呼吸它的空气，啜饮它的甘泉。临走我还要拾一片它的落叶，我要将它夹入我记忆中，由它纤细的茎出发，我将重温我曾被它荫庇的童年和少年，归来我仍是中年，但从此，我记忆中那棵银杏树，便与我眼前这棵银杏树，合株同心，难分彼此……

（原载《散文百家》2019年第8期）

浪迹的永生

◎黄桂元

淡　出

我曾经对伊蕾承诺，暂时不再写她。并非这是个乏味的人物，而事出有因。1992年某日，伊蕾私下对我表示，她要隐姓埋名，远离诗歌，让人们忘记曾经的伊蕾。那时她的命运正坠入幽谷，这个选择颇有豪赌一把的决绝。她那副执拗和自信，又令人无法不对她的未来寄以期许。于是，有相当长的一段时间，朋友们感觉不到伊蕾的存在了。这其实不值得大惊小怪。那些日子，诗界乃至整个文坛都在动荡，并不是只有她在"消失"。只是一些朋友聚会时，还会聊起她，伊蕾在干什么呢？

二十世纪八九十年代，"消失"一度成了日常生活的流动风景。从外部环境看，随着市场经济的转型，文学被迅速边缘化，文坛发生倾斜，"出国潮"和"下海潮"令人目眩。出国的作家中，随便就可以列出一串熟悉的名字，诸如高行健、古华、北岛、孔捷生、郑义、张欣辛、哈金、严歌苓、多多、杨炼、卢新华等等，正应了米兰·昆德拉的那句话，"生活在别处"。下海的作家、文人更是不计其数，文坛像是溃败的战场，还在爬格子的家伙灰头土脸，写诗更加羞于示人，成了被世俗奚落的没出息行为。

伊蕾去了俄罗斯，那里只有"远方"，没有"诗"。她还无法做到罗曼·罗兰说的那样，"认识生活真相之后，依然热爱生活"。不过，对于年长些的中国人，俄罗斯毕竟是一个曾经黏稠得化不开的情结，那片多雪、厚重、苍茫的土地，孕育出了普希金、莱蒙托夫的诗歌，托尔斯泰、陀思妥耶夫斯基、契诃夫的小说，列维坦、列宾的绘画，柴可夫斯基的音乐和斯坦尼斯拉夫斯基的戏剧，并不使人陌生。伊蕾只身独闯俄罗斯，却与此无关。那里暴力丛生，卢布飞涨，欲望横流，每一处土地都发散着原始资本积累阶段所特有的贪婪、混乱和血腥，一位孤苦伶仃的异国女子，要在那个远如天边的地方背水一战，以求绝处逢生。

哦，小房子。伊蕾带着化脓、溃烂的累累创痛逃向俄罗斯，诸多深层原因中，藏着一个卑微的心愿：要赚出一处属于个人居住的小房子。有了小房子，才可能结束漂泊；有了小房子，才能拥有归宿，也才能赢得活着的尊严。当年，她18岁就成为知青，在敲锣打鼓中背井离乡，奔向"广阔天地"。此后辗转于海兴、武安和廊坊等地，换过若干工种和岗位，终于倦鸟归巢，却一无所有。当年，按政策规定，作为长女，她离津下乡，能为弟妹提供留城指标，终于可以回津的时候，却已年近40，本该奉养年迈多病的父母安享晚年，却无落脚之处，需要挤占家里本已紧缺的居住空间。弗吉尼亚·伍尔夫认为，女人想做事，"必须有钱，再加一间自己的房间"，伊蕾为自己感到悲哀和耻辱，非破釜沉舟不足以自救。她憧憬不远的将来，一定能住进绿树环绕的属于自己的美居，并且接来父母一同享受。

莫斯科，从此多了一位疲于奔命的中国女人。她做过贩卖羽绒服的生意，也倒腾过景泰蓝工艺饰品，批发不成，就搞零售，就挨家挨户上门推销，最落魄的日子，可用狼狈不堪形容。"我在去俄罗斯前，一辈子都没有经手过钱。而在那却每天都要数卢布。赚了些钱，却又必须面对卢布每天都要贬值的日子，每天要吃饭，每天要交房租……那时嘴唇都是紫的，水泡一层刚好，另一层又生出来，总是有痂儿。"有许多次，她预算公司将会赢利数倍，却总是无法摆脱日日通货膨胀带来的重创，"赢利"转瞬即成负数。这时候，久违的诗歌也会于某个暗夜，再次光顾她的笔下，"面对诗歌写作/让我再一次裁决——/生，还是死/这是一个问题"。

她抱肩缩成一团，又常常凝神伫立街头，伴着风劲雪猛，从杂然纷乱中体味古歌般深沉、绵长、淳厚的俄罗斯文化传统与艺术风情。这里虽然被狂虐的商风覆盖，莫斯科的歌剧院却依然富丽堂皇，高贵典雅，于乱世中标示出不容亵渎的品位和格调，更有许多普通市民即使节衣缩食，也要服饰整洁地端坐于此欣赏歌剧，享受艺术。伊蕾每每被他们的艺术情怀而感动。她结识了几个俄罗斯朋友，其中会说中国话的安德烈先生还被她聘为翻译和会计。他们一起交流文学，优雅地漫步、唱歌、观剧。

一千多个日子纷纷摇落。几度春去秋来，伊蕾已数次往返于两国生意场，如同绪西弗斯推滚石上山，一次次冲顶，一次次滑落。

1996年3月，她在极度困境中写了一首题为《三月十六日的白日梦》的诗，祈祷自己的命运不为最后一棵稻草而压垮："你的姿势携着云层下降，/莫斯科的铺满玫瑰的云啊，/请做我的含泪的睡衣，/做我最后的婚床——……/荒原的孤独之魂，缪斯之魂，/食了美洲自由的草叶，/食了东方智慧的坚果，/食了欧洲玫瑰的芳香，/信仰爱！信仰不朽！/在十字架下，/在炼火之上。"

也是1996年3月，我正在美国探亲。这期间，我食言了。从1994年，有家妇女杂志约我开个女性人物的专栏，连续四年未曾中断，这些篇什后来以《驿路芳踪》书名由天津的一家出版社结集出版，所写对象包括邓肯、波伏娃、居里夫人、乔·治桑、梦露、法拉奇、萧红等古今中外杰出女性，计50位。伊蕾亦位列其中。我觉得这个女性系列中，伊蕾不该缺席。我在《伊蕾：流浪的恒星》的结尾写了这样一段话："此刻，当她独自在风雪茫茫的俄罗斯推动'滚石'时，我正在太平洋彼岸洛杉矶的一间寓所伏案凝思。手头没有任何资料可供使用，只有片段的记忆，和真诚的默祷。但愿她的小房子不再属于童话世界。"10年后，这本书由昆仑出版社易名《巅峰女人》重新出版，50个人物中，只有伊蕾被撤掉，增加的是去世不久的特里萨嬷嬷。责编转达终审意见：伊蕾还活着，写活着的人容易惹麻烦，扯上官司。我无语。责编大姐见状安慰我，说她也喜欢伊蕾，以后会有机会补上的。

一语成谶，此是后话。

伊蕾终于在俄罗斯觅得命运转机，这与她的浪漫根性有直接关系。她开始留意在记事本里记下一些俄罗斯画家的名字，她的俄文还没有过关，那些复杂难辨的名字只有她自己认得。她既有艺术鉴赏眼光，也不乏投资远见，没有白忙。她把赚到的钱及时用来购买油画，一幅幅精心收藏，藏品包括安德烈·梅尔尼科夫、尼基塔·法明、特卡乔夫兄弟等著名画家的作品，而自己甘愿过着囊空如洗的清贫日子。她的梦想被一点点焐热。

繁　华

　　1983年，中国作协文学讲习所面向全国招录学员，伊蕾在全国200多名考生中脱颖而出，名列第三。两年结业，又转入北大作家班继续深造。伊蕾的诗学观念有了破茧化蝶的阵痛，万事俱备，只差一场火星撞地球般的爱情。可遇不可求的爱情，曾使伊蕾承受了无尽煎熬，一旦磅礴来临，其奔突的能量会自动寻求一个出口，这是宿命使然。《独身女人的卧室》石破天惊，塑造了一个完全陌生的伊蕾。她是尼采和王国维所说的那种"以血书者"，在诗里一反中国女性讲究温柔、注重含蓄、力求婉约的写作传统，变被动为主动，以残酷的自虐制造逃避痛苦的诗意化快感。这首诗在1987年《人民文学》第一、二期合刊一经发表，即引起轩然大波。伊蕾的名字在文坛不胫而走。面对偏见和指责，她用惠特曼的诗句回答："我比你们想象的还要好，也比你们想象的都要坏。"

　　伊蕾只对圣洁的爱情俯首称臣。爱情容不得杂质，更拒绝欺骗，这样的爱情必然千疮百孔，轰然坍塌为废墟。这时候，她的诗歌写作也由巅峰坠入暗谷。她终于发出绝望的悲鸣，"欢乐对于我像掠过头顶的鸟鸣一样短暂/而悲哀像千年大树在心中生长"。

　　俄罗斯之行拯救了伊蕾的未来。回到天津，她在文庙附近租了房子，并挂上"喀秋莎美术馆"的牌匾，美其名曰，国内第一家专门收藏俄罗斯绘画的私人博物馆。那段日子，除了天津的朋友频频光顾，她还邀请靳尚谊、王沂东、杨云飞和铁凝等外地大牌画家和著名作家专程参观。不忙的时候，她就一本正经，有模有样地画油画。她是在俄罗斯学的画油画，从零开始，乐此不疲，画花，画风景，画自画像。不仅自己身体力行，她还"忽悠"她的家人，她认识的诗人朋友都来画，她的理论是，"诗画同源，有的诗人转到画家几乎用不了一天，给他一支笔，他立刻就是画家"。

　　一次，我受邀去看她的宝贝藏品。一番如数家珍之后，她忽然问：21世纪就要来了，这个世界最大的富翁会是什么人？我一头雾水，不明白她要说什么。她胸有成竹地说，20世纪的东西到了21世纪，就成了地地道道的古董，不是吗？而古董是无价的，对不对？那么到了新世纪，最大的富翁，将不是企业家，商人，也不是发明家科学家，一定是收藏家！后来，她承认自己当时有些盲目乐观，随之修正了看法，"做收藏的人是很矛盾的，你有可能成为最富有的人，也有可能成为最贫穷的人，因为你所有的钱都用来囤积别人的东西"。

伊蕾忙画画，忙收藏，忙旅游，却很少提到诗歌，令人生疑。这里需要回顾一下有关史实。1988年，我曾参与《二十世纪女性文学史》部分章节的撰写，曾把"伊蕾、翟永明、唐亚平与'新时期女性诗歌'"作为专节论述，故而有后来的"三剑客"的说法。那时候伊蕾正火，甚至一度听到"南有舒婷，北有伊蕾"的说法。其实这是不准确的。舒婷虽比伊蕾小两岁，却不属于一个年代，舒婷与北岛、顾城同是改变中国新诗流向的"朦胧诗"代表性诗人，伊蕾还只是"小字辈"。事实上，当孙桂贞刚刚成为伊蕾的1983年，比她小四岁的翟永明就已经写出了重要组诗《女人》，共20首，其中的许多句子至今流传，诗学界把翟永明定位于"中国女性主义诗歌奠基人、开创者"，是有诗学依据的。伊蕾与翟永明对于女性意识都很敏感，都受到过美国自白派女诗人西尔维娅·普拉斯的影响，但无论伊蕾还是翟永明，从来都不是真正意义的女权主义者。翟永明对于普拉斯只是阶段性地喜欢过，伊蕾则不然，她对普拉斯却是一见倾心，终生迷恋，且使这种自白式的倾诉方式登峰造极。此后的30多年，翟永明写了大量诗歌、散文、随笔，出版了十几部诗集或散文集，表示，"我并不是只写跟女性有关的诗歌，我大量的诗歌与现实有关，与别的主题有关，与当下社会问题有关，甚至于未来有关"。而同时期的伊蕾，其写作则似有若无，风轻云淡，特别是进入新世纪以来，她的诗歌写作寥若晨星，与20年前她的长诗迭出、组诗不断的"井喷"态势，形成巨大落差。

我不愿意相信这个事实，却必须接受。伊蕾的写作，因爱情而荣枯，而盛衰，而生灭，是没办法的事。"我的诗中除了爱情，还是爱情，我并不因此而羞愧。爱情并不比任何伟大的事业更低贱"，伊蕾与爱情是同一的，相融的，互为养殖，难以剥离。这意味着，爱情的烟消云散，对于一位爱情至上主义者，差不多就是写作生命的"大限"。

从俄罗斯回来，伊蕾一度深居简出，偶尔出现在诗歌活动场面，也是沉静如旧，并不多言。她平易近人，与人为善，于那些自视甚高、骄矜冷漠的名家大咖形成了鲜明对照。曾经沧海，看淡一切，她已经不是当年的伊蕾了。她的名字已经成了符号，写不写诗，都是伊蕾。

她把在天津的"喀秋莎美术馆"当成了沙龙。后来她把家安在北京宋庄，工作室干脆就叫"伊蕾家"，接待络绎不绝的来客是她的日常生活内容。她亲自下厨，做俄氏风味的西餐，一同享受小资情调十足的鲜花，烛光，美酒，咖啡，美术，音乐。我看过伊蕾与友人在一起抽烟的照片，如她所说，"男人抽烟更像男人，女人抽烟更像女人"。她期待宴席不散，朋友常来，一再表示，"这里就是你们的家，我就是看家的妈妈，你们随时过来，我在家里等着你们"，即使仅仅一面之交，甚至刚刚认识，她都会发出热情邀请。由此，许多人都有了与她接触和交往的记忆和谈资。

写作的繁华与俗世的繁华，从来就不是一回事。

从早年的喜欢寂寞，到晚年的享受热闹和热衷旅行，伊蕾何以判然两人，一直是个谜团。王尔德说："人世间有两种不幸，即一无所获的不幸和整个拥有某种东西的不幸，后者更为不幸。"三岛由纪夫对此的解释是，"这更为不幸的后者，就是倦怠"。我不想把倦怠与伊蕾挂钩，我宁愿认为，由于爱情神话的破灭，伊蕾改变了自己，这是个被动到主动的过程。她把早年那种尖锐的爱，挣扎的爱，煎熬的爱，飞蛾扑火的爱，化作宽厚的、温和的、慈祥的、浩瀚无边的友情播撒开来，把小爱变成大爱，把个爱变成普爱，在世俗中与大家分享着爱的"亲和力"。

我不是喜欢热闹的人，对朋友的接纳和选择有自己的坚持。即使有冒犯伊蕾粉丝的可能，我还是要说，我更喜欢写作中的诗人，而这样的诗人不应该固化为一个符号。有时候，我会想象这样一个场景，她回到空旷的夜晚和房间，真的很开心吗？她是不是在用交友和旅行尽力填满日子的缝隙，以抵御倦怠的侵扰？

作为老朋友，我曾对她调侃：诗坛少了一位一流诗人，而多了一个三流画家。伊蕾不以为然，一度还有些"耿耿于怀"。其实我很清楚，对于伊蕾这样的"另类"精灵，切不可用常人常理衡量之。伊蕾的巅峰期可遇不可求，此后多写还是少写，写或者不写，就没有那么重要了。伊蕾现象是不可复制的，不仅他人无法模仿，她本人也很难重复。如同赫拉克利特所言，"人不能两次踏进同一条河流"，过去了，就是过去了。过去了，却并不意味着她的诗歌光芒已经熄灭。

身　后

2010年，《伊蕾诗选》静悄悄出版，尽管有陈超作序助阵，依然略显冷清，在这个热点缭乱、噪音频仍的市场经济年代，甚至有一种文物出土般的寂寞。作为伊蕾诗歌写作一路风雨走来的见证者，我有些不安。我很想力所能及地摇旗呐喊，引来一些鲜花和掌声。愿望是美好的，可动起笔，我又不自觉地理性起来，回到批评家的话语和立场，凭着固有印象，在肯定诗选价值的同时，我谈到，"人们有理由相信，这本诗选很可能会成为她写作生涯的句号，至少增添了某些谢幕意味"。我的文章题目《繁华已逝，诗册犹存》，也不合时宜，既言"繁华"，却道"已逝"，怎么理解，都不是吉祥的气象。文章在《文学报》《中华读书报》相继发表，应该是《伊蕾诗选》出版后的唯一"反响"，伊蕾不会不知道，她的反应是没有反应，我们也没有再就此议题交换看法。几乎与此同时，《文学自由谈》发表了一篇题为《你隔着金色的栅栏》的文章，作者是远在甘肃的严英秀女士，她梳理了阅读伊蕾的心路历程，坦言年轻时她不喜欢伊蕾带来的情绪"暴力"，穿过二十年的时间尘埃，再次相会伊蕾，发现"她的诗歌中，充斥着'我是谁?''我从哪里来?''我往哪里去?'的终极叩问，这不是给诗歌刻意披上的思想的外套，不是对二十世纪八十年代以来风行的追逐哲学思潮的潮流的跟风，而是源自于生命本体的灵魂的发问"。我把这期刊物转给了伊蕾，她很受触动，表示希望见到这位时空遥远的知音。

触动归触动，伊蕾一直没有停止实施一个既定目标。最初她决定每年要出游四至五个国家，后来提速，要用10年时间游走体验100个国家。她在大手大脚地散东西，把家里的书籍、家具、电器和各种装饰品一批批送给朋友，不管谁去她家，都不会空手而归。她说，"现在旅行成了我的第一要务，一切为它让路"。

然后到了2018年夏天。伊蕾莫名其妙地喜欢夏天，曾在一首题为《夏》的诗中呼唤，"我在夏天重生重死\让夏天一口一口把我吞食吧\让我残破的肢体\腐烂在夏天"。令人骇然的是，正是在这个夏天，她奔向了旅游计划中的第61个国家——冰岛，那里成了最后一站。

有哲人说，死亡和太阳一样不可直视。无论东方还是西方，人对死亡的话题都很避讳，任何理性的解释都不可能使人摆脱对死亡的恐惧。斯宾诺莎转移视线，指出智者要思考的是生命，而不是死亡。一些诗人却没有这么理性，他们就是要直视死亡。具代表性的，就是中国女诗人伊蕾和她情有独钟的美国女诗人西尔维娅·普拉斯。普拉斯只活了30岁，却对生命的厌烦由来已久，她声称"向往所有令自我毁灭的方式"，在著名的《拉撒路夫人》一诗中她这样写道："死亡\是一门艺术，和其他事情一样。\我尤其善于此道。\我做了，于是它犹如地狱。\我做了，于是感觉到它的真实。\我想，你们会这样说：\我被这个目标召唤着。"在经历过"自我"浴火的伤痕累累之后，她选择在灰烬中自绝生命，她的丈夫特德·休斯据此认为，自己的妻子是被写作害死的。伊蕾对于死亡的书写更是"肆无忌惮"，口无遮拦，有过之而无不及。在她的诗里，所有对死亡的避讳都不复存在，直接写到"死"的句子比比皆是。她在《三月的永生》里写道："我的永生在风暴里\鲜红的眼泪砸伤了我\我终于死、死、死、死了\我的死是永生"，全诗出现了48次"死"的刺目字眼，中外诗人，绝无仅有。那时她37岁，还年轻，活着的时间对于她是奢侈的，更重要的，她正深陷爱情。热恋中的诗人常常无所畏惧，或轻蔑死亡，或美化死亡，他们向往的是"在天愿为比翼鸟，在地愿为连理枝"的天神境界。

却怎奈爱情无常，岁月无常，生命无常！

伊蕾生命的休止符定格在了67岁。如此，"7·13"、"星期五"与寂冥的冰岛互为支撑，叠加成了一种诗意苍茫的黑色隐喻。她呼唤过无数次的死神，终于潜入冰岛，静悄悄完成了它的使命。死讯传来，国内许多地方的诗人、画家自发组织追思活动，悼念诗文从北到南此伏彼起。尽享如此哀荣，伊蕾生前绝不会想到。我从最初的恍惚中悟出，我们都不知道自己在何时何地，以怎样的方式告别这个世界，但谁都最在乎生命的长度。而这长度无论十位数，抑或百位数，之于宇宙时间也只是瞬间，所以伊蕾才写出了如下诗句，"生命这样短啊\短得像一柄剑\与其苟活，不如勇敢的寒光一闪"。

伊蕾离去已经有些日子。悲痛之后，我们还是要回到文学，回到诗歌文本，回到伊蕾的写作遗产。伊蕾的写作巅峰期大约只有三四年。这样的巅峰期可遇不可求，此后，写的多还是写的少，写或者不写，她都没有那么看重。伊蕾诗歌，由于它已经进入历史，这时候我们会觉出一种异样和陌生感。我还在想，怎样衡量经典作品？古今中外的经典作品有个重要指标，就是经得起重读。据我长期的阅读经验，伊蕾的部分诗作可以重读。对于伊蕾而言，她在这个神秘而多难的世界，活过，哭过，爱过，写过，就可以了。

（原载《散文海外版》2019年第1期，有删节）

异人说

◎王国平

怪人有一种特质，就像一个神话故事里的人物，拦在你面前，让你回答一个谜语……大多数人都在"恐惧未来会有什么创伤"的担忧中生活，而怪人天生就带着创伤，他们已经通过了生命的考验，所以他们是贵族。

——美国摄影家黛安·阿勃丝（Diane Arbus）

一

我是一个男孩，我一米八，我经常在北京南城广渠门车站附近卖气球。我是面北朝南地站着。我的身后都是店铺，我的身后右边有仙妮蕾德，有塞纳·左，有水彩云蓝，有味多美蛋糕店，有足疗保健，有来相会饺子宴，有云川台球馆，有陕西面馆，有南城香快餐店，有庆丰包子铺，有味美羊杂割，有印之好数码快印公司；我的身后左边是一条宽巷子，再往里，就是长保大厦，是华都中医院，是川福香火锅，是中国体育彩票，是中国福利彩票，是全时超市。我跟他们一样都是做生意的。我的面前往东是灯箱广告。林志玲在广告上说，和我约惠吧。我觉得这是不对的，没有"约惠"这个词，只有"约会"。约会就是两个人谈恋爱，一起吃饭，一起说话，吃着饭吃着吃着，说着话说着说着，就住在一起，结婚了。我的面前再往东还是灯箱广告。上边说，85%的二手烟是肉眼看不到的，它使每个吸入的人患上心脏病的概率增加25%。85%加上25%就是100%。所以吸烟没有任何好处。我的数学一向不错的。

我都是站着的，这是生意人对顾客的尊重。我双手握着一根线，气球在我的面前飘起来。我的脚下放着我的包，包里装有气球。气球都是瘪的，像不喘气干了的蛤蟆。我知道怎么吹气球，就是把嘴巴对准了气球的口，使劲，再使劲，气球就鼓起来了，呱呱呱。卖出一个，我就吹一个。吹一个，我再卖一个。我双脚并在一起，立正姿势，抬头挺胸，向右看齐，向前看！我眼神盯着来来往往的人，男的走过来，我就说：先生，买个气球吧！女的走过来，这要分几种情况：年轻的，我会说：小姐，买个气球吧！年纪大一点的，我会说：太太，买个气球吧！年纪再大一点的，我会说：夫人，买个气球吧！

我也不知道自己为什么要这样喊我的顾客，也不知道是怎么学来的。我只是想，称呼人家先生、小姐、太太、夫人，比直接喊"卖气球啰"斯文一些、礼貌一些。现在你们都不这么喊了。你们喊哥、姐、弟、妹、叔、姨、爷、奶，太肉麻。我有一个姐姐，姐姐这个称呼只属于她一个人，别人都不是我姐姐。我喊先生、小姐、太太、夫人，这是礼貌问题，我很真诚。做生意的，礼貌很重要，真诚很要紧。"顾客是上帝"不能只是一句口号，你都没有把人家好好喊，怎么可以？

我知道我的表情很怪，我想热情一点，但是我不会，笑不起来。哪有那么多好笑的事？我的眼神灰蒙蒙的，有些呆，还有笨，我不知道为什么。反正难受。我感觉好冷，风往裤子里边钻，都碰到肉了。我一直抬着头，一直挺着胸，也很累的。我顶不住了，我低着头，我缩着脖子，我的手在抖，我手里的气球拿不住。鼻涕在流，我用力吸了一下。鼻涕又在流……鼻涕还在流……但是我的两只脚并在一起没有变，我抖擞精神，拿出精气神，还是立正姿势，男的来了，我就喊：先生，买个气球吧！女的来了，年轻的，我就喊：小姐，买个气球吧！年纪大一点的，我就喊：太太，买个气球吧！年纪再大一点的，我就喊：夫人，买个气球吧！

我想上厕所，都不行了……我不知道厕所在哪里，我看不到哪里有厕所。到处都是楼，就是没有一个厕所。我不能上厕所！我要忍住，无论如何要挺住。如果我上厕所了，有人要买气球，我又不在，多不礼貌。我就失职了。我还配得上是生意人吗？生意人是我的"本"，我要守好护好这个"本"。我得扛住了！一定的……呀！扛不住……呀！冲啊！……冷……我还是立正姿势，我的手在抖，我的腿在抖，我的肩膀在抖……我像一个筛面……我控制不了自己的牙齿，我上边的牙齿和下边的牙齿自己跟自己打架。我强撑着眼睛，瞪着从我身边走过来走过去的人，看到男的，我就扯着嗓子大叫：先——生，买个气——球吧！女的来了，年轻的，我就大叫：小姐，买个气球——吧！年纪大一点的，我就大叫：太太，买个——气球吧！年纪再大一点的，我就大叫：——夫人，买——个气——球吧！

一个也没有卖出去，我想你们这些人都是疯了。

二

我五十多岁了。到底多少岁？你们要知道得那么详细干吗？我这一辈子，见得多了，用你们年轻人的话说，"哥也南征北战过"。

北京夕照寺街北口是我的地盘，是我的根据地。我喜欢拄着拐杖，一颠一扭地走。有人说我走路像企鹅，这样背后说人很不雅，我是人，不是鹅。我的一个重要据点就是12路公交车的广告牌前，慢慢坐下，看着车来、车往，人来、人往。我不想说话，没有什么可以说的。我说了你们也听不懂，我不知道为什么，我不会说话，我说话就是嚷嚷，嘴巴里有东西在咕噜咕噜地转，转来转去也转不出来一个"山不转水转"。我还是个急性子。我想的总是在前边跑，"蹄蹄哒哒"，快得很，我的嘴巴又跟不上，舌头上好像系着一块铁坨坨，搅不动，慢好几拍。我的舌头和我的脑子就开始打架了，你一拳我一拳，你一榔头我一榔头，"叮叮咣咣"，我受不了，脑袋要炸了，我就"啊啊啊啊啊"地干喊。这不管事，蚊子咬大象，也就是挠痒痒。我就抡起我手中的拐杖，往地上砸，往广告牌上敲。有个说法：两个老太太聊天，如果边讲边用拐杖在地下画道道，讲的对象大致就是自己的女儿；如果用拐杖在地上蹾，八九不离十是在数落儿媳妇。我没有儿媳妇，我跟哥嫂过日子，再说我也不是老太太。她们的"蹾"，也就是往地上点一点，我比老太太有劲，我有的是力气！我用力……我再用力……我喘气，唉，我也抡不动了。

多数时候，我什么也不想，我就坐着，我就看着，我就待着。我指挥两只眼站成一条缝，我像是要睡着了，我感觉自己飘了起来，天空静幽幽的，闪着烤蓝般的光芒，太阳光像瀑布一样倾盆而下，溅在我的脑门上，丝丝缕缕的清凉。我捧起了一抔黄土，湿润的芬芳从我的指缝间旁逸斜出，汩汩的响，充沛的肥力与清越的气息缠绵不休，我亲眼看见禾苗在扑哧扑哧地向上冒进地疾走欢呼。一幅画轴在我眼前徐徐伸展，无边无界的丹青翰墨香：那是山，有着山的伟岸英姿；那是水，有着水的渺渺波光；那是树，有着树的飒爽模样；那是胡同口，有着胡同的幽静绵绵一线长……这里是生于斯长于斯也将长眠于斯的北京，我的亲爱的故乡。

是的，我在朗诵，我在抒情，我在感怀。我已经闭上了眼睛，我不想睁开，我不想也没有能力更没有办法把这个世界看透看穿，我想什么也不想，"穷忍着，富耐着，睡不着眯着"。

只是，为什么广告牌前的报刊亭子给拆了？为什么北京那么大就容不下这么一片弹丸之地？我那个卖报纸的矮个子兄弟到哪里谋个饭碗去了？为什么你们就不舍得花一块钱买一份报纸？为什么报纸上的文字见缝插针密密麻麻还奄奄一息无趣无味？

只是，为什么大庭广众之下"门禁卡"偏偏要写成"门镜卡"？为什么"充值卡"明目张胆地被"冲值卡"代替了？为什么"取暖费"就可以堂而皇之地甩了"取暖费"一个响亮耳光？为什么广告牌上一个男的不干正事，躺在一堆叠得整整齐齐的衣服上，旁边的字是"今天换我来爱你"，这里的"你"指的到底是哪个？为什么后边还要加上一句"让你一次买个够"？这到底说的是爱情还是买卖？或者本来就是一场"爱情买卖"？为什么这边的一个小区，地上坑坑洼洼，环境乱七八糟，没有几棵树，没有几株草，还叫"绿景馨园"？为什么那边的一个小区，离水离得好几丈远，水还总是脏兮兮的，还叫"水上华城"？

只是，为什么我家附近有那么好那么大的幼儿园，可是我家附近有的孩子能上有的孩子却上不了？是孩子脸蛋好看就可以上学，还是因为身高够长？为什么孩子的眼睛都那么干净清澈，而大人的眼睛都暮气沉沉，而且还一躲一闪？为什么每天上学下学幼儿园门口总是那么多车那么堵，这些车是哪里冒出来的又要钻到哪儿去？

只是，为什么我眼前每天从早到晚守着一堆破烂，人家给车胎打气还不收费收也只收两毛钱的修车兄弟总是在笑？为什么对面一个菜馆里有人进门时你让我让你客客气气，红着脸出门时一看就是吃完了又吐完了叫完了闹完了还要哭个没完？为什么我眼前每天早上五点就开工，忙着支起鸡蛋灌饼摊子，一个灌饼卖二块五只赚五毛的那对小夫妻总是在笑？为什么胡同口老看见有人开着车还戴着口罩？为什么车刚停下，女孩子"哐当"一声撞上车门，还要歇斯底里地回头号叫"混帐""滚蛋"，再抹一把眼泪扬长而去，高跟鞋"滴滴答答"躁得很？

只是，为什么明亮通透的太阳仅仅活在我的记忆里？为什么现在见着的太阳总是蔫蔫的，好像吸毒犯一般打不起精神敲不响锣，歌喉还没有亮出来就哑炮了？为什么城里只有月亮不见月光？为什么城里的月亮还像一个滑腻腻的肮脏菜盘子扣在天幕的桌布上，狼藉，狼狈，一个无着无落的浪子模样？为什么事实都已经明摆着了，还要深情款款地唱什么"城里的月光把梦照亮"？城里没有了月光，是不是城里也就没有了梦？为什么我们不一起放肆一把，喊一嗓子"为什么星星不再闪烁、为什么花儿不再开了，为什么世界没有了颜色，为什么我们知道结果，为什么我们还在挥霍"？

谁能告诉我，这是为什么？为什么！为什么?!

这拐杖怎么成了两截。

我醒了，我把自己振醒了，我把眼睛撑得又大又圆，一片霾气蒙蒙，辣气腾腾，我眨巴眨巴眼，什么也看不见。你们急赶慢赶的，不知道要去哪里，你们不想听我说的话，也听不懂我说的话，我想你们这些人都是疯了。

三

嘿，哥们，你看，那个小区，绿景馨园，我家。旁边吧，还有护城河，这就叫亲水社区！××的，多好的词。你说，这个水吧，流着流着不知道流到哪里去了。还有铁路桥，火车每天"铿铿铿"地来回跑，没日没夜的，你说吧，也不嫌累。我小区有个巴掌大的健身点，总是有小轿车占着地方，占一寸算一寸，结果吧，巴掌大的地儿就剩下四个手指那么大的地儿。对呀！人五个手指。大拇指没了。怎么没的？给锯了呀！嘿！×××！

我还紧挨着一个单位，很有名的单位。唉！不说吧，人家又太有名了，给我长脸的呀。说吧，又不好意思，惭愧……得了！坦白吧。足协！中国足球协会！大家对中国足球不是有意见嘛，对中国足协也没有好印象，就说我这风水不好。你说这算个×事！有成语叫"爱屋及乌"，这是不是"恨屋及乌"，你说？

我吧，每天就在小区里晃悠，左转转，右转转，东家长的，西家短的，不敢说多，我就略知三四吧。你说我走路怎么了？嗨！我就喜欢这样一步一步地点着走。打小就这样，你知道吧？有问题吗？有何不妥？这叫范儿！这叫帅！谁让我是这一片的代表呢！

代表也是个官。嘿，李鸿章，李鸿章你知道吧？清末大臣，跟慈禧要好的那个。你×不会连慈禧太后是谁都不知道吧……李鸿章就说了，天下最容易的事就是做官，如果你连官也不做，你就没个×用了。到处都是官。我也是个官，我就是个巡查吧，四星级巡查。这个官有多大？我跟你算算……这么说吧，北京市是省，东城区是市，龙潭街道是县，咱们这个绿景馨园居委会就是乡。我跟居委会同级别，乡级，哈哈！我怎么知道我多大？三十？四十？不知道。敢情！陪着我巡查的，还有我家公主。对，一只男狗。为什么公狗不能叫男狗？为什么男狗不能叫王子？怎么有那么多为什么，你××的！

我喜欢穿大裤子，越大越好。为什么？舒服呀，是不？大热天的一个背心一个大裤衩，风从大裤衩的裤腿，就这，钻进来，嘿！冰飕飕的，那叫一个清凉、凉快、快活、活泛、泛……你×，我都没词了。下雪天我也要穿大裤子，那么紧的裤子上厕所蹲得下来吗？废话！……你问我为什么拎着裤子？你走着走着裤子掉下来不就出丑了吗？皮带靠不住！天下有真皮吗，你说？断了怎么办？不就光光了吗？我就喜欢整天拎着裤子，我才不听你们这些人的。你们都是坏蛋，我×！

别××的老引着我说我裤子的事，咱们还是说说人的事。人吧，真×意思。你说，有两个人，跟着一个团，到日本去了。日本你知道那儿吧？那时候侵略我中国的，烧杀抢，干的都是坏事。太×××的残忍了！

不说日本了，说这两个人。他们到了日本，就聊天，都是中国人嘛！聊着你住哪儿。结果，你知道吗？他们俩都住我小区。他们在北京住在一起没见着，跑到日本去见着了。嘿！你说这××的算什么事？老干一些就远不就近的事。

他们在日本还说到我了，你知道吧？他们一个就是老头，一个长得像老头。老头跟长得像老头的说，咱们小区里边有一个小子，整天来回地走，就是脖子上挂着个牌子，上边写着手机号码的那个。就是我呀！我爸怕我走丢了，我脖子上有手机号码不就能找到他了？

不打岔了！老头还说了，有一次，他在小区里停车，手生了，倒车倒了好几回，都停不合适。这个小子看见了，看不下去了，说了一句：真"面"！嘿，没想到，这傻小子还能来这么一手。×！你说这是什么话！我说他"面"他就觉得我了不起。我把他给骂了，他都不生气，还说我好玩，你说这人逗不逗……我怎么知道的？我当然什么都知道了。我啥不知道，你×这是瞧不起我。

这个长得像老头的，他吧，也不买个车，骑自行车送孩子上幼儿园，丢不丢人，你说？一天吧，早上，送娃娃上幼儿园，要穿过我小区的过道，一个小车子把路给堵住了。这个长得像老头的就把自行车停下来，候着，他想吧，车往前开，我就跟上。你说吧，没想到，嘿，车偏偏往后倒了，哟哟哟，我就眼看着自行车倒下了，孩子摔在地上了。这个长得像老头的脸都绿了，呀呀呀地喊。还好小车子停住了，一个男的下来了。冬天嘛，孩子穿衣服穿得多，还厚，没事，哭都没有哭。这个长得像老头的还是急了，嚷嚷。男的说着对不起，说没看见，以往每天都这么倒车。你×这什么话！以往每天都这么倒车，也得后边没有人呀！我就忍不住，我就得说几句：这是理由？把孩子撞了怎么办？撞坏了怎么办？撞折了怎么办？撞傻了怎么办？撞没了怎么办？这得打呀！打一架！打不死这××的！电视里放的，外国人开着会就打架。人跟人打架才算个人！他们两个人吧，××的都装文化人，白费了那四把拳头四条腿！没劲！

你×别走呀，听我说，我还没开篇呢。我家客厅门口挂了个大钥匙你知道吧？我爸吧，怕我出门忘了带钥匙，就在门口挂了一个板子，上边画了个大钥匙，有一尺多长吧，我出门，就看到这个大钥匙，我就想起来钥匙带了没有，我爸有办法吧？对了，你有没有看见我小区的广告，挂了好多天了，都！上边一个人吧，顶着一个老虎脑袋，露出两颗虎牙，不是虎牙，门牙。×！这就深了嘿！老虎的牙齿就是虎牙呀！老虎还分门牙？老虎的牙齿全都是虎牙！太神了，这个。手也是老虎爪子，穿着一件绿毛衣，都绿了，哈！胸前桌子上还搁着刀和叉，还有一个盘。不是U盘，是×饭盘。盘子上边吧，放着一个胡萝卜，旁边还有胡萝卜叶子。胡萝卜直挺挺的，尖尖那儿打了个弯。你说这是老虎扮人，还是人扮老虎？忒深了！旁边吧，还有句话，我记在小本上，跟您哪念念：无数句减肥誓言，不如一次为买房攒钱。你说这是个啥意思？我怎么看不懂×讲的是什么意思……等等，缓一缓，行不行？你×别走呀，我还有别的没跟你聊。对了，对了对了，刚才那个人，就是那个我说他"面"的人，不是说我是傻小子，我傻吗我？骂我还骂到人家日本去了，××的，什么人呀，这是？我要吐脏字了，我要。怎么还走呀？唉，我想你们这些人都是疯了。

（原载《大家》2019年第2期）

煮手把肉的女人

◎艾　平

在呼伦贝尔草原，家家的年夜饭都是文化大荟萃，有农耕人传统的饺子，有狩猎民族的芸豆柳蒿芽汤，有俄罗斯族的酸黄瓜……但餐桌上真正的主角，不可替代的王牌，永远都是来自草原的手把肉。到了腊月的最后几天，人们会挖开院子里的雪堆，取出一只埋在雪里的白条羊，放到厨房缓着。这时候你到谁家串门，都会看见羊肉，红里透白的羊肉，鲜鲜嫩嫩的羊肉，叫人想起草原上纯净的露珠，想起草原上一碧千里的季节。于是，煮手把肉的女人出场了，在我家，那个女人就是我。

天不亮就起来了，脸都顾不上洗，把特意从草原拉来的牛粪盘儿捡了两筐，放在室内晾干霜雪，磨了剔肉的尖刀，又把铁皮炉筒接在排风机口上，在炉子上安置好一口铁锅。

气候不仅决定历史，也决定文化。初冬时候，在草原上饱食了一夏天好牧草的牛羊，个个膘肥体壮，恰好大雪来临，有了天然冷库，牧民便纷纷开始"打冻羊"，就是杀掉一批肥羊，去了头蹄下水，料理成干干净净的白条羊，埋在雪堆里，作为整个冬季的餐食主打。这时虽然羊群里只剩下了基础母羊和种公羊，牧民还是要顶风冒雪出牧，让羊群跟着马群吃马刨出来的草。不久，母羊们陆续怀胎，牧民又要日夜庇护母羊以免它们流产，接下来就是一年一度的冰雪那达慕，这是草原的盛大节日，牧民们更忙了，吊马，吊骆驼，准备参赛，拉蒙古包到会场安营扎寨，开店做旅游生意。忙忙碌碌的草原人，家里有充足的白条羊，便有了腰缠十万贯的感觉，忙起来，一顿手把肉进肚，在冰雪里挺一天，抗饿又耐寒；歇下来，一锅手把肉上桌，长调满四座，起舞弄金杯，快乐就这样来了。

手把肉到底有多好吃？你就看我的吧——先卸下肥硕的羊尾巴，片下羊尾尖两侧的羊尾巴油，然后用尖刀在羊胯下一划，朝羊脊背方向一使劲，一只羊后腿瞬间解下，以此类推，卸下四只羊腿，然后用尖刀在肋骨根处深剜，卸下两扇羊排，这样用刀有好处，可以保留带着里脊肉和外脊肉的完整羊脊骨。我将羊大腿肉和羊尾油，留下做羊肉卷，其余部分切成条块，准备下锅。

炉子是铸铁的，我们家用了三十多年，现在贵贱买不着了。我把牛粪一层层摆在炉膛里，往锅加冷水，下肉，水刚好没过肉，抓一把干草点燃了牛粪火，便坐在小凳子上，手拿着一根长柄叉子，守着炉子，盯着锅，不再离开。

做手把肉说起来十分简单，白水煮肉而已，然而在草原上，一百户人家，就有一百种口味的手把肉。我煮的手把肉，那简直就是独占鳌头，让你吃一次记一辈子，不信你就到呼伦贝尔来尝尝。我最讲究的是煮肉的水。当年成吉思汗率蒙古大军征战半个地球，势如破竹，其最重要的秘诀，就是沿河道行军。发源于山间林地的河水，清澈甘甜，是他们熬奶茶、涮羊肉，煮手把肉的绝配，更是他们吃好喝好的基本保证。因此，一到年根儿前，我就要求人去伊敏河源头拉水，那里有很多泉眼埋在树丛里，远隔尘嚣，亘古如初。

牛粪火是慢热型的。眼见锅里的水变成了淡红的颜色，拿手摸一摸，却是温温的，这时十分钟已经过去了。待到十五分钟时候，锅里的汤才慢慢咕嘟起来，变成了淡淡的白色。我用叉子一扎，肉冒血水，汤里浮现一层油脂沫，过五分钟再一扎，肉里的血水渐渐没了，就这样一直煮到肉汤变成牛乳色，看看表，正好半个小时。我割下一片肉尝一尝，芬芳酥脆，香而不腻。芬芳来自山野，不腻是因脂肪已经溶于汤中，酥脆，说明火候恰到好处，少一分则硬，多一分则老。

你问我是什么时候学会煮手把肉的，我还真说不出来。作为呼伦贝尔人，说我自幼爱吃羊肉，那还不够，应该说，我是一个从小热爱羊肉的人。小时候，父亲当厂长的海拉尔肉联厂，是国家的创汇大户，每到旺季，一天要屠宰一万五千只羊、几千头牛。厂内的外销站台前，开往阿拉伯各国和苏联的冷藏火车一列接一列，父亲穿着白大褂，和工人一起扛白条羊装车，别人扛一个，他扛两个。厂子里新建的冷库没有完工，父亲就带头购买"爱国肉"，我们家的仓房里白条羊堆成了山。赶上父亲不加班的星期日，他就会在院子里支起铁炉子，让我在一边拉风匣，或者煮羊头，或者烤羊蹄，烤羊罗肌肉，烤肉肠，烤腰花。我手里拉着风匣，眼睛直勾勾盯着滋滋冒油的美味，偶尔一抬头，看见已经被一圈又一圈的孩子围了起来。那时候，羊头五分钱一个，羊蹄一分钱两个，羊肉一毛七分钱一斤，春节到二月二的那段时间里，大人们见面寒暄，总有这样一句话——今年吃了几个？他们省略了那个羊字，因为在肉联厂，羊肉就跟米面一样家常。孩子被吸引过来，是因为没见过如此花样翻新的厨艺，也是没尝过如此别具一格的香味。肉熟了，父亲拿一把蒙古刀，刀刃向里，一片片地割肉，每割下一块，便蘸上一点盐沫，说着——羊口条……来一片，羊拐筋……来一块，羊胸口……来一片……依次放到孩子们老早就伸出的舌尖上。而我，总是最后吃到食儿的那只小狗，不过，各种烤肉绰绰有余，一直把我吃得小肚子滚圆。

吃到最后，父亲的汤也熬好了，一大铁锅，上面飘着一层蛋白质和脂肪的稠皮，里面有羊骨羊肉羊血羊肚羊肺羊小肠等等，撒一把葱花和盐进去，好喝得让人顾不上说话。现在想想可真是的，地上是厚厚的冰雪，炉子里是熊熊的火焰，孩子手捧汤碗，像捧着一个蒸汽团，喝得那叫一鼓作气，荡气回肠，没见过谁感冒，谁坏肚子。

父亲去草原看畜情，经常带着我，成年以后，因为工作的需要，我也经常到牧民家做客，已经记不清喝过多少蒙古包的奶茶，吃过多少人家的手把肉了。唯有草原上那些煮手把肉的女人，日益鲜明，珍藏在我的记忆里。

她总是拿个短把套马杆，放倒一只肥羊，用膝盖将羊抵住，在羊胸肋骨下划出二寸口子，伸进去手，瞬间掐断羊的心血管，羊没有痛，就走了。接着她忙不迭地剥羊皮，洗下水，灌血肠，煮肉，熬肉粥，一个小时后，美味佳肴隆重上桌，客人们大快朵颐。再看煮手把肉的女人，她换了一身簇新的蒙古袍，而脸面依然是风雨剥蚀过的色泽，汗水正从皱纹里一滴滴落下来……只有她那双正在系扣子的手，像脂肪一样细腻柔润，我知道，那是一双挤牛奶、炼羊油、煮手把肉，整日浸在脂肪里的手。她给每一位客人斟满酒，就不见了。原来她在门外，用碎肉喂家里的狗，几只肥壮的喜鹊飞来，她连忙也撒给喜鹊们一些，喜鹊欢天喜地地吃完了，还要。她反身回到蒙古包里，看见她的孩子也饿了，就从锅里捞出一块肉，坐在床边，给孩子们一块块分食。当客人酒足饭饱，孩子也吃饱了，她收拾了桌子，重新给客人斟了奶茶，才顾上自己。她还是老习惯，不管日子已经多么富有，也不肯把客人们吃过的骨头扔掉，因为客人们往往没有把骨头啃干净。她拿着小刀子，一边剔着骨头上的残肉，一边往嘴里送，直至手里的骨头变得如象牙一样洁白。在整个过程中，她嘴里反复叨咕着："可怜呐……可怜呐……"

父亲告诉我，阿妈叨咕这话的意思，是在表达着她心里的疼爱。她疼爱春去秋来的草原，疼爱来自远方的客人，疼爱成为食物的羊，疼爱渴望食物的狗和喜鹊，疼爱她的孩子们，甚至疼爱手里即将被扔掉的骨头。在一个草原母亲的眼里，万事万物都需要她的疼爱。

手把肉出锅了，我按照羊骨骼的顺序将肉摆好。从胸骨、肩胛骨和小腿骨处割下来三片羊肉——在草原上，这三处的肉，体现最大的敬意。接着我满上一杯老茅台，面对窗外满天的星光，献给父亲——那个把我领向草原的人。

年夜饭即将开始，我从冰箱拿出独家配方的调料，那是初夏时采的野韭菜花，拌着野生白蘑碎丁，经过大半年的低温发酵，如今绿莹莹的，那香气顿时弥漫了厨房。吃手把肉，只此一种佐料，足矣，我认为饭店里那种酱油蚝油辣酱芝麻酱等等的五味杂陈，实在是傻到了喧宾夺主的程度。

"肉来了，过年了……"

我把热气腾腾的手把肉端上桌子，招呼着家里的老老小小，看着他们喜气洋洋地上桌，感觉自己就是那个在草原上煮手把肉的女人。

（原载《文汇报》2019年1月7日）

垄上：行行复行行

◎兰善清

汉江生我，我被清澈秀美的汉水宠坏了，曾经汉水难为水。

于是走近黄河就有了几许挑剔，从三门峡到潼关，看到了黄河泥碴板结的江岸，看到两岸灰灰黄黄的台地，我知道了这样的肌体流下的汗水定然是浑浊的，这样的母亲河怎能与我的汉江媲美！在兰州城外，我近前看到黄河一袭黄衫，挥袂而走，卷起的浪花，恰似耕田带起的泥浪，身影已很不轻松，更不把这落日圆的长河和我的汉江放一块了。心里还纳闷：这是母亲河的上半身啊，刚出落的模样，应该还葆有雪山的清纯，咋这般模样？从雪山走来，玉洁冰清，那是清亮如镜的呀，怎么走着走着就黏糊糊的？谁说您是以这种颜色孕育中华黄皮肤儿女，全是戏说，非洲也没流黑水，咋就哺育了黑又亮的传人呢？

河水从来没基因啊！

一

原来黄河从巴颜喀拉走到临夏大河家，留下1901公里的清泠，遂而乍然变色。大河家是青藏高原与黄土高原交界处，黄土陇头擦身过，安能洁身自好！没有植被的黄褐色、苍黑色高原峻岭，常年承接的是来自北大西洋强劲的西风，这遥远的呼啸在吹过欧洲大陆时已被吸干了水分，到达中亚大陆早已干得不能再干，失去水分的干风继续虓悍前行，裹挟着中亚大陆沙化地表上的滚滚沙尘，浩浩荡荡地来到了黄土高原，来长年累月地搅拌河水的成色，黄河，能不黄么？

兰州北上，黄河在左，裸地在右，山一律地去了皮肉，总难见丰润绿地、潺湲溪流、葱茏青山，无穷无尽，车飞车越，扎住劲的穿越，总走不出浑浑濛濛的视野。骷髅一般的群山似烧了千年万年，一种烧透了的残余模状。枯得不堪入目，层层叠叠的枯，无止无境的枯，闪身去，迎面来，扔到身后又到眼前。感觉那是层层帷幕，一帘又一帘，撩开又遮，遮住又撩。干涸肆无忌惮，无边无际，石碴与硬块，排斥所有问候和亲近。竭力想看到一个针尖大的草籽、一丛野草、一牛蹄坑污水、一片飞舞的树叶、一根鸟翎、一只瓢虫、一只蚂蚁，望穿秋水也枉然。

没露珠，没常态意义上的宛如肌肤的温润，感觉满世界皲裂着毛孔，绝望地咂吸着天空，咂吸着所有经过它的生灵。黄河就在那边，正穿越这样的裸山裸地，默默地急匆匆地在地沟一样的所谓河床中穿行，对此默然无助。黄沙灰尘随时随地不请自来，黄河的浓度自然一路加深。我注意到地理教科书介绍这里的地貌所使用的几个词语：干旱、剥蚀、风蚀。这几个词汇经由眼前活生生的地理诠释出来，我不得不恐怖惊叫：我的妈呀，干旱原来如此可怖，是它逼良为娼，残害了良田沃地啊；风蚀原来如此残酷，是它助纣为虐，让干旱加倍作孽；剥蚀原来如此惨无人道，绿山成骷髅，枯山之渊薮！

应有的绿色被它们戕害于十八层地狱！

"鸣骹直上一千尺，天静无风声更干。"我不禁想起唐代诗人柳开的诗，便把他对骁骑勇士的描写拿来比喻这非常环境的惊悚。

我顺路浏览了一眼兰州水车博览园，一派壮观。

大大小小的转轮曾经是黄河水走进田头地埂的媒人，竭尽所能对过路黄河获取一瓢饮；现今悠闲地陈列在那里，依然散发着千百年来的疲惫。遥想曾经的岁岁年年，淋淋汗水与车轮转来的河水可以等量齐观，褴褛的农人双脚下的老茧，对峙着日炽风侵，四时无云，滋养一株禾稼，何似摘星之辛？

二

我游观了沙坡头那段黄河，晃荡的游艇和漂摇的羊皮筏子载着我感受了滚腾起伏的河面尚有一丝大河脾气，对面的一片芦苇和景区内虬枝盘桓的古枣古柳，绿树绿色，聊以抚慰了视觉的苍凉；游玩于沙丘沙海沙天地，说不上多么快意，倒是有些不胜其惶然！太阳煞白煞白，白得像白铁皮，发出刺目的白炽灯一般的疹人白光，感觉太阳就贴在脸皮、脖颈、脊背，逼人于躲又无躲的境地。向天而生的沙漠强者——骆驼刺、红柳、沙漠花棒以及扎设麦草方格而实施的人工植皮所植下的根根线草，半枯半绿，它们带着创世的希望顽强地尽其可能地放大着生机，为沙漠覆上些许温煦，为大自然不待见的秃儿和烫伤儿植了几许活性的颜容，裸露有了一星半点的常态姿容。

这些活生生的景象及其沙坡头博物馆里呈现的历代尤其新中国成立以来的治沙壮举和业已收效的景色，让我再逢黄沙黑山时心里有了几分的淡定、放下了几许的慌张。在赴宁夏中卫路上，我又看到了人造地上袒露着滚圆肚皮的硒砂瓜，好不欣慰。尽管瓜地是那么干燥不堪，地层上的石子发烫，阳光灼灼无遮，但西瓜是实实在在地长在那里，且满地满目；瓜秧从石头缝里长出来，沿着石子蔓生，并不葳蕤，秧子纤弱，叶子稀少，数十斤的滚瓜简直不像它所生，可就是它生。

绝地逼人聪慧，聪慧的人们面对这原本属于谢绝了生物的不毛之戈壁有了聪明之举，他们千难万难叩石垦壤，把经过风化、被山洪冲刷到山沟里淤积的以石炭系为主的岩石，碎成指甲盖大小的碎块，然后，铺压在四五寸厚的灰钙土壤上，造出了这既确保地温、蓄水、墒情，也同时让西瓜从炽热和发烫的石子中能获取一种硒和锌的利生元素的新生土地，火浪滔天，瓜秧无妨，长出的西瓜天下独一。

生机神来！

硬生生地让"一方水土养一方人"的常言不虚了。

硒砂瓜行销天下，巨大的丰收和热销让绿油油的江南也有些自愧弗如，路上我看到大车一辆接一辆，天南海北都来了。登在央视的中卫硒砂瓜广告特接西北地气，那个啃得满脸鲜红瓜瓤、喜感撩人的孩子，把中卫硒砂瓜撩人的涎水植入到人们嗓子眼上，口舌生津，不尝尝真有点熬不过。

我走进一块瓜地蹲下看看，正午下的瓜秧没有萎蔫，碎石覆盖着薄膜，薄膜覆盖着泥土，泥土湿润，涵着水分，有旱无险。瓜农就地出售，我十分吃力地抱起一个大个头瓜也就20元，回民大哥就笃定这个价，吃亏不吃亏都认。头戴遮面纱巾的女人还不住解释家里有几个孩子读书，正用钱，价钱不能再低。被这地、这人、这出产好奇得五体投地，哪盘算高低价钱，多少都是值的。

走过这片瓜地，再前又是逼面的黑灰山体，偶有些微苔藓一般的淡绿色，遮蔽着刺目的裸露，这是人力植皮升起的细碎希望。

往北便接近教科书上讲的塞上江南，可是怎么始终遥遥难觅？车子狂奔，期待的景象越是没边。

我知道右边不远处就是以贫瘠驰名的西海固，最拒人居，不可近前，但又是公认的万里河山上不可一日失手的要隘。它亦名萧关，关者要穴、咽喉。李敬泽先生有如此称说："固原，血与剑与风的固原，马群汹涌的固原，烽燧相望、坚城高垒的固原。在广大的帝国版图上，固原是一个微小的点，但两千年间，任何一个目光锐利的战略家都会一眼盯住这个点。这是帝国的要穴，是我们文明的一处要穴，他无比柔软因而必须坚硬。你的面前是地图，地图上的北方是无边的大漠和草原，骑马的民族正用鹰一样远的眼睛望着南方。南方有繁华的城市、富庶的农村，有无穷无尽的珍宝、丝绸，还有令人热血沸腾的美丽女人。"李先生从历史的深处告诉了我们这片干涸之地虽令人不堪，却最不能令人马虎，所以，一直被我们最强劲地持有。

三

土地江山，生民有赖。

我有个挥之不去的瞎想：这沙化、漠化、蜕化，除了北大西洋来风，除了干旱、剥蚀、风蚀的作恶多端，是否还因使用过度、索取过度所致？最早的农耕文明破壳于这黄土高原，亿万年的索取，朝朝代代吃喝用度，再丰厚的土壤也被不断拔节的庄稼抽取瘠薄了，再强健的肌体也被奔涌的战马踢腾得差不多了，再丰沛奶水的乳房也给唖吸干瘪了，土地之天力也该使用差不多了，土地也应该是有寿命的。其他事物的功能是用进废退，而土地则反，这状况该是今天我们这些中华儿女需要老老实实面对的了。当然，土地枯竭绝不仅仅是如此简单的致因，也许还有更复杂深层的天理。

西北并肩华北，无一例外地承当了中华文明首创时期的文明课堂，启蒙了土地生命的发轫；起跑的人们追着太阳日复一日，进无止境，从陇南到漠北，绵绵疆域，多少英雄长歌，多少山河大剧，多少中华故事，在万丈高地上演不休。三万年前，焦灼的贺兰山南坡都没遮挡住草原初民的创世浓兴，他们在此放牧、狩猎、祭祀、争战、娱舞、交媾，驯养羊、牛、马、驼，与虎豹争食，然后兴致勃勃地把所经历的活生生的岁月镌刻到坚硬的贺兰山岩壁上留存至今，没有谁更比他们过早地懂得生活，没有谁更比他们知道怎样让生活不朽，怎样与天地永恒。尽管他们还没有文字，没有笔墨，但他们有质朴的形象加思维，有锐利的石器和力气，贺兰山在他们面前不过一块小小石片，涌动在心底的永恒寄望随手就轻易拓上去了。

那时起，他们已在咂吸这方土地的乳汁了！

这些人演化到后来，成为太史公马迁笔下的夏后氏后裔匈奴，而匈奴的后裔则又分支为贺兰山一带游弋的鲜卑、突厥、回鹘、吐蕃、党项等北方、西北方、东北方、西南方民族兄弟，是黄河早先给了他们最深厚的恩养。《诗经·采薇》里有这样的诗句："靡室靡家，猃狁之故。不遑启居，猃狁之故。"是说常年的无家可归都因为这猃狁骚扰造成的，常年的不得安身就因为这猃狁进犯影响的，故而，这些服役的士兵们有着不尽的牢骚怨怼。"猃狁"者谁？就是北方少数民族的一支，周王室要征集大量的青壮劳力常年抗击他们。

不打不成交，不打不成兄弟，本是同根生的汉人和胡人相生相斗，自并立之日起就恩恩怨怨，打斗不止。秦始皇的长城筑起了胡汉之间的隔离墙，也划开了彼此的边境线，但始终没能隔断深层的骨肉联系，打断骨头依然连着筋。朝代在更迭，纠缠在继续，现今矗立在兰州黄河岸边的霍去病英雄塑像，重现了汉武时代一代将星戍边的浩然长风，从他伟岸的身影里我遥想到大汉王朝那年代汹涌着的凌然霸气、英雄凯歌，但也让我们想到民族矛盾的了犹未了。"匈奴未灭，何以家为？""犯我强汉，虽远必诛！"豪言至壮，纠葛不辍，巍巍边境，时阴时晴。贺兰山猎猎，无数守疆者精神高擎，寥廓长空萦回的仍是风云际会的胡琴之音。

"驱车几度劳远目，白云天际迷我庐。"清人常星景的诗句跳上心头。

四

一路北上，迢迢遥遥，无边的荒漠之行，怅惘的焦灼之路，洪荒受难之旅，紧张，恐慌，热锅蚂蚁一般。

终于有了尽头，心境豁然。

西河套平原渐次出现，汤汤河水漫溢在渠沟田埂，黄河与博大的地平面交融了，水稻、玉米、向日葵、苹果和莫名的矮棵植物，次第入目。村庄、集镇、街衢，翼翼而来。随而是银川高楼大厦，是一个和兰州一样被黄河拥在臂膀的车辙云集之都。

这就是千年前北魏孝文帝迁山东人，北周武帝迁西南人、江南人前来充斥北部人力之空缺，又撅地引水，及至唐宋以降，开渠凿堰，秦渠、汉渠、唐徕渠、惠农渠，它们都是从黄河取水，血脉经络，从而奠定至今的塞上风光！

人们消费着生养之地，亦在补偿着这方土地。

来到这方可以忘却黄沙飞尘的北方大地，急于想把耳朵贴到战马踢踏了数以亿遍的地面上聆听，聆听沧桑岁月的历史藏匿。曾经翻阅有关史书，听过这方河山的历史讲堂，看过有关它的各类影视，而今双脚接了这方地气，才真正能感受到当年明月的骨感和意义。特别是那个五胡十六国的鸡飞狗跳乱如麻的年代，没少撕扯这里。自西晋末至北魏，黄河泣血，北国碎片，先后135年20余个政权登场，汉人、匈奴、羯、鲜卑、羌、氐都曾不失时机地在河朔之地大刷存在感。当关陇地区的前秦、后秦、西秦、后凉、后仇池等割据政权忘我表演的时候，投奔后秦的匈奴之子赫连勃勃，一个膨胀了野心的嗜血狂暴汉子，乘东晋灭后秦撤离长安之际，毫不迟疑地在距银川不远的靖边建立了一个属于自己的政权"夏"，有意无意中把历史的目光引向了河套和贺兰山。他这个"夏"从公元407年苟延至431年，短短24年！尽管昙花一现，也正经八百地存在了，这大约就是宁夏有夏的初始吧！

是基于复兴古老夏王朝，还是随机定了这么个政权名号？

无论何种考虑，这一命名都使宁夏这片高地有了一个历史性的载史时刻，且血脉赓续，数百年后又一个夏王朝在此重出江湖，称国200年。

怀想宁夏云烟，走进银川之夜。

银川洵美且都，宁馨静好，与白天炽热一反常态，娓娓而来的是浅浅的清凉，黄河来风，贺兰山入梦，月影拢纱，鼾声相拥。

对苍茫历史的旷怀，一夜醒来，我前去拜谒西夏王陵。

这是一片浩瀚的鲜有草木的干涸地面，坚硬如铁，碎石子漫地，偌大的陵园框架颓然落寞，一派破落不振的视像。贺兰山近在咫尺，抬手可揽，一种偬依，它做了王陵背依的靠山；前望是无边的银川，坦荡无垠，便做了亡灵的拜台。西夏一代地标性人物李元昊的坟冢秃鹫一样兀立，千年风流被千年自然风流吹得荡然颓然，尚能葆有的仅是一垛麦堆样的夯土谷堆，不见松柏蔓草，孤零零地兀立在烈日下，好不凄惶。除此最显眼的西夏第一陵，另9座王陵、200余座侯陵、勋戚陵隔着巨大的空间距离，既独立又毗连地分陪在方圆50平方公里的区域，放眼点点，酷似一盘正摆开的巨大国际象棋棋局。有人将其与埃及金字塔比，从这个空间阵势看，还是好有一比的。西夏君主奉佛教民，忏悔杀戮，政权铁血与宗教善信，矛盾却和谐地在那个时空并存着，纠缠着。

我回想了那段时空沧桑，草蛇灰线，一脉幽魂穿越千年。

曾经一度算得上较好王朝的北魏国祚被新生政权接替，阴魂不灭，它的子遗子民并未被新的王朝赶尽杀绝，他们也未遁入绝望的深渊自此一蹶不振，似乎上天也还恩眷，一部分党项拓跋后裔逃到祁连山下夹起尾巴做人，一点不适应情绪也没有。熬过东魏、西魏、北齐、北周、大隋，到了大唐立国，实在受不了吐蕃人的强凌，委委屈屈地向太宗皇帝乞怜。太宗悯其卑下，允其离开那憋屈的地方，重回北方大地。他们很是感恩大唐，以安守祖根香火不闹事为报效。至公元875年黄巢举旗，他们感念大唐之恩的血性乍然汹涌，腾地一下子蹦出来，加入到救火的大军中，表现很是不错，被唐王朝大大地欣赏，赐其领头人皇家李姓，受封夏州定难军节度使，统辖以宁夏为首的夏州等五州地区，晋爵夏国公。甘宁一带不好不赖，比先前的杂居地好多了，更何况，这不是远方祖亲赫连勃勃曾温暖过的地方吗？天悯我胡人血脉啊！他们由庶民再度熬炼到了这方山水这里的主人，有了进退可祜的自主生存之地。

有此今天，实属不易，数百年夹着尾巴做人，尾巴都快彻底蜕化掉了，重回时代舞台显眼的位置，真的要长吁一口气。

珍惜，珍惜，在公元907年大唐轰然倒地那刻，没有急于伸腰，到公元960年大宋不流血地夺权成为新的天下一哥，54年里北方五个朝代乱纷纷你方唱罢我登场，走马灯更迭，党项李氏作为西北藩镇的命臣依然表现得出奇的冷静，没有野心，没有轻举妄动。谁改朝代跟谁举旗，规规矩矩做臣子，不做梦。倒是宋皇的不放心削藩，迫使其献出五州领土，让党项政权不再合理化地存在下去。

定难军首领李继迁，党项的头人，不再苟且安于现状了，大是大非面前，他毅然从韬光养晦中开始直腰，采用祖宗使用过的软身段投靠的策略，结援毗邻辽国，结个同病相怜者为命运共同体面对大宋，俩对一，确保了百年门户无虞。此时，他们仍然没有太大的政治野心，老老实实值守一方。李继迁之后，其子李德明继位27年，西掠吐蕃健马，北收回鹘锐兵，照常俯下身子向辽面宋，假辽威，获宋赏，虽活得有点不敞亮，但也乐得西北阳春。注意，此时的党项人还是一方割据政权，不改元不称治，近似于国家就是不亮明咱是国家，谁来讨伐不给你口实。

德明之后，英迈的儿子元昊上位。千年等一回，这已是千年蟒蛇龙气象。他在爷爷直腰的基础上继续站直，彻底不再哈腰低调，大张旗鼓地甩掉了唐宋所赐的李姓赵姓，改称自己的初姓——嵬名，自举青天子旗号，把头上的毛发要么一簇扎起四周剃亮，要么中间剃、两边蓄得龙须草式的，要么半边脑袋留辫、半边剃亮，总之，要整出一个高度的另类来，要辽人宋人都看个明白，看个刺眼，我就是我了！

服饰、文字、礼仪、官制等有关国家体制和国民习俗统统的别出机杼。升府邸，扩宫城，一切就绪，公元1038这年堂而皇之地宣布大夏立国。这年距赫连勃勃的胡夏遁迹已607年，距他的直系祖先北魏拓跋氏失乐园504年。幽魂倩影，"夏"又再次出现在夏地上，匈奴的后裔又亮身政治舞台中央。东临黄河，西界玉门，南接萧关，北抵大漠，22州在握，与宋、辽（金）、西夏共成中国历史上继魏、蜀、吴之后再一个三足鼎立的分治局面。

宁夏之夏再一次地彰显在九州河山！

五

站在李元昊的土冢前，铁马冰河入眼来，那些与大宋军相交手的定国战役一幕幕闪现：三川口之战、好水川之战、麟府丰之战、定川寨之战，胡马狂澜，奔腾如雷；那场与辽兴宗的殊死鏖战也在我脑海情境毕现，先是节节退守再而绝地反击，一代枭雄干得威风八面，好喜剧的局面。决战决胜，邻居从此接纳认同了他这个人、他的国，也从此知道了这个"夏"不好惹，与之相残不如相安。

我饶有兴致地参观了博物馆内李元昊留给他那个时代进而流传至今的政治遗产：他在戎马倥偬中亲自筹划、亲自主持创制的文字——蕃书国字，那撇儿、那捺儿、那横儿、那竖儿，绝对个性化，刻意的叠床架屋，看不透的繁复紧密，是汉字的变种，但又让你汉人看了一脸的纳罕，每个文字的笔画都在11画以上，一点也认不出来。显然，远比日文赤裸裸地把汉字原封不动地拿来、夹杂到自己创意不足的文字体系里水平高多了。别具一格的治国法典《新律令》更是出乎其类的"搞笑"，却又很是可操作，可收效。比如无论男女若杀曾祖父母皆处斩刑；荒芜土地、浪费粮食处绞刑；贪贿百文到一缗（一千文）者，首谋，杖十三，从犯，杖十；过三十五缗服十年苦役；过四十缗者处绞刑……国情使然，治国重典，巨细如此，时风当是何等整肃。夏时代高度国防，每四人一人服役，故而，他既不惧覆压在头的大辽，更不惧富不强兵的大宋。没有枪没有炮自有邻国造，没有吃没有穿自有邻国送上前。元昊之后179年传九代，都稳居西北，他们亲眼看到金国从大辽的肚子里生出来遂而把辽吃掉，两年后这支东北虎又南下把北宋吃掉，西夏跟着金人的屁股后面乘机喝了杯喜酒，对大宋掳掠了一把，获得了数千里的土地后，不再贪占，迅疾打道回府，又回去守家门。从此，继辽、宋、夏之后重新洗牌的新三国夏、金、南宋鼎立局面，又从公元1127年保持到公元1227年，恰好一个世纪。当年吃掉大宋、胃口大开的金人居然没有饮马贺兰山，一吞北方，把北边篱笆扎牢，倒是一直与宋的后裔过不去，一凌再凌，最后反而比南宋早45年倒在蒙古铁骑下。

西夏，一个植根宁夏黄河之滨、贺兰山下的党项人缔造的传奇！

至此，我在思索抗金先锋岳飞写在驻守抗金前线鄂州的《满江红》"驾长车，踏破贺兰山缺"壮怀激烈诗句的来由：他为什么把矛头指向贺兰山下的西夏？西夏并不是他要雪恨的对象啊？应该是像他在1120年招募兵马，在朱仙镇与将士们大呼的口号那样："直捣黄龙府，与诸君痛饮耳！"直捣金人所在地才是啊。其实岳飞家国意识里应该不只是要平定毁了北宋河山的大金，还有分治一方的西夏，他要实现的宏愿是一个超越北宋、南宋国君意识的一统天下最大愿景。这境界直接影响了后来的陆游和辛弃疾，陆游的《诉衷情》"心在天山，身老沧州"，不就把一统河山的豪情挥向了大西北？辛弃疾的《京口北固亭怀古》"金戈铁马，气吞万里如虎"借刘裕雄风宣泄收复天下之志么？

岳飞及众多志士实在是生不逢时，他的"踏破贺兰山缺"倒是提示了后来的蒙古人，他们不遗余力先后六征，挥师踏破贺兰山缺。那些年，西夏欣然于坐山观虎斗，惯于好自为之，竟不顾卧榻之旁有雄狮出没，结果坐迎雄狮登门。

志在必得，公元1205年强大起来的蒙古人纵横捭阖，所向无敌，呼啸而来，抵达了西夏人安逸了百年的家园。西夏人不好战却不畏战，并不像蒙古人预想的那样望风而靡，先后持续22年的殊死抵御是蒙古入侵者横扫东亚、中亚万里都不曾遇到的最坚决反抗，他们硬把一代天骄成吉思汗耗死在六盘山下。当然后果很严重，大规模的杀戮与摧毁成百倍地来了，杀烧淫掠，毁宫掘墓，手段用尽，惨绝人寰，在西夏军民"穿凿土石，以避锋镝"的极其艰难的防御中都难幸免一二的惨烈情况下，最后只能白骨蔽野，紫血腥天，黄河成泪，西夏就此悲壮地从地平线上彻底干净消失。

战争是嗜血和失血同在的，征服是强化个性但灭绝人性的，新的主人蒙古人良心发现之后，为西夏这块土地名曰"宁夏"，以寄永远的安宁，不希望再起烽烟。

无比欣慰，此名从此成为祝福，福泽永延。

六

从西夏博物馆走出，往事漫漶，长时间萦怀不已，四顾银川，情怀烂漫。绿色掩映了远处的萧瑟，继续北上的黄河洒下一路甘霖，赐福了众生乐享的塞上天府乐园。城郭如舫，荡漾在绿荫花池，探幽寻古者穿梭，迷醉于西北大地的古今传说。

回望甘南走来的一路，沐浴了黄尘，亲见了黄河一身橙黄的丝丝缕缕，也看到了黄河、黄沙、裸山正在被人力赋予绿色的欣然。与恶劣的环境斗智斗勇，人们拥有了许多的回天之力，诸如筑起卵石防火带，培植灌溉乔木带，哺育草障治沙带，构筑前沿阻沙带，实施封沙育草带，五带一体，联袂并肩，创史性、体系化地为漠土枯山植皮，生死肉骨，唤醒枯骨里的生机，复活寸草不生的大地，虔诚地补偿着代代儿女对皇天后土的累累欠账，作为大河儿女，我为将在我们的时代里呈现河清海晏胜景额手称庆。

　　古道千年，今日一箭。露溥萱草，黍香遥递，雨霁绿深红暗，风曳一山阴晴。斜阳外，谁人唱晚，笛响两三声；北地形胜，关山险峻，再无狼烟浸梦。铺时代丝路，走西口一派浪漫背影。踏破贺兰山缺的是四海游人，亲吻河套的是天下宾朋，硒砂瓜滚地了，枸杞红遍了，甘草荚果裂开了，发菜纷披了，宁夏花儿响遍天下了……

（原载《中国作家》2019年第9期）

从家乡开始

◎ 刘亮程

一、互生

家乡是母腹把我交给世界、也把世界交给我的那个地方。它可能保存着我初来人世的诸多感受。在那个漫长生命开始的地方，我跟世界或许相互交代过什么。一个新生命来到世上，这世界有了一双重新打量它的眼睛，一颗重新感受它的心灵，一个重新呼喊它的声音。在这新生孩子的眼睛里，世界也是新诞生的，说不上谁先谁后、谁接纳了谁。一个新生命的降生，也是这个世界的重新诞生。这是我们和世界的互生关系。

这个关系是从家乡开始的。

家乡在我睁开眼睛的一瞬间，几乎用整个世界迎接了我。家乡用它的空气、阳光雨露、风声鸟语，用它的白天黑夜、日月替换来迎候一个小小生命的到来。假如这个世界还有什么的话，家乡在我出生的那一刻，已经全部给了我。从此家乡一无所有。家乡再没有什么可以给我了。

而我，则需要用一生时间，把自己还给家乡。

二、厚土

家乡住着我的父亲母亲、爷爷奶奶，住着和我一同长大、留有共同记忆的一代人，还住着他们看着我长大、我看着他们长老直到死去的那一代人。家乡是我祖先的墓地和我的出生地。在我之前，无数先人死在家乡、埋在家乡。每个人的家乡都是个人的厚土，这个厚，是因为土中有我们多少代的先人安睡其中，累积起的厚。

先人们沉睡土下，在时序替换的死死生生中，我的时间到了，我醒来，接着祖先断了的那一口气往下喘。这一口气里，有祖先的体温、祖先的魂魄，有祖先代代传续到今天的精神。

所有的生活，都是这样延续下来的。每个人的出生都不仅仅是单个生命的出生。我出生的一瞬间，所有死去的先人活过来，所有的死都往下延伸了生。我是这个世代传袭的生命链条的衔接者，这是多么重要啊。因为有我，祖先的生命在这里又往下传了一世，我再往下传，就叫代代相传。

这便是家乡。它在浑然不觉中，已经给一个人注入了这么多的东西。长大以后，我才有机会回过头来领受家乡给我的这一切，领受家乡的一事一物，领受家乡的生老病死和生生不息，领受从我开始、被我诞生出来的这个家乡，是如何给了我生命的全部知觉和意义。

三、醒来

我的散文集《一个人的村庄》，写的就是我自小生活的村庄。当时我刚过三十岁，辞去乡农机管理员的工作，孤身一人在乌鲁木齐打工。或许就在某一个黄昏，我突然回头，看见了落向我家乡的夕阳——我的家乡沙湾县在乌鲁木齐正西边，每当太阳从城市上空落下去的时候，我都知道它正落在我的家乡，那里的漫天晚霞，一定把所有的草木、庄稼、房屋和晚归的人们，都染得一片金黄，就像我小时候看见的一样。

或许就是在这样的回望中，那个被我遗忘多年，让我度过童年、少年和青年时光的小村庄，又被我想起来了。我把那么多的生活扔在了那里，竟然不知。那一瞬间，我似乎觉醒了，开始写那个村庄。仿佛从一场睡梦中醒来，看见了另外一个世界，如此强大、饱满、鲜活地存放在身边，那是我曾经的家乡，从记忆中回来了。那种状态如有天启，根本不用考虑从哪儿写起。家乡事物烂熟于心，我从什么地方去写，怎么开头，怎么结尾，都可以写出这个村庄，写尽村庄里的一切。

这样一篇一篇地写，从二十世纪九十年代初写到九十年代末，我完成了《一个人的村庄》。

这是家乡在我的文字中的一次复活。她把我降生到世上，我把她书写成文字传播四方。我用一本书创造了一个家乡。

四、先父

《一个人的村庄》写完之后，我已经三十六岁了。我一直想给我早年去世的父亲写一篇文章，可是一直无法完成。

先父在我八岁那年不在了，我忘记了他的长相，想不起一点儿有关他的往事。家里曾有过一张照片，母亲抱着我，先父站在旁边，一副瘦弱的文人相，后来这张唯一的照片也丢了。就这样一个没有一丝印象的父亲，我不知道该如何去写。

每年清明节，我们都要去给父亲上坟，烧几张纸，临走前跪着磕个头，说父亲，我们来过了，求他保佑家人平安。女儿逐渐长大，我也经常带她去上坟，让女儿知道她有一个没见过面的爷爷，一个没有福气听她叫爷爷的爷爷。

怎样去写这样一个先父，一直梗结在心。先父是三十七岁时不在的，我也到了先父去世的年龄，突然就想，过了三十七岁这一年，我就比父亲都大了。那时回想早年丧失的父亲，或许就像回想一个不在的兄弟。再往后，我越长越老，父亲的生命停留在三十七岁不走了。尤其到了四十岁这个阶段，前不着村，后不着店，生命被悬浮在那儿，即将步入中年、老年，我不知道老是怎么回事。

假如家里有一个老父亲，他在前面蹚路，我会知道，自己五十岁的时候是什么样子。因为父亲在前面活着呢。我五十岁时，父亲七十多岁，那就是二十多年后的我自己。他带着我往老年走，我跟着他，一步一步地离开青年、中年，也往老年走，我会在他身上看见自己的老。

可是，我没有这样一个老父亲，四十岁以后的人生一片空茫，少了一个引领生命的人。

我一直在这样一种困惑中，不知该怎么去写这个父亲。

直到后来，我带着母亲回了趟甘肃老家，获得了一次"接近"父亲的机会，才完成了《先父》这篇文章。

五、后继

我们家是一九六一年"三年自然灾害"时期，从甘肃酒泉金塔县逃饥荒到新疆的。父亲当时在金塔县一所学校当校长，母亲做教师，两人的月口粮三十多斤，家里还有奶奶和大哥，一家人实在吃不饱肚子，父亲便扔了工作，带着全家往新疆跑。那次饥荒我没有经历过，我是在他们逃到新疆的第二年出生的。

那年我带母亲回甘肃老家。母亲逃荒到新疆四十年，第一次回老家。我们从父亲工作过的金塔县城，到他出生长大的山下村，在叔叔刘四德家落脚。我的一个奶奶还活着，是叔伯家的奶奶，八十多岁了，老人家拉着我的手说，你的模样有你父亲的影子，又说，你父亲六一年阴历几月初几回过一次家，把家里东西都卖了，房子也卖了，说是要去新疆。奶奶说的日期全是阴历，她一直活在旧历年中。临走时奶奶给我一双绣花鞋垫，她亲手绣的，我还一直保留着。

我们一到叔叔家，叔叔便带着我们去上祖坟。我们刘姓在当地是大家族，以前有祖坟，逐渐来的人太多了，去的人也多，去的人占来人的地方，土地不够用，村里重新分配土地，就把一些祖坟平掉种地了。

我们刘家的祖坟，我父亲这一支的，都迁到叔叔家的耕地中间。爷爷辈以上先人合到一座墓里，祖先归到一处，墓前有祖先灵位。剩下爷爷辈的、父亲辈的坟都单个有墓。

叔叔带着我走进坟地，说，这是归到一起的祖先灵位。我跪下，磕头，上香。说，后面是你爷爷的坟。旁边是你二爷的，你二爷因为膝下无子，从另外一个兄弟那里过了一个儿子过来，顶了脚后跟。

顶脚后跟原来是这么回事。一个人膝下无子，会从自家兄弟那里过继一个儿子来，待你百年后埋在地下，有人给你上坟扫墓，将来过继来的儿子去世，就头顶你的脚后跟埋在一起，这叫"后继有人"。

我这才知道后继有人的人不是活人，是顶脚后跟的那个土里的后人。

叔叔又指着我爷爷的坟说，你看，你爷爷就你父亲一个独子，逃荒到新疆，把命丢在新疆没回来，后面这个地方还留着。

叔叔接着说，你父亲后面那块地就是留给你们的。

这句话一说，我的头突然轰地一下，空掉了。

觉得自己在外面跑那么多年，我父亲带着我们逃荒千里到新疆，父亲把命丢在了新疆，但是我爷爷后面的位置还给他留着。我在新疆出生，又在外求学，好像把甘肃酒泉那个家乡给忘掉了，那个家乡好像跟自己没有关系了。但是，祖坟上还有一个位置给我留着。当我过完此生，还有一段地下的生活。在地下的祖先还需要我，等着我顶脚后跟，后继有人。

我们要走的时候，叔叔拉着我的手说，亮程，我是你最老的叔叔了，你的爷爷辈已经没人，叔叔辈里面剩下的人也不多了，等你下次来，我不在家里就在地里。

我明白他说的是跟祖先埋在一起的那个地里。我叔叔说这些话的时候轻松自若，仿佛生和死没有界限，不在家里就在地里，只是挪了个地方。在我叔叔对死亡轻描淡写的聊天中，死亡是温暖的，死和生不是隔着一层土，只是隔着一层被他轻易捅破又瞬间糊住的窗户纸。

六、温暖

我原以为甘肃的那个老家，只是我母亲的家乡，是我死在新疆的父亲的家乡，它跟我没有关系，我是在新疆出生长大。

可是，当我站在叔叔家麦田中那块祖坟上的时候，我突然觉得，它是我的家乡。

小时候见到坟头害怕，当我坐在老家祖坟地，坐在叔叔给我留下的那块空地上，竟觉得那么温暖，像回到一个悠远的家里。

我想，即使以后我离开世间，从那个村子里归入地下，跟祖先躺在一块儿，好像也不会失去什么，那样的归属就在自己家的田地中，坟头和村庄相望，亲人的说话和喊叫时时传来，脚步声在坟头上面来回走动，一年四季的收成堆在旁边，那样的离世，离得不远，就像搬了一次家。

我们没有像基督教那样建造一个天堂，但是，我们在家乡构筑了一方千秋万代的乡土，这乡土包含我们的前世今生、过去未来，这个能够安顿我们身体和心灵的地方，是我们的家乡。

七、复活

从老家回来后，我找到了写先父的感觉。我从那块家乡的厚土中，把父亲找了回来，我也从祖先、爷爷到父亲那样一条家族血脉中，找到了自己的位置。突然之间，我觉得可以跟父亲对话了，他活了过来。

《先父》的第一句这样开始叙述："我比年少时更需要一个父亲，他住在我隔壁，夜里我听他打呼噜，费劲地喘气。看他弓腰推门进来，一脸皱纹，眼皮耷拉，张开剩下两颗牙齿的嘴，对我说一句话。我们在一张餐桌上吃饭，他坐上席，我在他旁边，看着他颤巍巍伸出一只青筋暴露的手，已经抓不住什么，又抖抖地勉力去抓住。听他咳嗽，大声喘气——这就是数年之后的我自己。一个父亲，把全部的老年展示给儿子，一如我把整个童年、青年带回到他身边。可是，我没有这样一个父亲。"

一段一段地写，跟这个早已不在的父亲诉说。当我写完时，我把这个早年丧失的父亲从时间的尘埃中找了回来，同时我也找回来一个遗失的家乡。

八、家谱

家乡是跟我们血肉相连的那个地方。回到家乡，便知道自己是谁了。上有老下有小。往上有我叫爷爷的，往下有别人叫我爷爷的，我在中间。这就是一个人在家庭中的地位。找到这样一个位置，一个家族体系便构架了起来。

我在甘肃酒泉老家的叔叔家，看到了刘家家谱，小楷毛笔字写在一块大白布上。叔叔特别告诉我，这是我父亲抄写的。家谱自四百年前祖先从山西大槐树迁入酒泉开始记起，一连串的名字，组成一棵大树，在数百年里分枝散叶，开花结果。

我父亲抄写这份家谱时，二十来岁，是家族供养出的唯一一个懂文墨的秀才，他那时不会想到自己会在不久的饥馑年逃荒新疆，把命丢在异乡。但是，他一定知道自己在家谱中的位置。我在叔叔后来整理的装订成册的家谱中，看见了父亲的名字，他已经安稳地回到族谱了。我也知道自己的名字迟早会被写在那里，跟在父亲的名字后面。这个不急，我走进族谱，还有很远的路。但是，不论我走到哪里，我都会回到这册家谱里。

九、归入

这是我们中国人的家乡，在土上有一生，在土下有千万世。厚土之下，先逝的人们，一代的头顶着上一代的脚后跟，在后继有人地过一种永恒生活。

因为有他们在，我们地上的生活才踏实。在那样的家乡土地上，人生是如此厚实，连天接地，连古接今。生命从来不是我个人短短的七八十年或者百年，而是我祖先的千年、我的百年和后世的千年，是世代相传。

有家乡的中国人，都会有这样的生命感觉，千秋万代都是我们的血脉。未出生之前，我已在祖先序列中，是家乡土地上的一粒尘土。待出生后，我是连接祖先和子孙的一个环节。

家乡让我把生死融为一体，因为有家乡，死亡不再恐惧；因为有家乡，我可以坦然经过此世，去接受跟祖先归为一处的永世。

十、故乡

每个人的家乡都在累累尘埃中，需要我们去找寻、认领。我四处奔波时，家乡也在流浪。年轻时，或许父母就是家乡。当他们归入祖先的厚土，我便成了自己和子孙的家乡。每个人都会接受家乡给他的所有，最终活成他自己的家乡。每个人都是他自己的家乡。身体之外，唯有黄土；心灵之外，皆是异乡。

家乡在土地上，在身体中。故乡在厚土里，在精神中。

我们都有一个土地上的家乡和心灵精神中的故乡。当那个能够找到名字、找到一条道路回去的地理意义上的家乡远去时，我们心中已经铸就出一个不会改变的故乡。

而那个故乡，便是我和这个世界的相互拥有。

（原载《人民文学》2019年第2期）

鳇鱼圈

◎李青松

> 鳇鱼鳇鱼——在哪里?
>
> 曰归曰归,岁亦莫止。
>
> ——题记

无数个世纪落叶一般飘逝了,然而,一切事情仿佛都发生在今天。

望着江面上的薄雾,隐隐地,我仍存着一丝希望,鳇鱼应该没有灭绝吧?虽然,江里几乎见不到它的身影了。虽然,关于它的话题,渐渐生疏了。

准确地讲,与其说对鳇鱼存着一丝希望,倒不如说,我对人类自身还没有绝望。尽头,往往就是开头呀!

鳇鱼,食肉性鱼类,体大力强。一般体重二三百公斤,四五百公斤亦有之,大者可达一千公斤以上。存活于黑龙江、乌苏里江和松花江水域。是淡水鱼中最大的鱼,被称作"鱼王"。

鳇鱼前面加一个鲟字,鳇鱼就成了鲟鳇鱼了。鲟鳇鱼跟鳇鱼是什么关系?这是一个有意思的问题。其实,鲟鱼是鲟鱼,鳇鱼是鳇鱼,但由于二者体形体态几乎一样,外行人很难把它们区别开来,故,干脆把它们统称鲟鳇鱼了。

然而,差别还是有的,其一,颜色不同。鲟鱼一般为青灰色,鳇鱼一般是浅黄色;其二,鳃膜不同。鲟鱼左右鳃膜不相连,鳇鱼左右鳃膜几乎连在一起。其三,流线不同。鲟鱼体面上的流线是虚实相间的,鳇鱼体面上的流线是实线。其四,体量不同。鲟鱼一般不会超过一百五十公斤,鳇鱼超过一百五十公斤很寻常。长丈余,甚至更长。我看到一张老照片:一条鳇鱼横卧在数个油桶上,俄人站成一排,与这条鳇鱼合影留念。

有意思的是,俄人站成一排的长度恰好是鳇鱼的长度。站成一排的俄人是多少人呢?我数了数,二十三人。

鳇鱼一生都在长个子,从理论上来说,它可以无限长下去——长长长。鳇鱼的性成熟比较晚些，一般要到十六岁才懵懵懂懂地知道，需要寻找爱情了。它的年龄五六十岁常见，七八十岁并不稀罕，甚至可以达到百岁。

一种事物，一旦与政治联系起来，就不再是简单的事物了。

早年间，鳇鱼是贡品。清朝时，朝廷设有专门的"鳇鱼贡"制度，有专门的衙门和官员负责此事。规格和级别也是相当高的。由于锡伯族人擅长捕鱼，朝廷便下诏选调驻守京师八旗兵中的一些锡伯族人担当鳇鱼差，直接由清宫内务府管理，网具和鳇鱼差所需物资，均由内务府专供。

奉捕鳇鱼差的官网，在江上是分段的，每个官网都有一定的水域。衙门按段为官网编号，如松花江上的"拉林十网""舒兰四网""扶余七网"，等等。

春季开江时，捕鳇鱼又叫"打春水"。下江之前，要举行祭祀仪式，面对江湾深水处，摆上鸡鸭、饽饽、白酒之类的供品，烧上一束香，由网达（网长）主持祈祷。仪式后，鳇鱼差和网户们把供品吃掉，继而才能下江捕鱼。

在黑龙江、松花江和乌苏里江的江边，至今尚存一些鳇鱼圈的遗迹。圈，不是朋友圈的圈，不是圆圈的圈，不是圈地的圈，不是圈阅的圈。圈，是羊圈的圈，牛圈的圈，马圈的圈，圈肥的圈，圈养的圈。所谓鳇鱼圈，就是当年江上的网户，为临时饲养候贡鳇鱼而专设的水圈。说得直白一点，其实就是大水坑。东北话，叫大水泡子。只不过，那大水泡子有护网有围栏有房舍有船坞。鳇鱼圈与大江相通，为防鳇鱼逃之有栅栏门隔之。

松花江与嫩江交汇处的鳇鱼圈最为稠密了，光是肇源县境内的鳇鱼圈沿江至少就有六处。西北呼来、古恰屯、二站、薄合台、木头西北屯、三站等处都有鳇鱼圈遗迹。2018年9月间，我专程到肇源寻访了那些鳇鱼圈。遗憾的是，所看到的"圈"，几乎都是荒凉的芦苇塘了。寂寥，冷清。

当地民俗学家程加昌介绍说，史料中有确切的文字记载——肇源县江段捕获的最后一条鳇鱼，应该是在伪满洲国时期（1941年夏天）。茂兴马克图渔人，在嫩江下游三岔河江面捕获的。那时的肇源在行政建制上，还不叫肇源县，而叫郭尔罗斯后旗，伪旗长叫达瓦，是蒙古族。

渔人捕到的鳇鱼有两百多公斤。鱼鳞极细，若有若无，相当于无。遍体青色，略呈黄色。脊背上有三道鳍条，鼻长20厘米，形似圆锥，粗可盈握。鱼嘴生于下颈前，眼小。

伪旗长达瓦闻讯后说，此为贡品（实际上，光绪年间"鳇鱼贡"制度就已经废弛，达瓦竟浑然不知），应充公。便差人准备给当时在新京（长春）执政的伪满洲国皇帝溥仪送去。结果，送鳇鱼的车辆刚要启程，却又被达瓦叫停了。因为达瓦忽然想到一个问题：鳇鱼送到新京，腐败溃烂了怎么办呢？达瓦一时也没了主意。鳇鱼在伪旗政府的院子里放了三天，头两天嘴巴还咕嘎咕嘎地动，第三天就很少动了，眼珠子也渐渐涩了。达瓦决定，既然溥仪没有这个口福，干脆自己替溥仪吃了吧。于是，酱炖鳇鱼，喝"高粱白"小烧。一连几天，天天如是。最后，那条鳇鱼全进了达瓦及日本参事官三浦直弥的肚子里，连一根骨头都没剩下。

今朝有酒今朝醉，管它今夕是何夕。达瓦打着饱嗝，吐着酒气，心满意足。

1945年8月，苏联红军进攻东北，日本关东军溃败，日伪政府倒台，东北光复。达瓦摇身一变，成了维持会会长。然而，达瓦毕竟心虚，后潜逃蒙古，销声匿迹。

站在肇源县两江交汇处的三岔河湿地观测瞭望台上，我望着泛着亮光的江水，不禁感慨万端了。

东北有很多地名叫鳇鱼圈，其实，都跟一个人有关。

1866年，一个叫王尚德的鳇鱼差向衙门报告："窃因网户自道光二年间江水涨发，冬网碍难捕打。当经报明衙门，饬令于罗金、报马、哈尔滨等处设立鳇鱼圈，修造渔船，着夏秋捕鱼上圈，备输贡鲜。"

鳇鱼衙门还算开明，采纳了王尚德的建议，很快在松花江哈尔滨段设置了鳇鱼圈（今老江桥附近）。接着，在吉林、农安、德惠、榆树、舒兰、扶余等江段也设置了鳇鱼圈。肇源的西北呼来、古恰屯、木头西北等鳇鱼圈，还有扶余县的双屯子、达户、罗斯和溪良河等鳇鱼圈，也是在那时设置或开辟的。

"鳇鱼贡"制度规定，民间不得私捕鳇鱼，也不得擅自食用。每捕到鳇鱼，衙门要造册登记，派专人送往"鳇鱼圈"饲养。等到冬季，江水结冰之后，再将冻挺的鳇鱼送往紫禁城。鳇鱼用黄色的锦缎包裹着，装在花轱辘马车上，有官员和卫兵押运。长路漫漫，要经过数个驿站，走一个多月的时间才能到达京城。

在紫禁城里，也不是人人都可享用鳇鱼的，除了皇帝及妃子之外，其他人断不可以。也就是说鳇鱼是"皇家特供"。鳇鱼，浑身都是软骨头，没有一根硬刺，头盖骨也是软的，呼噜呼噜。肉，特鲜。煎炒烹炸，想咋吃就咋吃，随便。有道是：吃了此鱼，天下无鱼。

光绪二十六年，"鳇鱼贡"制度废弛。这一年的八月十八日，沙俄军队以保护中东铁路为名，侵入雅克萨城。随之，墨儿根、瑗珲、齐齐哈尔等城市纷纷陷落，城中官员，包括负责"鳇鱼贡"事务的官员弃城逃走。

至此，"鳇鱼贡"不废也不可能了。

鳇鱼，性格孤僻，沉稳低调。一般在深水底部活动，很少抛头露面。

每年白露前后，是捕鳇鱼的最佳季节。此间，江面上的鱼蛾就渐渐多了，就渐渐集群了。那些鱼蛾，最多也就一两天的存活期。它们在江面上雪片般乱舞，铺天盖地，近乎疯狂地表演之后，便悄无声息地死去。

鱼蛾尸体布满江面，白花花一层，惨淡不堪。

鳇鱼就从深水中游出来，张开大嘴，吃江面上的鱼蛾。鳇鱼越冬的食物主要就是那些鱼蛾。鱼蛾蛋白质丰富，给鳇鱼提供了充分的营养。

当然，嗜吃鱼蛾的不光是鳇鱼。

林区刚开发初期，在黑龙江岸边的伐木人架起铁锅，这边添柴烧水，那边下网捕鱼。经常是这边未及水烧开，那边捕鱼的已经提着一串鱼回来了。

黑龙江里的鱼有"三花五罗"之称。"三花"曰：鳌花、鲚花、鲫花。"三花"是三种鱼的合称。"五罗"曰：哲罗、法罗、雅罗、同罗、胡罗。"五罗"是五种鱼的合称。黑龙江上游捕鱼点有二十多处，如，劈砬子、上马场、甩弯子、二道河子、三道河子、张湾大沟、套子，等等。这些水域水流平缓，浮游生物丰富，常常引来大量鱼类觅食。

捕鱼需要智慧。工具是人类能力的延伸，而工具本身就是人类的创造。因而，工具所能即是人类所能。

捕鱼的智慧体现在用什么捕鱼和怎样捕鱼。

挡鱼亮子是比较原始的工具，一般是在秋季，用它捕获洄游鱼。20世纪50年代，有人在额木尔河用挡鱼亮子捕鱼，不到二十天时间，捕鱼八万公斤。大个儿的哲罗鱼生猛，把挡鱼亮子撞碎，是常有的事情。

冬季呢，江面结冰了怎么捕鱼？用冰镩子凿冰眼，开冰窟窿，然后，往冰底下拉线挂网，照样可以捕鱼。挂网的原理是用网眼挂住鱼鳃或鱼身，达到捕鱼的目的。捕鳇鱼使用的挂网，一般是大小网眼不同的多层网，最多是三层网。

渔人的心，贪不贪，看网就知道。张网，也称"绝户网"，网具张开形同一个大口袋。越向网底，网眼越小，结尾处形成一个网兜，称作"袖子"。张网的主纲系于岸边的大树上，网底绑上石头，深入水底，专等经过的鱼入网。这种网之所以称为"绝户网"，是因为它不论大鱼小鱼，均可以捕获。

趟网是黑龙江上特有的捕鱼网具。趟网较长，长达二十多米，为多片连接而成。与挂网不同，趟网主纲上有一个活动的漂子，称为"网头"，以便顺水流向江心漂浮。人在岸上撑住网的这一头，顺江走上一二里路，鱼入网时，从水里传到手上的那种一动一动的感觉，令人的心也在兴奋地动。漂子一般是木头做的，也称"耙子"。"耙子"中间有一个活动轴，由一条线连接主纲，待需收网时，一扯那条线，"耙子"啪的一下变成一个平板，便可自如收网摘鱼了。

没有网具也能捕鱼。在黑龙江开库康段的一条渔船上，一位老渔人用手指了指自己的脑袋说："没有网，就用这个捕鱼。"老渔人说："干什么事情都一样，得用脑子。"老渔人名叫白浪，人送绰号"浪里鱼鹰"。老渔人在江上打了一辈子鱼，黝黑的脸上尽是疙疙瘩瘩的糙肉，如同历经岁月和江水浸泡过的疙疙瘩瘩的老船帮。老渔人深谙水性，也深谙鱼性。说话的声音瓮声瓮气。话，一句一句落在船板上，把渔船弄得左摇右晃。关于鳇鱼的话题里弥漫一股湿气，也弥漫一股野性的腥气。老渔人绘声绘色地讲述了他"用脑子"捕鱼的故事。

——鱼往往夜间喜欢到江汊子觅食。他就在木船的船帮上绑一根白桦木杆子，小船慢慢自上而下在江汊子中间漂游。绑白桦木杆子的一侧对着江边，江边觅食的鱼一听到响动就往回跑。看到水面有道白线，就以为是网具，就急急地想跳过去。啪啪啪！跳出水面，却恰好跳进了船舱里。鱼群有一种现象，就是头鱼跳，其他鱼拼死拼活也跟着跳。啪啪啪！啪啪啪！顷刻间，船舱里就跳满了鱼。

用不着撒网，用不着出力气，就能捕到鱼。老渔人说，此法叫"漂白杆子"捕鱼。我笑了，说，此乃"坐收渔利"也。

哈哈哈！老渔人也笑了。眼睛笑成一条线。

老渔人说，鳇鱼从来不"跳舱"，"漂白杆子"这招儿对鳇鱼不管用。但是，老渔人告诉我，早年间，在江里捕到鳇鱼也是常有的事。有一年冬天，他曾在冰窟里用缆钩捕到过一条个头甚大的鳇鱼。我问他，甚大是多大？他说，这么说吧，当时，用三张马爬犁连在一起拉一条鳇鱼，鳇鱼尾巴还在冰面上拖着呢。你说那鳇鱼有多大？

县志中，民间捕获鳇鱼的记载多有闪烁——

1949年5月，松花江呼兰河口，渔人合力捕获一条 380公斤重的鳇鱼。1980年，黑龙江漠河一处水域，有渔人捕到一条长4米、年龄54岁、重达542公斤的鳇鱼。1986年，漠河县兴安乡有渔民发现一条鳇鱼误入浅水滩，便唤来二十多个渔民，将其捕获。几个人把那条鳇鱼抬起来，上磅秤一称，重达450公斤。

1989年，黑龙江闹春汛时，一条鳇鱼被冰块撞晕，随洪水涌入江湾，被渔人捕获。那家伙，个头也不小，370公斤。

某天，黑龙江上游的北极村里多了一个从江对岸潜水过来的"老毛子"。他起了个中国名字，李德禄。据说，在江那边醉酒后，一刀把睡自己老婆的一个"哥萨克"杀了。酒醒后，悔之晚矣。在警方缉拿他的头一天夜里，他一猛子扎进江里，在漆黑的夜色中游到对岸——北极村。北极村人善良，没有告官，相反却悄悄接纳了他。

李德禄，蓝眼睛，棕色的头发胡乱打着卷卷，嗜酒如命，是捕鳇鱼的高手。他捕鳇鱼从不用网具，徒手就能把鳇鱼从水底牵上来。

他往往先踩点，观察水情，找到鳇鱼潜伏水域，然后一猛子扎下去，慢慢靠近鳇鱼，给鳇鱼挠痒痒。在不经意时，给鳇鱼戴上笼头。鳇鱼乖顺得很，轻轻一牵，就很顺从地跟他走了。

20世纪70年代，一批上海知青在开库康插队，常去江上打鱼，曾打到过270公斤重的鳇鱼。当年的老知青回忆说："我们几个知青，很费力地用杠子从江边把鳇鱼抬回知青点。用铡刀，把鳇鱼切成若干段。送给附近老乡一些，知青点留一些。留下的鱼段切成片，炖着吃，那鳇鱼肉香得很呀！"

距开库康不远，往上的盘古河口，浮游生物密集，是一处"鳇鱼窝子"。那年月，粮食不够吃，就有一位深谙水性的知青在河口汶水水域下滚钩，每天都能捕到一条鳇鱼，个头都在二三百公斤呢。捕到的鳇鱼，除了改善知青点伙食外，其余都换了小麦了。一条鳇鱼换一麻袋小麦，解决了知青粮食不足的问题。据说，在那个"鳇鱼窝子"，那个知青总共捕到过十九条鳇鱼。

鳇鱼肚子里还能扒出许多鳇鱼子，黑亮黑亮的，像牛眼珠子似的。

鳇鱼子制成的"黑鱼子酱"，有"黑黄金"之称呢。

为了寻访鳇鱼，我来到漠河北极村。

北极镇北极村极昼街二号，一个唤作"极限农家院"的家庭旅馆，离黑龙江仅有200米。老板叫高威，高颧骨，高鼻梁，卷头发。高威是"八〇后"。戴一副金边眼镜，穿鳄鱼牌T恤，灰色牛仔裤。看他的脸形和眼窝，及其神态，我判定他有俄人血统。一打问，果然，他姥姥是俄罗斯人。

"极限农家院"里有九间大瓦房，窗明几净。还有车库，水井、秋千架。院子里的一角是一片菜园，有豆角、黄瓜、南瓜、大头菜、西红柿等。时令菜蔬，一应俱全。

高威原是黑龙江上的渔民，跟随父亲打鱼。高威划船，父亲下网。父亲在江上捕鱼捕了一辈子，凭经验下网布钩，网网有收获，一般不会走空。在潜移默化中，高威跟父亲学到了打鱼的本领，也成了江上捕鱼的能手。

坐在江边的一根倒木上，我们聊了起来。高威是1985年1月份出生的，属牛。父亲叫高洪山，辽宁台安人，闯关东来到北极村的。高威一家五口人，父母、他、媳妇和孩子。

"捕到过鳇鱼吗?"

"捕到过。那都是早些年的事情了。"

"有多大?"

"1998年的夏季，曾用挂网捕到过一条鳇鱼——这是我仅有的一次捕获鳇鱼的经历。小船刚一靠岸，鳇鱼就被人买走了。一百元一公斤，一条鳇鱼卖了两千四百元。买鳇鱼的人连眼睛都不眨，把那条鳇鱼绑到摩托车后座上，一溜烟就没影了。"

"现在鱼价怎么样?"

"鱼价是越来越高。不要说鳇鱼，就是哲罗和鲤子的价格都要在一公斤两百元以上。"

从2000年开始，黑龙江全面禁渔了——在禁渔期内打鱼是非法行为，捕鳇鱼更是违法的事情了。

现在很难见到鳇鱼的影子了。即便法律不禁止，让捕也捕不到了。除非到俄罗斯那边的江汉子里去，或许还能捕到鳇鱼。听老辈人说，之前，金鸡冠水域是一处"鳇鱼窝子"，那里的水是汶水，水流平缓，常有鳇鱼活动。鳇鱼性情温和，没有暴脾气。白天在深水里沉潜，晚上便游到浅水水域觅食。

高威说，用缆钩钓鱼（也用缆钩钓鲶鱼和嘎牙子），倒钩是一项技术活儿，手必须快，否则就把自己的手钩住了。划船的人与倒钩的人要密切配合，效率才高。也用须笼捕鱼，但多半捕的是细鳞鱼和江白鱼，一晚上能捕十几公斤呢。

每年6月10日到7月25日是禁渔期。此间，除了江水汹涌，江面上的一切都是静静的。偶尔，有几只野鸭子飞过。——唰唰唰！

2011年5月，北极村成立了旅游公司。这绝对是北极村历史上的大事，北极村所有的渔民都变成了职工。一夜之间，靠打鱼为生的人，成了挣工资的人。

"极限农家院"经营得也不错。每年8月1日至8月20日，来旅游的人巨多，住宿的床位爆满。1993年前，高威家开的旅馆都是大通铺，一个洗手间，很快就不适宜了。游客的要求越来越高。到目前，高威家的家庭旅馆改造翻新三次了，原来每个房间七八平方米，现在二十多平方米。标准间二百元，三人间三百元。做生意重在诚信，有客人把钱包或者手机落在旅馆的，高威发现后，都给快递回去了。后来，那些客人又都成了回头客，再来，就像走亲戚一样了。

高威望了望江面，回头对我说："搞旅游比打鱼强多了，不用风里来雨里去。捕鱼的活儿太辛苦了，容易得腰腿疼病、风湿病。现在不愿去捕鱼了。即便江里还有鳇鱼，也不愿去捕鱼了。"

事实上，北极村跟北极圈没关系，它不过是中国版图上最北的一个村子。但是，它却紧靠一条界江——黑龙江，以江为北，以江为界。这些年，随着旅游的火爆，北极村闻名遐迩了。

如今，北极村人的生活，跟鳇鱼已经没有任何关系了。

是啊，赚钱是为了活得更好，而幸福就是要找到如何活得更好、更有意思的感觉。

或许，没有了鳇鱼，北极村人生活的每一天也不会有太多的落寞和惶恐。太阳照样升起，大江照样奔流。

然而，鳇鱼怎么就不见了呢？这是个问题。

森林及生态之间存在着某种神秘的联系吗？一定的，物种从来就不是独自存在的，看似毫无联系的事物，其实，都是息息相关的。

历史，总是在自相矛盾中结束，又在自相矛盾中开始。没有了鳇鱼的江河，也便没有了神秘感，没有了故事和传说。

时间是最好的药。随着林区大禁伐的实施，森林及其生态将恢复生机。鳇鱼是生物链条中的哪一环呢？我无法说清，但有一点可以肯定，它，是生态系统是否稳定的一个标志性的动物。

黑龙江下游的抚远小城，是一个颇具鳇鱼文化元素的边城。抚远，有"华夏东极"之称，与俄罗斯远东城市哈巴罗夫斯克隔江相望。这里有鳇鱼博物馆，有世界上最大的鳇鱼标本，有鳇鱼保护协会，还有鳇鱼养殖企业。街巷、江边、早市、船头……甚至，抚远人的话题中都弥漫着鳇鱼的气息。

鳇鱼，是抚远的魂。研究鳇鱼文化不能不去抚远。

从漠河北极村回京不久，我又北飞抚远。为了解开心底的那些疑问，也为了亲眼看看世界上个头最大的鳇鱼。

在一个细雨蒙蒙的日子，我走进了抚远鲟鳇鱼保护协会那座白色的小楼。鲟鳇鱼养殖专家裘凤祥热情接待了我。他说："鳇鱼濒临灭绝的原因很复杂，但有两个原因是回避不了的。其一，江水污染；其二，过度捕捞。经过多年的努力，现在用人工授精方法，鳇鱼批量养殖已经取得成功。"这位浓眉大眼的"八〇后"，身穿迷彩绿T恤衫，T恤衫的正面印着一个大大的数字"3"。我用手指了指，笑了。他低头看了看，也笑了。

我说："一生二，二生三，三生万物啊！"

他说："鳇鱼在江里重现身影，不是可能，而是肯定。"

——呀呀！鳇鱼鳇鱼鳇鱼——在哪里？

曰归曰归，岁亦莫止。

（原载《北京文学》2019年第9期）

小河子，黑土地

◎周云戈

一

春风三月，小河子上空悠悠地泛起一层绿色透明的雾，它浮于野火走过的塔头上，也缥缈于河岸柳梢头。只适远看，不宜近观。与杏花春雨的江南比，它的脚步着实晚了许多。可在渔乡这儿，它却是一抹最早的春色。

小河子的水，整日地流淌着……借着桃花汛的势头，没几天便蹿满了两岸的沟沟汊汊、湖泊泡沼和连绵的塔头甸子。于此，又一幅锦绣江南的水墨丹青，呈现于渔乡人眼前。那水是长流的水，清亮亮的，掬手可饮；若赤脚下去，至深膝盖，还清晰可见脚趾呢。它汩汩地涌动于连绵的塔头墩子间，并不时地淙淙作响，全然一副无所顾忌而又无孔不入的样子。墨呢？是个"绿"的借代，依着焦、浓、重、淡、清的画法，一个"绿色"的明与暗的变幻，便将小河子渲染得春光灿烂。天儿，一天热似一天，嫩绿的塔头草也一天高似一天，一簇簇、一缕缕，秀发般地在微风里舒展着。而此时小河子的气温，也着实让鱼儿们惬意起来。于是乎，它便春心荡漾，穿梭中各自寻找爱的目标，一旦确立了恋爱关系，也真的坠入了爱河。鲤鱼、草鱼、鲢鱼、鲫鱼，还有威猛的鳜鱼、鳡鱼、黑鱼、狗鱼……"三花五罗十八子"，各以类聚，同水而生。它们整日地嬉戏于那碧绿的河沟和浅水的塔头甸子里。水声响处，便可见那鱼群闪动的身影，随之便泛起一团团的雪浪花。水温适宜，不超过两天，那受精鱼卵便破膜绽放出一朵朵灿烂的"鱼花"！这"鱼花"绝非我的文采，它可是受精卵破膜后孵育出的幼小的鱼崽哦！而这时人们肉眼能分辨的，只是那鱼崽的两只眼睛。又是几天的光景，这些"鱼花"便成长为有形的幼鱼了。它们无忧无虑地快乐成长，再长大点儿，一部分逆流而上游入了嫩江，或更远的远方；一部分留守家园，成为小河子的"土著"。

二

　　青草河塘，正是青蛙们放歌的时节……

　　夏风微醺，青蛙便相约于长满蒿草的河沿儿，或是塔头甸子的浅水区，或是泡塘里。一只蛙起首，然后便齐声同和。旋即便是一场声势浩大的合唱——主题只是个"爱"字。不目睹，让人难以置信。眼见了，耳听了，方觉得阵容的庞大，才感觉这恋爱的别致来。仅仅别致？着实是道风景。它们虽都是合唱，却也有着节律的变化，渔乡人搭耳便分辨出所属的合唱团——"青拐子""大花鞋""哈什蚂"等等，每个合唱团的音调各不相同。齐唱，二步轮唱，此起彼伏，抑或彼伏此起，从落日唱到天明，又从拂晓唱到天晚。歌者都是雄蛙，声声都是为了对异性的吸引。一旦赢得了芳心，便进入了恋爱状态，而要结成伉俪，还得一段时间。其中，一个重要的环节不可省略——那便是公青蛙要跳到母青蛙背上"亲热"一番。这"亲"可不是十分八分钟，一小时两小时的，它这一"亲"，便是一两天，最多要三天。那母蛙默默负重，公青蛙便神情专注地趴在背上。仔细观察，原来这雄蛙的两个前爪上，各有一个"小吸盘"样的东西，紧紧地吸附在雌蛙的身上。雄蛙上了身，那雌蛙便是个默许。不熟悉它们性情的，还以为它们在交配呢！其实，才不是呢！人们管青蛙的这种行为叫"抱对儿"。何故？后来，还是我那搞水产良种繁殖的学弟——纪维国先生现场一番解说，才让我心释怀。据他说，没抱过对儿的青蛙，这雌蛙就不向水中排卵。它不排，那雄蛙自然也就不会射精。如此了得？若它俩都不玩儿了，也就不会有日后那满河沟、满草塘的蝌蚪了。没了蝌蚪，自然也就没了小青蛙的生命了。试想，若没了青蛙的歌唱，那溽热难当的夏夜，该是怎样一番死寂呢！

三

　　"七九河开，八九雁来"——农谚所唱，也绝非是小河子的节气歌。七九八九，小河子还冰冻如铁呢！不过，正月一出，小河子和嫩江湾这儿立马有雁翎

225

水了——小河子的春天，真的不远了。

说来也怪，这边有了雁翎水，南方的候鸟们立刻有了反应，于是，它们便往这边赶了。野鸭子——候鸟的先遣队。它们的家族大，也很庞杂。而落脚这儿的野鸭子，我能叫上名字的就有——绿头鸭、绿翅鸭、赤膀鸭、赤颈鸭、花脸鸭、白眉鸭、斑嘴鸭、针尾鸭、罗纹鸭……还有叫不出名的。伴它而来的，还有凤头䴙䴘、黑水鸡、鸳鸯等。它们都喜群飞，每群都成百上千的。远远飞来，就像天边飘来的云，忽而上，忽而下，不停地蜇来蜇去……最后，便落脚在未解冻的小河子上。先是以雁翎水梳羽洗尘，之后便觅食或游戏。小河子的冰雪还没完全消退，它们便一头扎了进去。觅食中，选择个心仪之地，便开始了"家"的营造。巢，大都筑在有杂草的河水里，干枯的芦苇、蒲草叶子和动物的毛发、羽毛啥的都是筑巢的材料。它们一边筑巢，一边产蛋，大致要产五六枚蛋时，母鸭便开始孵化后代了。

野鸭子筑巢，着实是有些意思的。最初，小河子的桃花汛还未来，可就在它们的新家行将竣工、全心投入孵化之时，春汛却陡然间涨了上来，巢和蛋被河水淹没了。尽管家被毁了，可野鸭夫妇绝不放弃，仍旧在那窝上面继续筑巢产蛋。若是那新巢和蛋又被汛淹没了，那野鸭仍是继续，直到新巢筑完，再孵出后代才停下来。

凤头䴙䴘的恋爱，在这片水域是最罗曼蒂克的了。它们在宣誓爱情时，往往嘴里都要叼着新鲜的水草，面对面地直立于水面跳舞。跳一会儿，又潜入水里，一会又是挺出水面继续它们的舞蹈，须得几个回合，方能恋爱成功。于是便开始筑巢产卵，待产到四五枚蛋时，夫妻便轮流孵化。不过，凤头䴙䴘很智慧，它们把巢建在水草不多的静水面上。材料呢？有干枯的草，也有些新鲜的水草、羽毛和兽毛等。汛来了，那巢便有些"水涨船高"的意思，无论怎样，巢都浮于水面的。更有意思的事儿是：小䴙䴘来到世上的第一口食，妈妈竟喂它一口湿软的羽毛。若不是长焦镜头里亲眼所见，说死我也不会相信的。凤头䴙䴘本是以食鱼为主，为何䴙䴘妈妈要喂它羽毛呢？后来，与动物专家有了交往，闲聊时才知道，这一口湿羽毛，竟是为了保护小䴙䴘的胃！

如此了得，一个水鸟儿竟如此的智慧。

四

大雁，总要在春分前后归来。它落脚这里，多在小河子岸边，或嫩江下游的湿地，也有飞往洮儿河、霍林河下游湿地的。即使不落脚，也飞不多远，向北再向北，只要有江河湖泊，有沼泽湿地的地方，它们都随时落脚，共筑爱巢，开始了延续后代的使命。大雁，喜欢在沼泽中坡岗地上没水的芦苇荡，或杂草丛中筑巢。产蛋6枚，母雁开始孵化，而这时公雁总是昼夜守候在巢边，或在附近执行警戒任务，直到雁崽蹦壳下水为止。

渔家人说，孵化中的雁蛋是很难获取的。徒手一人，别说取蛋，就是巢穴的边儿都很难靠近。你若靠近，这二雁便腾空而起，在你头顶盘旋，并"嘎嘎"地叫个不停。它们或以翅子扫你，或以脚爪踹你，或以锋利的喙啄你。有人说，大雁用喙攻击人的时候，多是朝着人的眼睛啄去。虽不曾亲历，可我却信。父亲的舅舅是个老猎人，他一只眼睛就是徒手取雁蛋时，被迎战的大雁用翅子扫瞎的。

儒雅的白天鹅、美丽的仙鹤（丹顶鹤）、白鹤、灰鹤等落脚于这儿，每年都在4月中下旬左右。它们是中途经停，把这儿当作高速公路的服务区——歇歇脚，补充体能，然后再继续北飞，仙鹤、白鹤等要在扎龙一带落脚，而大天鹅则是要飞到俄罗斯的西伯利亚去繁育后代的。每年，它远走高飞后，我总心生疑问。而疑问，也都缘于前辈们的心口相传——"百八十年前，那些白天鹅、仙鹤、白鹤……还都在咱这儿孵崽儿呢。"如今，它们为何要远飞他乡呢？想来都是个"驱赶"。是人类的脚步，是生态、气候的变化。更主要的是现代文明制造的噪音和污染。背井离乡，寻找的是那份属于它们的温馨与宁静！

五

小镇的博物馆不大，是我常去的地方。馆藏不多，却有十几块动物残骨最是吸引。走进去，仿佛是向着远古时的小河子做了时空的穿越……

馆长邹德秋、副馆长梁建军都是我多年的朋友。每次来馆里，我们都要谈这些动物残骨的来头。他俩讲，这些"大骨头"，是从20世纪六七十年代以来陆续收集的。它们或是每次大汛从江底及河床深处翻卷出来的，或是冬捕时大网拉上来的。起初，没谁太在意，后来逐渐地多起来，块头儿也越来越大。于是，便有人把它搬到了博物馆。开始也没人能说清，只是敷衍便了事。后来，省馆文物专家来调研，无意中发现了这些大块动物残骨。调研结束，几位专家便把这些残骨带回了省里，请古生物专家做进一步的鉴定，不久便有了结果。于是，那些大块残骨便有了姓名——猛犸象腿骨、披毛犀上颚骨、大角鹿肩胛骨、野牛（百姓所说的江牛）头角骨等等……而这些动物的残骨，又恰与2009年那位从北京来嫩江湾考察湿地的王老师所讲述的动物名字相吻合。于此，远古时小河子岸边的巨体动物群，便在眼前活跃起来——炎炎烈日，悠悠白云，绿油油的塔头甸子，鲜花盛开的小河岸边……一队猛犸象，又一群披毛犀，悠闲地漫步着。风吹草低，偶尔可见一头头巨大的野牛低头觅食。而那些獐狍野鹿、狼虫虎豹呢？也都各有领地，或是乘凉于柳林里，或攀援树上歇息，或是隐蔽于茂密的蒿草中，目不转睛地窥视着准备猎取的目标……

此时，唯有飞鸟于俯察间，把小河子两岸的风雨春秋看得真真切切。

六

祖先落脚这儿，小河子便有了一道道的风景……那袅袅的炊烟、明灭着的渔火、连天的鼓角是，而扬鞭放牧、划船撒网、荷锄种田的也是。不过，这风景驱散了飞鸟和奔跑的动物，也让祖先宣誓了家园的主权。虽还风餐露宿，可也心怀梦想。而梦想都是最日常的心里景致——垒墙建房，娶妻生子，穿衣吃饭，柴米油盐啥的。心中始信"种瓜得瓜，种豆得豆"。

人们奔此而来。水是目标，也是方向和追寻。他们知道：有江有河，就地肥水美。朝这而来，又无一不是个投奔——为生存，为生活，也为子子孙孙……而小河子呢？只是个默默地接纳和承载。

遥想当年，最早落脚这儿的当是逐猎而来的，他们捕鱼猎物，因温饱有余便定居下来，成为这里的最早土著。也有奔这片水草而来的，他们在此牧马、牧牛、牧羊，虽朝代更迭，民族轮换，牧业却世世代代。更多是奔土地而来，仅为获得一份养家之田，图的是吃上顿不愁下顿，即使遇个旱涝年景，一家人也能吃饱穿暖。再有多余，便攒下来留给后人。于此，人们便携妻带子，挑着家当，披星戴月而来。有投亲靠友的，也有跟着碰运气的。而以国家名义"移民"的，大约就有3次之多。清末，为防东北边患，实行了移民实边政策，很快形成了闯关东的浪潮，那次落脚这里多少？说不清。不过，从那时起小河子沿岸的人烟逐年稠密起来，相继有了一些村庄和集市。至光绪二十年（1905年1月14日），黑龙江省将军程德全奏准，设大赉直属厅。仅8年光景，即光绪二十八年（1913），便改大赉直属厅为大赉县，第一任知县，即是被称作"吉林三杰"之一的徐鼐霖。再有，新中国成立后的1960年，国家从支援边疆建设的战略出发，从山东、河北两省调来了大批农民来东北建设国营农、林、牧、渔场。有山东寿光籍朋友李同福兄回忆，那年仅寿光县就移民4万。还有"文革"时期的上山下乡的知青呢？由此想来，我们的小河子真可与西方《圣经》中的诺亚方舟一比。而方舟无法与之比拼的，便是小河子的孕育与无私的奉献，这也是它的大德所在了。

2013年夏，嫩江湾洪水过后，小河子左岸飞来了一湾新月形沙丘。影友们为这新奇的景观雀跃之时，我的心却沉重了。于此，我心浮现出当年让飞鸟走兽别离家园的系列"风景"来，也想到了远在新疆罗布泊深处消逝了的小河，还有它岸边的墓地，及默默守候的楼兰美女……正在我心惶惑之时，忽有人告知大安市已决定将小河子左岸的3000多公顷江滩地，一次退耕还湿。去岁秋日里的一天，应朋友相约去小河子看鸟，让我兴奋的是在一湾湾浅水区，远远地看到了一群群起舞的白鹤、白鹭，还有天空那一群踅来踅去的野鸭子和一排排南去的大雁……呵呵！一个"退"字了得，退与进之间，蕴含着多么深刻的自然辩证法。

（原载《吉林日报》2019年8月31日）

敬 告

由于编选时间仓促、工作量大，未及与所选作者一一取得联系，请见谅。

现仍有部分作者地址不详，为及时奉上稿酬和样书，请有关作者与责任编辑赵维宁联系。

地址：沈阳市和平区十一纬路25号

邮编：110003

电话：024—23284306

E-mail：249972579@qq.com

微信号：zhaoweining10

辽宁人民出版社

2020年1月